Emmanuel Bove

Journal - geschrieben im Winter

Roman

Aus dem Französischen von
Gabriela Zehnder

Edition Epoca

Titel der französischen Originalausgabe:
«Journal écrit en hiver»

1. Auflage, Oktober 1998

Satz und Gestaltung: Tatiana Wagenbach-Stephan, Zürich
Umschlag: Peter Volkart, Zürich
Druck und Bindung: Franz Spiegel Buch GmbH, Ulm
ISBN 3-905513-10-2

7. Oktober

Madeleine tut gerne so, als höre sie von einer Schmeichelei zum ersten Mal. Berichtet man ihr, eine ihrer Freundinnen finde sie schön, heuchelt sie Überraschung. Madeleine scheint nicht glauben zu können, daß es wahr ist, während man ihr in Wirklichkeit das Gesagte schon am Vortag zugetragen hat. Sie fürchtet nicht, der andere könnte argwöhnen, ihr Nichtwissen sei nur gespielt. Als sei sie absolut aufrichtig, geht sie sogar so weit, Einzelheiten zu erfragen. Genau das ist heute geschehen. Am Abend kam uns Jacques Imbault besuchen. Im Laufe der Unterhaltung sagte er meiner Frau, er habe ihre Photographie in einer Zeitschrift gesehen. «Ich habe nicht gewußt, daß man Sie als Modell verpflichtet hat», fügte er ironisch hinzu. Jacques Imbault hält sich für außerordentlich geistreich, und damit man das auch merkt, spricht er unter anderem ständig von irgendwelchen Anstellungen. So bin ich ihm vor einigen Tagen bei der Garderobe eines Theaters begegnet. Ich hatte meine Nummer verlegt, und als er mich sah, wie ich zerstreut wartete, bis alle ihre Sachen erhalten hatten, um die meinen wiederzubekommen, ein wenig so, als sei ich beauftragt worden, den reibungslosen Ablauf der Verteilung zu überwachen, sagte er lachend: «Ich möchte wetten, die Direktion hat Sie als Aufseher engagiert!»

Obgleich mir Madeleine die Zeitschrift gestern gezeigt und dabei über die Photographen geschimpft und sogar gedroht hatte, den Herausgeber zu verklagen, wobei sie übrigens eine gewisse Genugtuung nicht hatte verhehlen können, schützte sie Erstaunen vor. «Aber Jacques, sagen Sie mir, was ist das für eine Zeitschrift? Ich muß sie mir unverzüglich besorgen.» Und was das Beste ist: Nachdem sie unserem Freund zahllose Fragen gestellt hatte, erinnerte sie sich plötzlich wieder an alles. Es war vor allem dieses wiedererlangte Erinnerungsvermögen, das mir lächerlich erschien. Daß jemand Erstaunen vortäuscht, wenn ihm ein Freund sagt, er habe von seiner großzügigen Geste erfahren, mag ja noch angehen; daß er sich dann aber gleich darauf wieder an jene Geste erinnert, ist unerträglich. Wenn sie das Vergnügen, das ihr die Betrachtungen der anderen zu ihrer Person bereiten, gebührend ausgekostet hat, hält Madeleine es nicht mehr für nötig, ihr Spiel fortzusetzen. Sie gesteht dann, im Bild zu sein, ohne auch nur eine Sekunde lang daran zu denken, der andere könnte diesen Wandel merkwürdig finden. Denn für meine Frau ist es gänzlich unmöglich, sich vorzustellen, daß jemand ihre Gedanken errät. Was immer sie den andern vorgaukelt, nie und nimmer käme ihr die Idee, man könnte ihre Beweggründe entdecken. Gerade in diesem Punkt ist sie das genaue Gegenteil von mir. Während ich aus Angst, einen eigennützigen, kleinlichen oder selbstgefälligen Gedanken bloßzulegen, stets aufs äußerste bemüht bin, meine Worte abzuwägen, glaubt Madeleine, sie sei so undurchschaubar, daß sie sich ohne das geringste Risiko die unwahrscheinlichsten Kapriolen erlauben könne. Als sie sich heute daran erinnerte, daß ihre Photographie tatsächlich in einem Wochenblatt erschienen war, nachdem sie zuerst vorgegeben hatte, nichts davon zu wissen, kam ihr nicht der Gedanke, Jacques könnte vermuten, sie habe sich schon vorher daran erinnert. Und was mich betrübt, ist die Tatsache, daß sie zornig wird, wenn ich versuche, sie darauf hinzuweisen und ihr begreiflich zu machen, warum ein solches Verhalten ironische Reaktionen provoziert, gerade so, als sehe ich in ihr nur die niedrigen Seiten. Sie beschuldigt mich, eifersüchtig zu sein, zu glauben, die Welt sei böse, ohne daß sie dabei eine Sekunde lang erkennt, inwieweit meine Beobachtungen zutreffen und ohne die tiefe Zuneigung zu spüren, die aus meinem Wunsch spricht, sie möge sich nicht zum Gespött unserer Freunde machen. Sie versteht nicht, daß ich sie nur verteidigen will. Sie glaubt im Gegenteil, ich bemühe mich, in ihr etwas Schlechtes zu entdecken, das sonst niemand bemerkt.

12. Oktober

In meiner Kindheit hatte ich Angst vor allem, sehr zum Ärger meiner Mutter, zu deren Prinzipien es gehörte, niemals die Hand gegen ein Kind zu erheben. Sie verstand nicht, daß ich furchtsam war, obschon sie mich doch nie geschlagen hatte. Dies war ihr um so unangenehmer, als man angesichts solcher Furcht annehmen konnte, sie schlage mich tatsächlich. «Aber sei doch nicht so ängstlich, Kind. Alle Leute meinen, man quäle dich.»

Und dadurch, daß man mir ständig vorwarf, Angst zu haben, fürchtete ich mich schließlich davor, Angst zu haben, was mich doppelt zaghaft machte und mich wegen nichts und wieder nichts in Schluchzen ausbrechen ließ. Denn im tiefsten Innern, ohne mir dessen bewußt zu sein, schien mir, die Tränen versteckten alles, als wären sie eine Tarnung. Nun waren es meine Tränen, die meine Mutter gegen mich aufbrachten. Man warf mir nicht mehr vor, ängstlich zu sein, sondern zu weinen, als ob ich unglücklich wäre, während in Wirklichkeit die Furcht es war, die mich in diese Zustände versetzte. Ich zitterte wegen jeder Kleinigkeit. Doch diese Kleinigkeiten kamen nie von außen; sie kamen aus meinem Innern. Stieß ich einen Gegenstand um, glaubte ich sogleich, etwas Schreckliches begangen zu haben. Vergaß ich, meinen Vater zu küssen, traute ich mich nicht mehr unter seine Augen. Dauernd schien mir, als habe ich etwas Tadelnswertes getan, wofür er mich bestrafen würde, obschon man mich noch nie bestraft hatte. Die Furcht vor Strafe und Zurechtweisung lähmte mich. Wenn ich mich beim Spiel mit andern Kindern meines Alters so weit vergaß, zu lachen oder herumzutollen, kam es sogar vor, daß ich mich plötzlich an etwas Unbedeutendes erinnerte, das ich gemacht hatte – einen Fleck auf meinem Hemd, einen Kratzer an meinem Bein –, und schon zitterte ich, als ob man mich dafür bestrafen würde, daß ich mich schmutzig gemacht hatte oder gefallen war. Statt sich zu verlieren, wuchs diese Ängstlichkeit, je älter ich wurde.

Als ich fünfzehn geworden war, beschloß mein Vater, mich in ein Internat zu schicken, um meinen Charakter zu stählen und mich fürs Leben zu rüsten. Eines Morgens fuhr er mich selbst nach Oloron. Am Tag zuvor hatte man alles vorbereitet. Während meine Mutter in heller Aufregung war aus Angst, etwas zu vergessen, hatte ich schon eine Ahnung von Alleinsein verspürt; denn nichts läßt das Gefühl von Einsamkeit stärker aufkommen, als wenn bei jenen, die einem lieb sind, der Schmerz der Trennung in den Hintergrund zu treten scheint, um den Vorbereitungen, der Fürsorge und der Ergebenheit Platz zu machen, obschon diese doch nur Ausdruck der Liebe sind. Ich schaute dem geschäftigen Hin und Her meiner Mutter zu und dachte: «Was kümmert sie sich so sehr um die Dinge und so wenig um mich.» Da ich nur untätig herumstand, tadelte sie mich von Zeit zu Zeit milde. Sie hatte mich so manches Mal zuvor mit den gleichen Worten getadelt, doch immer mit der anschließenden Drohung: «Du wirst schon sehen, wie du dich ändern wirst, wenn du erst einmal in Oloron bist», daß ich an diesem Abend unwillkürlich dachte, man sei nur nett zu mir, weil dies der letzte Tag sei. Wenn man eine Wohnung für eine andere verläßt und zusieht, wie die Zimmer sich leeren, die Möbel aus verschiedenen Wohnräumen nebeneinander zu stehen kommen, ein Objekt, das einem lieb ist, aus Platzmangel plötzlich in einen unpersönlichen Koffer gleitet, überkommt einen eine gewisse Traurigkeit; und aus diesem ganzen Durcheinander, dieser Wohnung, die unversehens leersteht, während die nächste noch nicht bewohnt ist, entsteht ein schmerzlicher Eindruck des Verlorenseins. Wenn aber alles bleibt, wenn nur wir selbst weggehen, wenn unsere Sachen, die man aus den verschiedenen Zimmern zusammenträgt, keine Leere hinterlassen und wir spüren, daß das Leben nach unserem Weggang auch ohne uns wie bisher weitergehen wird, verstärkt sich das Gefühl von Traurigkeit noch. Ich rührte mich nicht, doch am Abend, als ich allein in meinem Zimmer im Bett lag, vor leerem Tisch und leeren Schränken, fühlte ich mich so unglücklich, daß ich zu weinen anfing. Ich weinte still vor mich hin, den Kopf unter den Laken versteckt, ohne an meine Tränen zu denken, die ich unter anderen Umständen hätte trocknen wollen. Als ich mich so gehen ließ und dabei nur darauf achten mußte, dies lautlos zu tun, was sogar eine angenehme Erregung in mir hervorrief, empfand ich eine Art heitere Verzweiflung. Ich dachte an nichts, und wenn ich mitunter spürte, daß ich mich langsam beruhigte, dachte ich: «Ich werde unglücklich sein», und schon schluchzte ich von neuem los. Doch plötzlich hörte ich, wie sich die Tür zu meinem Zimmer öffnete. Ich hob die Lider und sah durch das Laken hindurch ein blaßgelbes Licht. Da empfand ich ein solches Schamgefühl, ertappt worden zu sein, daß ich wie versteinert dalag, was ohne mein Dazutun den Anschein erwecken mochte, als schliefe ich, und ich hegte dabei die unsinnige Hoffnung, man merke nichts. Mein Körper, der mich unter den Bettüchern durch seine zuckenden Bewegungen verriet, bedeckte sich mit Schweiß. Über mir hörte ich die Stimme meines Vaters. Ich erinnere mich noch, daß sie in mir jene seltsame Angst vor dem Gnadenstoß auslöste, die man empfindet, wenn man hingefallen ist und sich alle rettend um einen drängen. Sie sagte sanft: «Weine doch nicht so, Louis, du bist jetzt ein großer Junge. Was würden deine Kameraden denken, wenn sie dich sähen?» Mein Vater tat als außerordentlich nachsichtiger Mann gerne so, als sei es ihm wichtiger, daß sein Kind sich gegenüber seinen Kameraden gut benehme als ihm selbst gegenüber. Im selben Augenblick beschlich mich ein

seltsames Gefühl, das ich erwähnen muß, damit man meinen Charakter besser verstehe. Als ich jene Worte hörte, erstarrte mit einem Schlage das Blut in meinen Adern. Denn merkwürdigerweise fragte ich mich in meiner Kinderseele immerfort, wie man erraten konnte, was ich machte. Ich lag unter den Laken versteckt, und doch wußte mein Vater, daß ich weinte. Das erschütterte mich, ähnlich, wie wenn ich jeweils über einen Umweg heimging und mein Vater zu mir sagte: «Weißt du, Louis, ich sehe es gar nicht gern, daß du durch diese Straße nach Hause kommst», wobei er nicht im geringsten eine Entdeckung zu machen schien; er wußte ganz einfach, daß es gewisse Geschäfte gab, die die Kinder zu diesem Weg verlockten. Ich aber war wie vor den Kopf geschlagen, daß er es erraten hatte. Und immer wieder gab es solche hellsichtigen Bemerkungen, die mich in Staunen versetzten. Indem mein Vater an jenem Abend sagte: «Weine nicht...», obwohl mein Gesicht für ihn unsichtbar war, hatte er einmal mehr nach diesem Muster gehandelt. Das war es, was ich nicht ertrug. Mit geröteten, im Licht flatternden Augenlidern und mit noch feuchten Wangen setzte ich mich im Bett auf und sagte in einem Zug: «Ich weine gar nicht... ich weine gar nicht...» «Aber weinen ist doch nicht schlimm», antwortete mein Vater. «Weine ruhig. Ich mache dir keinen Vorwurf daraus.«
Heute ist all das vorbei. Aber ich bin noch immer kein Mann wie die andern Männer, obschon ich bei gegebenen Ereignissen gleich handle wie sie. Ich fürchte nicht mehr, meine Freiheit zu verlieren. Und doch passierte es mir noch vor einigen Jahren, bevor ich verheiratet war, daß ich einer Frau, die ich kaum kannte, einen Heiratsantrag machte, genau wie ein junger Mann. Trotz meines Alters

besitze ich keinerlei Vorsicht und keinerlei Erfahrung. Ich weiß genau, daß ich einen Entwicklungsrückstand habe und ein wenig einem Kind gleiche und daß ich die schlimmsten Übel wohl auf meine alten Tage ansammle. Ist es mein Fehler? Muß ich die Verantwortung dafür jemandem zuschieben? Meinem armen Vater etwa, der alles daran setzte, aus mir einen für den Lebenskampf gerüsteten Mann zu machen, und der darin sogar so weit ging, mich eine Stunde pro Tag bei einem Schreiner arbeiten zu lassen, während ich meinen Universitätsabschluß vorbereitete?
Dieses Bedürfnis zu besitzen, was andere besitzen, und sie nachzuahmen, diese Überzeugung, nur weil jemand etwas macht, täten es alle außer mir, all das gehört eindeutig zum Verhalten eines jungen Mannes. Die Festtage zum Beispiel sind für mich eine Qual. Alles lockt mich, und mir scheint, als entgehe mir alles, da ich doch nur eine einzige Sache tun kann. Es kommt mir nicht in den Sinn, daß all jene, die ich betrachte und beneide, in der genau gleichen Lage sind wie ich und auch sie nur eine Sache auf einmal tun. Alle zusammen lassen mich glauben, sie machen alles. Sie machen auch alles, das stimmt, aber sie müssen Tausende sein, um es zu tun. Und ich betrachte sie immer noch alle gemeinsam, statt einen einzigen unablässig mit dem Blick zu verfolgen, ihn aufmerksam zu beobachten, um herauszufinden, wie sehr er mir ähnlich ist.
Doch kommen wir zu meinem früheren Leben zurück. Wenn ich die heutigen jungen Leute sehe, bin ich erstaunt über ihre Frühreife. Vielleicht kommt es daher, daß ich sie wiederum alle zusammen sehe, statt sie einzeln zu betrachten. Ich bin verblüfft über ihre Lebhaftigkeit, über

die Kraft, die von ihnen ausgeht und vor allem über die Ordnung, die schon in ihnen steckt. Wenn ich bedenke, was ich mit achtzehn, mit zwanzig und sogar mit fünfundzwanzig Jahren war, erröte ich gelegentlich vor Scham. Ich frage manchmal einen Mann meines Alters, ob er sich an seine Kindheit erinnere, an seine Jugend, und wenn einer die Hände gegen den Himmel ausstreckt, wie um zu sagen, wie dumm er doch damals gewesen sei, empfinde ich tiefe Erleichterung. Aber wie viele trauern ihren einstigen Qualitäten nach! Ja, wenn ich mir vorstelle, wie ich als junger Mann war, frage ich mich, wie es überhaupt möglich ist, daß ich heute einigen Verstand besitze und durch welches Wunder mir eine Katastrophe erspart geblieben ist. Mit zwanzig wußte ich nichts vom Leben, und ich versuchte auch gar nicht, etwas von ihm zu verstehen. Das geringste Ereignis bewegte mich. Das Böse existierte in meinen Augen nicht. Ich lebte auf dieser Welt, als sei ich unvergänglich, als würde der Tod nie kommen. Mich gegen die anderen zu verteidigen, schien mir unter meiner Würde. Ich habe diese Einstellung sehr lange beibehalten. Kämpfen, feilschen, nicht glauben, was irgend jemand mir erzählt, all das erschien mir lange Zeit unmöglich. Ich war völlig unbedarft und dafür geschaffen, allen zu vertrauen. Ich dachte weder daran zu lieben noch geliebt zu werden. So war es um mich bestellt, als ich ins Alter kam, in dem die meisten jungen Männer ihre erste Geliebte haben. Dann wurde ich allmählich härter. Wenn ich davon träumte, zu heiraten und ein Heim zu gründen, geschah es eher aus dem Bedürfnis, es meinem Vater gleichzutun, Familienoberhaupt zu werden wie er, als aus einer echten Neigung heraus. Der Familiengedanke war in mir so stark verwurzelt, daß ich jahrelang nicht glauben konnte, dieses Ziel könnte sich verwirklichen lassen. In meinen Gedankengebäuden gab es nie alles, was es in meiner Jugend gegeben hatte. Ich versuchte zum Beispiel, die Freunde, die ich haben würde, mit denen zu vergleichen, die meine Eltern gehabt hatten. Von den meinen ging etwas weniger Beständiges aus. Alles, was ich besaß, schien blasser als das, was meinen Eltern gehört hatte. Und dieses Unvermögen, an die Ereignisse der Gegenwart zu glauben, diese Gewißheit, die Vergangenheit sei viel besser und wichtiger, diese Unfähigkeit zu begreifen, daß Monsieur Guizot zum Beispiel, der Freund meines Vaters, diesem nicht mehr bedeutet hatte als mein teurer Kamerad Etienne einmal mir und meiner Frau bedeuten würde – gehört das alles nicht ebenfalls zum Verhalten eines jungen Mannes?

13. Oktober

Da Madeleine nach dem Abendessen über Migräne klagte, bat ich sie um die Erlaubnis, André Mercier und seine Frau zu besuchen. «Geh, wohin dir beliebt, mein armer Junge», gab sie zur Antwort. Wenn ich meine Frau am Abend auf diese Weise verlasse, weiß ich, daß ich ihr keinerlei Kummer bereite. Um trotzdem ihre Eifersucht zu erregen, gehe ich so weit, Freude über den Ausgang vorzuspielen und ihr damit wenigstens einen Schrei zu entlocken, irgend etwas, das mir zeigen würde, daß ich ihr nicht völlig gleichgültig bin. Doch das hat dazu geführt, daß sie mit der Zeit zu der Überzeugung gelangt ist, ich hege für sie keine tieferen Gefühle und, weit davon entfernt, sich gegen mich aufzulehnen, scheint sie sich damit abzufinden; das ist es, was mich ärgert und mich dazu bringt, meine Haltung noch zu übertreiben. Doch lassen wir meine Sorgen beiseite. Monsieur Mercier ist ein ehrenwerter Geschäftsmann, zu dem ich eine freundschaftliche Beziehung unterhalte, obschon ich eher ungesellig bin. Ich habe nur sehr wenige Freunde, und ich tue bestimmt nicht gut daran, das zu erwähnen und mich noch damit zu brüsten. Mercier und ich spielen ein amüsantes Spiel. Während wir uns gegenseitig mit Aufmerksamkeiten überschütten, gestehen wir uns bei jeder Begegnung, in niemanden Vertrauen zu haben, ohne daß je einer von uns den andern zu fragen wagte, ob unsere Freundschaft eine Ausnahme bilde.

Ich war gerade erst vor einigen Minuten bei den Merciers eingetroffen, als man Maud Bringer hereinführte. Diese junge Frau war vor etwa zehn Jahren ein ganz und gar entzückendes Geschöpf gewesen. Stellen Sie sich ein schönes junges Mädchen voll Frische, Einfallsreichtum und Charme vor, die durch das Leben schritt, ohne der Aufmerksamkeit gewahr zu werden, die sie auf sich zog. Sie konnte mit noch so vielen Huldigungen und Schmeicheleien überhäuft werden, sie maß ihnen nicht die geringste Bedeutung bei. Sie war allem, was von außen kam, unzugänglich und ausschließlich damit beschäftigt, ihre Anmut auszustrahlen. Wir liebten uns damals sehr, und wenn ich ihr Kummer bereitete, kam ihr nicht einmal der Gedanke, mir deswegen zu grollen, noch dachte sie daran, all den jungen Männern, die sie umringten, mehr Aufmerksamkeit zu schenken. Und es war rührend, dieses

junge Mädchen zu sehen, das mich mit einer einzigen Geste zum unglücklichsten Mann hätte machen können: Sie kannte ihre Macht nicht und litt einzig meinetwegen. Dabei war meine Eifersucht teuflisch gewesen. Sie zeigte sich in den kleinsten Einzelheiten, und obgleich ich mir ihrer bewußt war, unternahm ich nichts, um sie zu bekämpfen. Ich machte Maud alles zum Vorwurf: daß sie mit ihrem Vater sprach, mit ihrem Bruder ausging, einen männlichen Vornamen aussprach, wußte, daß mein Cousin sich mit einem Kameraden überworfen hatte oder immer im Spiel gewann, daß sie bestimmte Dichter oder Maler verehrte. Ich ließ nicht locker. Es genügte, daß sie etwas liebte – Blumen, eine Stadt – damit ich diese verabscheute und noch Wochen später dauernd über sie herzog, wobei ich sehnlichst darauf wartete, daß Maud nachgebe und aufhöre, jene Blumen oder jene Stadt zu lieben. Doch sie duldete meine Eifersucht als einen Liebesbeweis. Und ich zitterte beim Gedanken, sie könnte erfahren, daß ich mit Frauen, die mir gleichgültig waren, genauso tyrannisch verfahren war. Sie ertrug meine ausgefallensten Wünsche und Ansinnen mit einer außerordentlichen Geduld, und wenn ich mich nach einem Wutausbruch an die Worte erinnerte, mit denen sie mich zu beruhigen versucht hatte, staunte ich ob so viel Nachsicht und Besonnenheit.
Diese Momente der Ruhe waren jeweils von kurzer Dauer. Beim kleinsten Anlaß fing ich von neuem an. Allmählich nahmen meine Forderungen solche Ausmaße an, daß ich mich heute frage, wie Maud darauf eingehen konnte. Eines Tages flehte ich sie an, ihren Vater nicht mehr zu küssen. Ich weiß nicht mehr, welche Komödie ich ihr vorspielte, um ihr begreiflich zu machen, wie

unerträglich mir der Gedanke sei, daß ein Mann seine Lippen auf ihre Wangen drücke, und sei es auch ihr Vater. «Aber das ist unmöglich!» antwortete sie. Ich war mir durchaus bewußt, daß es unmöglich war, doch das hinderte mich nicht daran, auf meinem Ansinnen zu bestehen, und ich ging sogar so weit zu schwören, ich werde sie nie wiedersehen, wenn sie mir nicht gehorche. Ich erpreßte sie dauernd. Wenn sie sich nicht fügen wollte, drohte ich ihr wegen jeder Lappalie, wegzugehen in irgendein fernes Land. Sie erbleichte. Ich spürte, daß sie in ein schreckliches Dilemma geriet. Und doch hielten mich jene Bosheit und Härte in mir, die ich noch immer nicht vollkommen zu verbannen vermocht habe, davon ab, sie zu beruhigen. Grausam beharrte ich auf meinem Standpunkt. Sie begann zu weinen. Erst wenn sie sich von sich aus beruhigt hatte, flehte ich sie an, mir zu verzeihen. Doch schon am nächsten Tag konnte ich nicht anders und begann mit derselben Szene von vorn. Nach einer köstlichen Stunde in ihrer Gesellschaft erinnerte ich mich unvermittelt an ihre Weigerung, ihren Vater zu bitten, sie nicht mehr zu küssen. Eine unbestimmte Wut stieg in mir auf; wieder bedrängte ich sie erbarmungslos, bis sie weinte.

Einige Monate bevor ich Maud Bringer kennenlernte, hatte ich mit einer ihrer Freundinnen geflirtet, Simone Charavel, der Schwester eines Kameraden, die im Gegensatz zu Maud kokett und herausfordernd war. Mit sechzehn erfand sie Geschichten, um sich nach den Unterrichtsstunden mit Jungen treffen zu können. Obgleich die Gefühle, die sie in mir weckte, bei weitem nicht so tief waren wie jene, die ich dann für Maud hegte, quälte ich sie auf die gleiche Art. Ich liebte sie weniger, und doch

litt ich mehr. Sie machte sich über meine Forderungen lustig. Eines Tages sagte ich zu ihr: «Sie werden sehen, Simone, daß ich der Stärkere sein werde und daß der Tag kommen wird, an dem ich Ihnen sogar verbieten werde, Ihren Vater zu küssen.» Sie brach in Gelächter aus. So wenig Einfluß auf sie zu haben, bewirkte, daß ich mich von ihr löste. Damals lernte ich Maud kennen.
Nach einer ungewöhnlich heftigen Auseinandersetzung erschien Maud am nächsten Tag nicht zum Rendezvous. Meine Kühnheit verflog mit einem Schlag. Ich hatte Angst, sie zu verlieren, zu weit gegangen zu sein. Ich rief sie unter einem fadenscheinigen Vorwand an. Ihre Mutter kam ans Telephon, doch sie war schroff. Einen ganzen Tag lang postierte ich mich vor ihrem Haus. Sie kam nicht heraus. Ich war in panischer Aufregung, hatte nur noch einen Wunsch: sie zu sehen. Ich rief wieder an. Diesmal antwortete ihr Bruder. Er erklärte mir freundlich, Maud fühle sich nicht sehr wohl, und sie werde nicht vor drei, vier Tagen aus dem Haus gehen. Das beruhigte mich, und ich eilte heim in der Hoffnung, einige Zeilen von ihr vorzufinden. Doch da war nichts. Ich verbrachte jene Tage angsterfüllt. Obwohl es mir peinlich war, einer Familie gegenüberzutreten, über die ich so viel Schlechtes gesagt hatte, konnte ich mich nicht länger zurückhalten und ging zu ihr nach Hause. Nachdem sie mich lange hatte warten lassen, erschien sie schließlich. Ihr Gesicht war verändert, abgezehrt. Sie schaute mich traurig an und sagte dann, als ich schwieg: «Wir werden uns später wiedersehen, wenn wir beide frei sind. Es ist viel besser so, sowohl für Sie, Louis, als auch für mich.» Ich war erschüttert. Ich bat sie leise um Verzeihung. Ich wußte nicht, was ich tun sollte, um sie wiederzugewinnen. Doch so geduldig sie vorher

gewesen war, so entschlossen war sie jetzt geworden. Ich habe sie nicht mehr wiedergesehen. Alles, was ich über sie erfahren habe, ist, daß sie geheiratet hatte.
Als ich ihr bei den Merciers plötzlich gegenüberstand, war ich zutiefst bewegt. Sie unterschied sich nicht von dem jungen Mädchen, das ich gekannt hatte. Bei meinem Anblick ließ sie sich nicht die geringste Verwirrung anmerken. Doch als ich mich einen Moment lang etwas abseits hielt, trat sie zu mir. Nachdem wir einige belanglose Worte gewechselt hatten, fragte sie mich, ob ich mich an unsere einstige Freundschaft erinnere. Dann fügte sie mit leicht zitternder Stimme hinzu: «Glauben Sie nicht, daß ich Ihnen noch böse bin, Louis. Ich mache im Gegenteil mir selbst Vorwürfe; ich war ungerecht zu Ihnen.» Bei diesen Worten überkam mich ein bitteres Gefühl. Sie sprach bewegt, als sei sie noch ganz von der Vergangenheit erfüllt, während ich überrascht feststellte, daß ihre Stimme nicht das geringste Bedauern in mir hervorrief. Sie wandte sich an den jungen Mann, der ich einst gewesen war, als ob nicht Jahre dazwischen gelegen wären. Mir schien, als hätte sie diese Worte ebensogut eine Woche nach ihrem großen Entschluß aussprechen können. Sie hatte alles unversehrt in sich bewahrt. Die Heirat hatte nichts ausgelöscht. Und vielleicht noch trauriger war, daß sie nun glaubte, ungerecht gewesen zu sein, und beim Gedanken, daß ich ihretwegen gelitten hatte, Gewissensbisse empfand, während ich, der wahre Schuldige, alles vergessen hatte.

16. Oktober

Wir haben heute abend im Restaurant gegessen. Wenn Madeleine vor einigen Jahren an einem Ort war, wo man sie bediente, hatte sie jeweils die fixe Angewohnheit, dem Servicepersonal zu helfen. Als aber einmal ein perfekter Kellner ihre Hilfe zurückwies, war sie so beschämt und errötete dabei so sehr, daß sie sich seither dem Dienstpersonal gegenüber völlig distanziert verhält. Seit jener Lehre scheint es für sie sogar ein Ausdruck distinguierten Benehmens zu sein, einem Bedienten nie zur Hand zu gehen, ja ihn sogar in seiner Arbeit zu behindern. Ich könnte übrigens tausend ähnliche Kleinigkeiten anführen, die alle von ihrer Erziehung herrühren. Madeleine verteilte zum Beispiel mit Vorliebe übertrieben hohe Trinkgelder und gab sie vornehmlich jenen, die nicht gewohnt waren, ein Trinkgeld zu erhalten und bei denen ich immer befürchtete, sie könnten es zurückweisen. Weiter fand sie Gefallen daran, die Leute bei ihrer Berufsbezeichnung zu nennen. Als wir nach Nizza fuhren, sagte sie: «Schaffner, belegen Sie uns zwei Plätze.» Möglich, daß ein Schaffner sich dadurch nicht beleidigt fühlt, mich aber stört es ungeheuer. An geschlossenen Orten hatte sie glücklicherweise einige Hemmungen. Doch auf der Straße kam es nicht selten vor, daß sie auf einen Schutzmann zuging und zu ihm sagte: «Können Sie mir erklären, Schutzmann, wo die Straße X ist?» Das erinnert mich an unseren Aufenthalt in Nizza. In jedem «Luftkurort» gibt es eine Fassade und eine Rückseite, nur ist diese dort viel sichtbarer als in einer großen Stadt. Hinter der Hotelfront zum Meer hin gibt es immer eine Rue des Belges, eine Rue des Serbes. In dieser Kulisse richten sich die bescheidenen Wintergäste ein. Ich hätte ein gutes Hotel im Stadtzentrum vorgezogen, doch Madeleine beharrte darauf, wir sollten eine jener Pensionen wählen. Als sie mich geheiratet hatte, war ihr nicht der Gedanke gekommen, ihr Leben könnte sich verändern, und sie wollte, daß wir in Nizza zu zweit genau gleich lebten, wie sie es allein hätte tun müssen. Madeleine mochte gerade jene Orte, wo man aufgrund der Zwanglosigkeit, die sie an den Tag legte, erraten konnte, daß sie der Wunsch dorthin geführt hatte, sich wie in einer Familie zu fühlen, daß sie zwar eine Dame von Welt war, sie aber die Ruhe dieses abgeschiedenen Winkels den lauten Erstklaßhotels vorzog. Die Gewohnheiten der Pensionäre schienen sie zu ergötzen. Bei jeder Gepflogenheit, die von den ihr vertrauten abwich, stieß sie Rufe des Erstaunens aus, als bestehe in ihrer Vorstellung der einzige Unterschied zwischen einer Pension und einem Erstklaßhotel nicht so sehr im Luxus und im perfekten Service als vielmehr in der Ruhe, als seien die neuen Gewohnheiten nicht schlechter als die ihren, nur anders. Und doch konnte man erkennen, daß sie diese für schlechter hielt, und sei es nur an ihrem Erstaunen. Liebenswürdig beugte sie sich strengen Vorschriften, wobei sie sich kaum anmerken ließ, daß sie wußte, anderswo war es nicht so. Die Pensionäre ihrerseits schienen sich von ihrem Verhalten täuschen zu lassen. Sie kamen schließlich zu der Überzeugung, wir seien klug und zögen, abgesehen von allen Preisbetrachtungen, die Mittags- und Abendmahlzeiten bei Mademoiselle Davis jenen in einem Erstklaßhotel vor. Mademoiselle Davis förderte diesen Glauben übrigens noch und versäumte es nie zu erzählen, wie im letzten Winter ein gewisser Prinz das Hôtel des Anglais angewidert verlassen habe, um in ihre Pension zu ziehen. Wenn man sie so hörte, hätte man meinen können, all ihre Gäste hätten es anderswo weniger gut gehabt und hätten, nach so manchem Verdruß, endlich zu ihr gefunden.

Ich weiß nicht, warum ich gerade jetzt daran denke, daß mir Madeleine damals sagte, falls wir eines Tages ein Kind haben sollten, müßten wir ihm Möbel, eine Badewanne und ein Fahrrad kaufen, die auf seine Größe zugeschnitten wären. Der Gedanke, daß Kinder eine Welt nach ihren Proportionen hätten, entzückte sie. Unnötig zu sagen, daß ich das lächerlich finde. Ich denke auch an unsere Spaziergänge am Meer. Madeleine, die keinerlei Urteilsfähigkeit besitzt und sich dem besten Menschen der Welt gegenüber wähnt, während dieser in Wirklichkeit ein Taugenichts ist, glaubte plötzlich den erstaunlichsten Spürsinn bei sich zu entdecken, wenn es darum ging, das lasterhafte Benehmen eines Badenden aufzudecken, der sich selbstgefällig am Strand auszieht. «Man muß die Männer beobachten», sagte sie, «wenn sie im Badeanzug herumlaufen, sich zehnmal die Beine abtrocknen, sich an ihren Kleidern zu schaffen machen, ohne sie anzuziehen, und man muß sehen, mit welchem Bedauern sie sich schließlich dazu durchringen, sich anzukleiden.» Denn es genügte, daß sich durch Zufall eine unschickliche Szene unter ihren Augen abspielte, und schon war sie überzeugt, die Akteure hätten es absichtlich getan. Wenn sie sich zum Beispiel in der Tür geirrt hätte und in ein Zimmer getreten wäre, in dem sich ein Mann befand, hätte sich in ihrem Kopf umgehend die Idee festgesetzt, der Mann habe die Tür absichtlich schlecht geschlossen in der Hoffnung, jemand werde sie öffnen. Ich erinnere mich noch, wie ich Madeleine in sprachloses Erstaunen versetzte, als ich ihr eine Badende gezeigt hatte. «Siehst du», hatte ich gesagt, nachdem ich sie aufgefordert hatte, herauszufinden, was die Unbekannte an Unharmonischem und an Schönem besaß, «siehst du, sie hat spitze Ellbogen, was sehr häßlich ist. Aber schau nur, wie hübsch ihre Füße sind. Die zweite Zehe ist länger als die große, wie bei den griechischen Statuen.» Und Madeleines Verblüffung hielt lange Zeit an, denn in ihrer Vorstellung mußten die Zehen, um hübsch zu sein, von der großen zur kleinen hin regelmäßig kleiner werden.

18. Oktober

Gestern abend beging ich den Fehler, Madeleine zu Désiré Durand zu führen, einem Freund, oder eher einem Bekannten, dem man keine Einladung abschlägt, da es nur zu offensichtlich ist, daß einzig deswegen an einen gedacht wurde, um die Zahl der Gäste zu vergrößern. Ein Besuch bei diesem Geschäftsmann kommt dem Besuch eines unterhaltsamen Spektakels gleich.
Bei unserer Ankunft an der Rue Pierre-Levée standen meine Frau und ich sogleich dem Hausherrn gegenüber. Er empfing uns mit einer solchen Zwanglosigkeit und Vertraulichkeit, daß ich Madeleine mit einem ironischen Lächeln ansah, sobald wir wieder allein waren. Doch ihr Gesicht blieb undurchdringlich. Sie schien sich mein Lächeln nicht erklären zu können. «Ich verstehe nicht,

wie du eine derartige Einladung annehmen konntest», sagte sie. «Du achtest mich offenbar nicht sehr.» An einem Ort, wo man sich amüsiert, fühlt sich Madeleine sogleich unwohl. Die Freude der anderen schmerzt sie. Sie bezichtigt alle Frauen, zu flirten, sich den Hof machen zu lassen, sich gegenseitig Schlechtes übereinander zu erzählen; und die Männer, oberflächlich zu sein, sich unwiderstehlich zu finden, sich mit ihren Abenteuern zu brüsten. Sie sagt dann kein Wort mehr. Sie hatte sich für den Abend zurechtgemacht, als hätte es gegolten, die einzige schöne Frau zu sein, ein wenig so, als sei sie die einzige weibliche Geladene an einer Tafel von Geschäftsleuten – das heißt mit Einfachheit und Raffinesse. Sie hatte zwei große Nelken an ihr Oberteil gesteckt, doch als sie bei unserer Ankunft die tanzenden und lachenden Paare sah, nahm sie sie ab und behielt sie in der Hand. Sie, die wußte, daß sie fast immer auffiel, litt darunter, daß sie scheinbar kein Aufsehen erregt hatte, obwohl sie aufgrund von Zeichen, die nur Frauen wahrnehmen, sicher war, daß in Wirklichkeit alle sie bemerkt hatten. Und doch wäre sie zutiefst enttäuscht gewesen, wenn ich diese Einladung abgelehnt hätte. Sie hatte kommen wollen, doch kaum war sie da, kapselte sie sich ab. Dabei tat ich alles, was in meiner Macht stand, um ihr einen angenehmen Abend zu bereiten. Ich bezog Madeleine immer ganz automatisch in eine Konversation mit ein. Sie sagte ein Wort, dann schwieg sie wieder. Ich ließ mich nicht entmutigen und stellte ihr gleich darauf eine Frage, wobei ich versuchte, sie bei den andern sympathisch erscheinen zu lassen und sie damit glücklich zu machen. In solchen Situationen bereitet mir nichts mehr Freude als der Erfolg, den Madeleine erringen kann, nicht etwa,

daß ich mir etwas darauf einbilden würde, sondern weil sie wie verwandelt ist, wenn sie gefällt. Ich litt, wenn ein Gast sie kühl behandelte. Ich war so liebenswürdig wie nur möglich zu ihr, um diesem begreiflich zu machen, daß ich Madeleine liebte, und damit er sich ihr gegenüber freundlicher zeige. Doch ihre Miene blieb frostig. Sobald ich annahm, sie finde Vergnügen an jemandes Gesellschaft, entfernte ich mich, und während ich vorgab, mich für die Äußerungen des ersten besten, dem ich begegnete, brennend zu interessieren, beobachtete ich sie von weitem und versuchte dabei ängstlich, ein Lächeln auf ihrem Gesicht zu erhaschen, das mich glücklich gemacht hätte. Wenn sich ihr Gegenüber zu entfernen suchte, blieb sie stumm und tat, als bemerke sie nichts. Denn Madeleine gehört zu jenen Frauen, die niemanden aufhalten, die aber beleidigt sind, wenn man sie verläßt. Ich ging also wieder zu ihr. In der kurzen Zeit, in der wir allein blieben, empfand ich eine peinliche Verlegenheit.
Immer noch kamen neue Leute, und in der Eingangshalle und im großen Salon konnte man sich kaum noch bewegen. Ohne mich zu beachten, steuerte Madeleine plötzlich auf eine Ecke zu, drehte sich zu den Gästen hin und nahm die Haltung eines höheren Wesens ein, das dem armseligen Treiben der Menschheit beiwohnt. Ich folgte ihr und setzte eine gutmütige Miene auf, damit man ihre Haltung nicht falsch auffasse. «Es ist erbärmlich», sagte Madeleine. «Was ist denn so erbärmlich?» fragte ich. «Was kümmern dich die Leute? Man muß sie nehmen, wie sie sind. Es ist absolut bedeutungslos.» Madeleine blieb stumm. In diesem Augenblick bemerkte ich Durand, der mir mit Zeichen bedeutete, zu ihm zu kommen. Ich wollte, daß mich Madeleine begleitete, doch

sie lehnte ab. Ich war unentschlossen und wußte nicht, ob ich sie allein lassen sollte oder nicht. «Ich komme sofort wieder», sagte ich automatisch, «ich möchte nicht unhöflich sein. Komm doch mit.» «Ich möchte wirklich nicht.» Mit der Miene einer Märtyrerin fügte sie hinzu: «Aber wenn du Lust hast hinzugehen, geh ruhig. Amüsiere dich nur, kümmere dich nicht um mich.» Ich entfernte mich. «Ach, da sind Sie ja, lieber Freund», sagte Durand. «Ich wollte Ihnen nämlich Madame Barrière vorstellen, die schon viel von Ihnen gehört hat, und Madame Chaumier.» Der Geschäftsmann behandelte mich mit einer Art gönnerhaften Herablassung, so sehr er sich auch bemühte, dies nicht zu zeigen. Er hatte die Miene dessen, der sogar dann, wenn er jemanden braucht, diesem damit noch einen Dienst erweist. So war es nicht Ceccaldi gewesen, der ihm einen Gefallen getan hatte, als er für ihn den Prozeß gewonnen hatte, sondern Durand hatte Ceccaldi einen Dienst erwiesen, indem er ihn gewählt hatte. An einem bestimmten Punkt übertrumpft der Reichtum alle menschlichen Qualitäten, so daß der Arzt in den Augen gewisser Leute nichts als ein kleiner Anonymus ist, dessen Wissen einzig den Wert einer Meinung oder eines Rats besitzt. Durand hatte mich den beiden Frauen gewissermaßen als Freund eines Mannes vorgestellt, der ihm verpflichtet war. Schließlich entfernte er sich mit einer der Frauen und ließ mich mit Madame Barrière allein. Diese war sehr hübsch und schien mir sogleich ein großes Interesse entgegenzubringen. In diesem Augenblick gewahrte ich meine Frau, die mich mit einer solchen Verlorenheit in den Augen ansah, daß ich erschüttert war. Ich verließ Madame Barrière abrupt und kehrte zu Madeleine zurück, die nur sagte: «Gehen wir.

Ich muß mit dir reden.» Im Taxi, das uns heimführte, sagte sie kein Wort. Als ich ihre Hand küssen wollte, machte sie eine solch angewiderte Bewegung, daß ich sprachlos war. «Was hast du?», fragte ich sie, obwohl ich genau wußte, alles kam nur daher, daß ich mit Madame Barrière gesprochen hatte. Sie antwortete nicht. Sie litt zutiefst. Das also war der Mann, dem sie ihre Jugend geschenkt hatte. Alles rückte von ihr ab. Niemand verstand sie. Gereizt durch diesen Abend und die unbedeutende Rolle, die ihr darin zugekommen war, empfand sie einen abgrundtiefen Haß gegen mich. Plötzlich sagte sie: «Ich will noch nicht nach Hause, es ist zu früh.» «Was möchtest du denn tun?» «Ich will mich amüsieren. Ich bin nicht weniger attraktiv als all diese Frauen, die nichts anderes tun als flirten. Ich will mich amüsieren. Ich habe noch Erfolg, du wirst schon sehen...» Wir gingen in ein Nachtlokal. Zu dieser Stunde waren erst wenige Gäste da, und gegen elf Uhr abends herrschte eine fast morgendliche Stimmung. «Bestell die Getränke...», sagte Madeleine. Angesichts der Freundlichkeit der Kellner, der Boys und der Oberkellner, und dank der verzückten Blicke einiger Gäste hatte sie sich gefangen und fühlte ihre gute Laune wiederkehren. Sie atmete gierig die Luft ein. Ich aber beobachtete sie beunruhigt. Ich wußte aus Erfahrung, daß diese Fröhlichkeit falsch war und etwas verbarg. Wenn Madeleine zornig ist, gibt sie sich zuerst immer unbeteiligt und legt eine Art Freiheitsdrang an den Tag. Man hätte meinen können, sie wolle mir zeigen, daß sie eine eigene Existenz habe und wie die andern Frauen sei, wenn ich schon wie die andern Männer war. Doch es genügt, sich mit ihr zu beschäftigen, sich besonders zuvor-

kommend zu zeigen, damit sie vorübergehend alles vergißt.
Langsam kamen Gäste, die nach einer Veranstaltung noch etwas essen wollten, und fast jeder Mann starrte Madeleine an. «Siehst du, es ist nicht überall gleich», sagte sie. Sie forderte ungeduldig und kapriziös, man solle ihr Zigaretten bringen. Sie war glücklich. Und doch spürte ich, daß sie im Innern eine dumpfe Wut gegen mich hegte. «Und wenn ich dich nun bäte, mich allein zu lassen?» sagte sie plötzlich. Ich muß wohl ein erschrockenes Gesicht gemacht haben. «Nein, keine Angst, du kannst bleiben. Du störst mich nicht. Jene Dame kann warten.» Sie sagte das mit einer ironischen Aufrichtigkeit, als wolle sie nichts anderes, als daß ich mit Madame Barrière glücklich sei. Sie wurde immer nervöser. Instinktiv merkte ich, daß es besser war, ihr nicht zu widersprechen, und ich ließ sie reden in der Hoffnung, sie beruhige sich von alleine. Das Orchester spielte ununterbrochen, und schon warfen sich einige betrunkene Gäste Papierschlangen zu. Unvermittelt wandte sie sich mir zu und sagte: «Ich bin noch hübsch, weißt du. Du wirst es gleich bemerken.» Kaum hatte sie diese Worte ausgesprochen, erhob sie sich jäh. «Ich habe übrigens genug. Ich gehe zu meinem Vater. Dann bist du allein und kannst tun und lassen, was dir beliebt.» Ich versuchte sie zu beruhigen, aber vergeblich. Sobald wir draußen waren und sie die kalte Nachtluft spürte, begann sie zu weinen und zu stöhnen. Der Grund dieser Gereiztheit ist in Wirklichkeit gar nicht die Eifersucht. Madeleine ist meinetwegen nicht eifersüchtig. Ihre Eigenliebe ist es, die im Laufe des Abends arg auf die Probe gestellt wurde. Und sie hat sich an mir gerächt für die Gleichgültigkeit, die man ihr entgegenzubringen schien.

19. Oktober

Früh am Morgen rief ich Madeleines Vater an. Er habe mich gerade bitten wollen, dringend bei ihm vorbeizukommen. Ich empfinde für Monsieur Curti eine Art Respekt. Er hat die Schicksalsschläge fürwahr mit stoischer Gelassenheit hingenommen. Nie hätte er wie sein Freund Diéghera gehandelt, der, als er spürte, daß seine Geschäfte gefährdet waren, alle Hebel in Bewegung setzte, als gehe es um sein Leben, und der sogar Unbekannte unter Tränen bat, sich für ihn zu verwenden, obwohl es ihnen geschadet hätte. Dabei hätte er selbst nicht den kleinen Finger gerührt, um jemandem zu helfen. In seiner Angst vor dem Ruin hatte er seine ganze Würde verloren.

Jener Diéghera war übrigens ein komischer Kauz. Er kränkte bisweilen seine besten Freunde, und wenn der Streit unerwartete Ausmaße annahm, wußte er jeweils nicht mehr, was tun, damit man ihm verzieh. Er erging sich in Reuebezeigungen, die in keinem Verhältnis zum begangenen Fehler standen, was ihn aber nicht daran hinderte, sich eine Stunde später der gleichen Person gegenüber, bei der er sich eben so theatralisch entschuldigt hatte, erneut beleidigend zu benehmen. Der geringsten Kleinigkeit wegen nahm er die Haltung eines Verurteilten an, der auf der Richtstätte die Henker, seinen Anwalt, den Priester und die Zuschauer anfleht, ihn zu retten. Man kann sich leicht sein Gebaren vorstellen, als er sein Vermögen verlor. Ganz anders war die Haltung von Monsieur Curti. Er schickte sich in seinen Ruin wie in eine Krankheit, und keine Sekunde lang dachte er daran, jemand anderen dafür verantwortlich zu machen. Wie nach einer Trennung, wenn man an den Menschen denkt, den man verlassen hat, schien es ihm plötzlich, er sei das Opfer seiner Einbildung geworden, es sei nichts geschehen, es könne nicht so weitergehen und alles werde durch ein Mittel, das er nur noch nicht kenne, in die alte Ordnung zurückkehren. Aber wenn er bei genauerer Überlegung begriff, wie die Dinge wirklich standen, empfand er schmerzlich das Gefühl seiner Ohnmacht. Alles war vorbei.

Curti muß oft Leute treffen, deren gegenwärtige Stellung genauso wichtig ist, wie es seine einstige war. Bei solcher Gelegenheit läßt er nie etwas durchblicken, was seine ehemalige Position verraten könnte, auch wenn seine Frau Jeanne, die er erst viel später geheiratet hat, wünschte, man möge wissen, was ihr Mann einst gewesen war. Sie ging darin so weit, die Vergangenheit in einer gewissen Verworrenheit zu belassen, um glauben zu machen, nicht nur Curti sei ruiniert worden, sondern auch sie. Manche Frauen fühlen sich wohl in dieser Art Verwirrung, da sie sich einbilden, das Vermögen, das man vor ihnen besaß, sei ihnen gestohlen worden. So waren Curti von seinem Reichtum trotz allem einige Überreste geblieben, unter anderem einige Bilder ohne großen Handelswert. Für Jeanne waren sie heilig. Nun geschah es aber, daß Curti eines dieser Bilder Diéghera versprach, dem es so gefiel, daß er bei jedem Besuch seinen Freund zuerst um die Erlaubnis bat, es zu betrachten. Jeanne war dabei, als das Bild überreicht wurde. Sie sagte kein Wort und erbot sich sogar, es einzupacken. Doch sobald Diéghera gegangen war, überkam sie eine maßlose Wut. «Nicht nur, daß du mir all die schönen Sachen vorenthalten hast, jetzt mußt du sogar noch die kläglichen Reste verschenken! Du mußt deine Güte noch auf meine Kosten demonstrieren!» schrie sie. Curti, der vorher nicht sonderlich großzügig gewesen ist, kokettiert heute mit einer außergewöhnlichen Freigebigkeit. Er ist unfähig, jemandem den geringsten Wunsch abzuschlagen. Nun, da sein Vermögen nur noch unbedeutend ist im Vergleich zu dem, das er vorher besessen hat, empfindet er ein gewisses Vergnügen daran, an nichts zu hängen, vermuten zu lassen, seine Lage sei noch bedrängter, als sie scheint, und zu teilen, was er besitzt, als sei das, was ihm noch bleibt, von keinerlei Bedeutung. Er scheint immer sagen zu wollen, die Güter dieser Welt seien reine Illusion, und zum Teil meint er das auch ehrlich, denn er war dank einer magischen Operation zu seinem Vermögen gelangt und hat wahrscheinlich die unbeteiligte Haltung bewahrt, die er sich schon zuvor angeeignet hatte. Erst durch seinen Ruin hat er nämlich gerade gelernt, daß er vorher den Wert des Geldes nicht gekannt hatte. Seine ganze Nachsicht beruht auf dieser Erkenntnis. Man kann an seinem Gesicht ablesen, daß das Schicksal gar nicht so grausam gewesen ist, da es ihm zu einer Lebensweisheit verholfen hat, die er sonst nicht besäße. Er bemüht sich, nicht erkennen zu lassen, daß er Reichtum gewohnt ist, und versucht gar, sich ein demutsvolleres Benehmen anzueignen, was seine Frau zur Verzweiflung brachte. So antwortet er mir jeweils beim Abschied auf meine Frage, ob ich ihm ein Auto kommen lassen solle, er gehe lieber mit der Straßenbahn, er sei es so gewohnt und es sei ihm lästig, seinen Gewohnheiten zuwiderzuhandeln. Jeanne sah darin ein lächerliches Bedürfnis, sich zu erniedrigen, das sie alsbald in den Wunsch verwandelte, sie selbst herabzuwürdigen. Sie warf ihm vor, seinen einstigen Mätressen Geschenke gemacht zu haben. Sie hatte übrigens die Eigenheit, ihrem Mann nie seine vergangenen Eskapaden vorzuwerfen, sondern nur das Geld, das er mit andern Frauen ausgegeben haben mochte. Sie kam aus bescheidenen Verhältnissen und gehörte zu den Leuten, die glauben, eine Frau, die in den Genuß eines verschwenderischen Reichtums komme, werde zwangsläufig geliebt. Jedesmal wenn sie daran dachte, daß andere Curti in günstigeren Verhältnissen gekannt hatten, überkam sie ein Gefühl der Verbitterung. Wenn ihr Gatte aus Gedankenlosigkeit von seiner Jugend sprach, vom Urlaub, den er mit seiner Familie in Florenz verbracht hatte, spürte sie eine dumpfe Wut in sich aufsteigen, und sie schrie plötzlich: «Ich will auch nach Florenz; ich sehe nicht ein, warum nicht auch ich dorthin fahren sollte.» «Wir werden fahren», antwortete Curti. «Wir werden fahren... Also, fahren wir doch! Ich habe genug von all deinen Versprechen. Fahren wir, fahren wir...» Ihr Mann beruhigte sie immer mit seiner Geduld. Nie brauste er auf. Oder dann kam es vor, daß er nachgab und sie beide tatsächlich nach Florenz fuhren. Es würde zu lange dauern, sich über diese Reisen auszulassen. Doch eines ist gewiß, sie waren nicht einfach; für seine Frau wiederholte Curti mit bescheidenen Mitteln, was er einst mit großem Pomp getan hatte. Während Jeanne hartnäckig wissen wollte, ob das Hotel, in dem sie abgestiegen waren, auch wirklich dasselbe sei, in dem ihr Mann bei seinem früheren Aufenthalt logiert hatte, versuchte er ihr verständlich zu machen, wie unwichtig das doch sei.

Wenn die Umstände ihn mit einem Mann zusammen-

bringen, der wie er ein Opfer des Schicksals geworden ist, wird Curti wieder er selbst. Wie all jene, die eine gleiche und einzige Sorge verbindet, sprechen die beiden Männer mit der größten Höflichkeit miteinander, wobei sie darauf achten, nicht von jenem Thema abzukommen, in dem sie so angenehm und vollkommen übereinstimmen. Curti läßt sich über die Ereignisse aus, die zu seinem Ruin geführt haben, und über die Lebensregel, die er sich in der Folge auferlegt hat. Er spricht dabei mit jenem Tonfall des Fachmanns, der zum Beispiel bei einem Arzt überrascht, den man nur als Privatmann kennt und den man eines Tages eine Diagnose stellen hört. Auf einmal begreift man, daß Curti nicht vergessen hat, daß es in seinem tiefsten Innern einen Winkel gibt, in dem die ganze Vergangenheit unversehrt erhalten geblieben ist. Erstaunt erkennt man am plötzlichen Ernst, der von ihm ausgeht, daß er, ohne je darüber zu sprechen, Groll empfindet, Feinde hat und leidet. Wenn Jeanne einer solchen Unterredung beiwohnte, war sie jeweils entzückt, denn wie die meisten Frauen glaubte sie, der Wille genüge, um das wiederzufinden, was man verloren hat. Sie bemühte sich eifrig, aus den beiden Männern Komplizen zu machen, zwei Opfer, die sich nur zusammenzutun brauchten, um stärker zu werden, und von denen sie erwartete, daß sie gleich am nächsten Tag Himmel und Hölle in Bewegung setzten im Versuch, sich Vermögenswerte zurückzuholen, die nicht mehr existierten. Ihr zufolge war nichts je endgültig verloren.
Ich habe schon gesagt, daß ich für Curti eine Art Respekt empfinde. Das stimmt auch. In seiner Gegenwart nehme ich sogar die Haltung jener jungen Leute ein, die mit berühmten Persönlichkeiten sprechen. Mit dem kleinen

Unterschied allerdings, daß ich nicht die geringste Befangenheit verspüre, sondern im Gegenteil das Bedürfnis habe, allem, was er sagt, zuzustimmen, es gut zu finden und bei Fragen des Geschmacks eine gewisse Unabhängigkeit im Urteil zu zeigen. Der Grund dieser Bewunderung liegt in der großen Würde, die Curti angesichts des widrigen Geschicks beweist, in seiner Bescheidenheit, seiner Zurückhaltung und darin, daß er nie von seinem vergangenen Glanz spricht. Ich muß hinzufügen, daß in meiner Freundlichkeit ein wenig der Wunsch steckt, Curti möge erraten, wie sehr ich seine Diskretion schätze.

Als ich bei ihm eintraf, befürchtete ich, er sei ungehalten und mache mir Vorhaltungen. Ich hatte eine strenge Miene erwartet, doch kaum stand ich ihm gegenüber, huschte ein Lächeln über sein Gesicht: «Das müssen wir wieder einrenken. Es ist doch kindisch, sich wegen solcher Dinge zu streiten.» Ich war verlegen wie jemand, dessen Gegenüber aus Feingefühl den Beweggrund einer begangenen Tat zu übersehen scheint und der sich nicht rechtfertigen kann. Curti sprach mit sanfter Stimme, als wisse er nicht, was seine Tochter seinem Schwiegersohn vorwerfe, und doch mußte er im Bilde sein, wenn er mich hatte kommen lassen. Ich war eingeschüchtert und wagte das Gespräch nicht auf Madeleines Nervosität zu lenken, von der ihr Vater anscheinend nichts wußte. Ich konnte jedoch nicht umhin, im Ton, den man in einer Unterhaltung von Mann zu Mann anschlägt, zu bemerken: «Aber Madeleine ist so sensibel, so phantasievoll, daß sie sich Dinge einbildet, die gar nicht existieren.» Curti ließ diese Feststellung unbeachtet. Es war offensichtlich, daß für ihn seine Tochter perfekt war und er, da er die

Wahrheit scheute, es vorzog, nicht zu verstehen. «Solch lächerliche Zwischenfälle sollten euch doch nicht entzweien», fuhr er fort. Curti ergreift nie Partei für jemanden. So ist es oft bei jenen, die jemanden sehr lieben und nicht enttäuscht werden wollen. Um nichts erfahren zu müssen, was ihm hätte Kummer bereiten können, wurde Curti immer liebenswürdiger zu mir. In diesem Augenblick erschien Madeleine. Sie hatte sich gefaßt und war ausgeruht. Bei ihrem Anblick sagte ihr Vater: «Sehr schön, Madeleine, du mußt vernünftig sein. Du darfst dich nicht wegen Kindereien so ereifern.» Indem er das sagte, gab er unmerklich jener unrecht, die er liebte und derer Liebe er gewiß war, um zu verhindern, daß ich ihm etwas erzählte; er versuchte auf diese Weise, die Freundschaft seines Schwiegersohnes zu gewinnen, die er angeblich höher einstufte als die Liebe seiner Tochter. Als ich Madeleine zulächelte, schaute sie mich an wie jemand, der sich mit einer Person versöhnt, die er nicht mag. «Es ist ja gar nichts», sagte sie, «ich war nur nervös. Am Morgen sehen die Dinge ganz anders aus.» «Dann bin ich ja froh», meinte Curti, «aber versprich mir, es nicht mehr zu tun, Madeleine.» In Wirklichkeit war Madeleine völlig unbeteiligt. Der Zorn war nämlich verebbt, und der Schlaf hatte alles ausgelöscht. Sie fühlte sich jetzt wieder wie am gestrigen Morgen, und ihr Benehmen war ihr ein wenig peinlich.

Auf dem Heimweg verhielt ich mich Madeleine gegenüber besonders aufmerksam, doch sie tat, als bemerke sie es nicht. Kaum waren wir zu Hause, empfand sie das unwiderstehliche Bedürfnis, einige unfreundliche Bemerkungen zu dem Zimmermädchen zu machen, um zu zeigen, daß ihre Autorität durch ihre Abwesenheit nicht gelitten hatte. Sie wurde immer nervöser. Um ihrem Vater keinen Kummer zu bereiten, hatte sie ihm gehorcht, aber sie war wütend beim Gedanken, ich könnte meinen, sie sei meinetwegen zurückgekommen.

20. Oktober

Ich habe mich gefragt, ob ein Leben ohne Zuneigung und ohne Ziel, ein Leben, das man mit tausend Nichtigkeiten anfüllt, um die Monotonie zu durchbrechen, ein Leben voller Menschen, deren Gesellschaft man nur sucht, um nicht allein zu sein, und die man flieht, um sich nicht zu langweilen, ob ein solches Leben nicht lächerlich sei, ob es nicht besser wäre, irgend etwas, gleich was, zu tun? Ich habe mir diese Frage heute morgen während eines Spaziergangs bei traumhaftem Wetter gestellt. Keine Wolke am Himmel. Der Sommer schien wieder aufzuleben. Die Sonne besaß eine milde Wärme. Die nackten Astenden wiegten sich leicht in der blauen Luft, und ich, ohne Liebe, ohne Frau, der ich hätte sagen können, wie schön ich sie an diesem Morgen fände, fühlte mich alt. Statt mich von der Freude durchfluten zu lassen, dachte ich an mich. Und um mein Herz zu erleichtern, stellte ich mir sogar vor, ich sei vielleicht der einzige Mann, der so verlassen und so unglücklich sei. Dabei steckt in mir wie in jedem Menschen ein großes Liebesbedürfnis, doch am meisten bekümmert mich mein Unvermögen, zu gefallen und geliebt zu werden. Ich bin dafür geschaffen, allein zu leben, aber ich bin unfähig, allein zu bleiben. Ich brauche Gesichter um mich, Freunde. Ich habe festgestellt, daß ich in den Minuten, die einer Begegnung mit einem meiner Bekannten vorangehen, glücklich bin. Ich fühle mich dann den andern ähnlich, und meine Verzweiflung verschwindet. Eine Verabredung mit der unbedeutendsten Person aus meinem Bekanntenkreis erhellt meinen Tag, als sollte ich ein geliebtes Wesen treffen. Sobald aber die Höflichkeitsfloskeln ausgetauscht sind, falle ich plötzlich in ein tiefes Loch. Ich habe nur noch einen Gedanken: wegzugehen. Doch ich finde nicht die Kraft dazu, so sehr fürchte ich mich vor dem Moment, wo ich wieder allein sein werde. Kommt es einmal vor, daß Leute, die mich langweilen und die ich aus irgendeinem Grund lächerlich finde, mich früher verlassen müssen, als ich das vorgesehen habe, leide ich zutiefst. Auf die Gefahr hin, aufdringlich zu erscheinen, versuche ich mit allen Mitteln, mich ihnen anzuschließen. Ich schlage ihnen vor, sie zu begleiten, auf sie zu warten. Ich frage sie, ob meine Gesellschaft wirklich störend sei. Und wenn sie sich dann meiner entledigen unter dem Vorwand, mir nicht eine lästige Verpflichtung aufladen zu wollen, kommt es vor, daß ich vor vollendeter Tatsache einen Freudenschrei ausstoße.

23. Oktober

Ich habe den Bankier wiedergesehen, durch dessen unglückliche Ratschläge ich mehr als hunderttausend Francs verloren habe. Spigelman ist von einer charmanten Höflichkeit. Während wir einst nur geschäftliche Beziehungen pflegten, verbindet uns heute echte Freundschaft. Kann man diese Veränderung mit seinem Gefühl erklären, zum Teil verantwortlich zu sein für mein Mißgeschick? Ich glaube es nicht. Was er an mir schätzt, ist meine Verachtung für das Geld. Es mag merkwürdig erscheinen, daß ein Mann, für den Geschäfte das ganze Leben bedeuten, ausgerechnet jemandem zugetan sein soll, für den sie belanglos sind. Und doch ist es so. Ich verkörpere für ihn den sympathischen Menschen aus einer anderen Welt. Er trägt mir gegenüber immer eine gewisse überlegene Miene zur Schau, sogar dann, wenn er sich in Liebenswürdigkeiten ergeht; denn er nimmt andern gegenüber gern eine demütige Haltung ein, nicht etwa in der Art eines Bittstellers oder eines Untergebenen, sondern mit der Miene eines Mannes, der sich irgendeiner Laune oder Verrücktheit beugt. Mein Vater hatte die gleiche Miene, wenn er mir meine Wutausbrüche nachsah. Aber dieser gleiche Gesichtsausdruck wirkt irritierend, wenn jemand lediglich sagt, er finde die Rede eines Ministers schön. Spigelman ist mir indes sehr zugetan. Und dennoch – wenn er mir zum Beispiel eine Freundlichkeit erweist, fühlt er sich immer bemüßigt zu betonen, er tue es nur ausnahmsweise und ausschließlich für mich, wodurch er naiverweise seine Geste aufzuwerten sucht. Er hält mich für sehr reich, und ich glaube, es gefällt ihm, daß ich mir nichts anmerken lasse.

Unter anderen Umständen würde mich eine solche Situation stören. Es ist immer unangenehm zu spüren, daß man die andern enttäuschen würde, wenn sie die Wahrheit erführen. Ihm gegenüber habe ich jedoch keine Skrupel, und es kümmert mich wenig, daß ich seine Freundschaft mit Vorzügen gewinne, die ich gar nicht besitze. Bei jedem Besuch fragt er als erstes: «Nun, Monsieur Grandeville, sind Sie zufrieden mit der Börse?» «Aber ich interessiere mich schon lange nicht mehr dafür.» «Sehr gut, Monsieur Grandeville, so macht man die besten Geschäfte.» Ich spüre, daß er brennend gern den Namen meines Börsenmaklers erfahren würde – den es gar nicht gibt.
Er kam also gestern, um mich in Form eines Ratschlags zu bitten, ein neues Konto bei ihm zu eröffnen. Dabei sollte er eigentlich verstehen, daß man in Geldangelegenheiten leicht abergläubisch ist. Es gibt Leute, die nicht mehr in der Stadt leben können, in der sie unglücklich gewesen sind. Da es so viele Städte gibt, fällt es nicht schwer, eine andere zu wählen. Genau gleich verhält es sich meiner Ansicht nach mit den Bankiers. Doch davon hat er keine Ahnung. Ich versuchte, es ihm verständlich zu machen, denn ich habe meinen Spaß daran, ihn ein wenig zu necken. Vergeblich. Er zählte eine Unzahl von Gründen auf, und jedesmal, wenn ich nein sagte, fand er einen anderen. Ihm fehlt jegliches Gefühl für Feinheiten.
Als er sich gerade zurückziehen wollte, erschien Madeleine. In jenem gewissen Ton, den sie mit Leuten anschlägt, die weder schön noch jung, noch übermäßig reich sind, sagte sie: «Guten Abend, Monsieur Spigelman», als wende sie sich durch den Menschen hindurch, der vor ihr stand, an eine ferne Seele, eine Seele, die wie sie wußte,

wie schwer es für zwei Wesen ist, sich zu verstehen. Mit einem Lächeln, das seinen zahnlosen Mund entblößte und seinem Gesicht etwas zutiefst Gütiges verlieh, nahm Spigelman ihre Hand und sagte, wobei er mit einer Kinnbewegung auf mich deutete: «Er ist nett… der beste aller Gatten.» Ich vergaß nämlich zu erwähnen, daß Spigelman die kleine Schwäche hatte, für das Privatleben von Eheleuten väterliche Gefühle zu hegen und sich zu freuen, wenn er eine Ehe stiften konnte, besonders wenn es sich dabei um ein Paar handelte, das aufgrund des Alters, des Charakters oder der Verhältnisse möglichst verschieden war. In diesen Momenten wurde er wirklich zu einem gutmütigen Kerl, und seine überlegene Miene verwandelte sich in Schalkhaftigkeit.

24. Oktober

Ich habe den Eindruck, daß der Friede, den ich suche, nicht einfach zu finden ist. Was ist denn dieser Wunsch, ruhig zu leben, wenn ich mich wegen jeder Kleinigkeit errege? Ich habe mich zurückgezogen, doch was soll diese Zurückgezogenheit, wenn mich jede Geringfügigkeit kränkt? Man ist nicht etwa glücklich, nur weil man sich dem Leben fernhält. Ich bin weiterhin Demütigungen ausgesetzt. Die andern interessieren mich sogar mehr als zu der Zeit, in der ich noch ausging. Je älter ich werde, desto empfindlicher bin ich gegen Bosheit. Am Anfang hatte ich das Gefühl, frische Luft zu atmen, denn ich stand wirklich über den Intrigen, den Ambitionen und den Schwächen. Jetzt aber, in der Langeweile meines monotonen Daseins, ist mir der Lebensmut abhanden gekommen. Trotzdem nehme ich Anteil an all den kläglichen Nichtigkeiten, ohne jedoch die Befriedigung zu kennen, die einem das Leben normalerweise bereitet. Ich sitze wie ein Greis in meinem Loch. Ich leide indirekt mehr, als ich vorher direkt gelitten habe. Was bleibt mir denn noch, wenn mir die Abgeschiedenheit keine Ruhe bringt? Ich habe mich von allen entfernt, da ich glaubte, mein Entschluß, allein zu leben, währe ewig; denn, so dachte ich, dies sei der wichtigste Entschluß überhaupt, jener, den man nur einmal im Leben fasse. Nun merke ich aber heute, daß es mit diesem geheiligten Entschluß ist wie mit den andern auch. Ich habe in meinem Leben also nichts anderes getan, als Dinge aufzugeben. Jetzt bleibt mir nichts mehr übrig, was ich noch aufgeben könnte, und darin bin ich am höchsten Punkt angelangt, dem Punkt, der mir vielleicht am meisten Glück bescheren wird, dort nämlich, wo man merkt, daß die Sehnsucht eine Kette ohne Ende ist. Die Zurückgezogenheit ist eine Nichtigkeit gleich allen andern. Zuerst urteilt man über seine Mitmenschen von hoch oben herab, doch allmählich wird man kleiner und kleiner. Langsam treten die andern nicht mehr wie vorher als Gegner oder Freunde in unsere Existenz, sondern mit ihren kleinen Geschichten. In unserem Müßiggang erlangen diese kleinen Geschichten die gleiche Bedeutung, die einst die großen besaßen. Plötzlich wird einem bewußt, daß man gar nicht so lebt, wie man es eigentlich gewollt hat, sondern genau gleich wie vorher.

28. Oktober

Zu Beginn unserer Beziehung deutete ich manchmal an, meine Leidenschaft für Madeleine sei so schön, daß sie von den Göttern begünstigt sein müsse. Wollten wir uns zum Beispiel am Abend eines gewitterigen Tages nochmals treffen und drückte Madeleine dabei ihre Furcht aus, im Regen auszugehen, sagte ich: «Aber nein, es wird nicht regnen; es kann gar nicht regnen, da wir eine Verabredung haben.» Nachdem dann aber eine dieser Voraussagen durch die Ereignisse entkräftet worden war, hütete ich mich fortan davor, auf diese überirdische Schutzmacht anzuspielen.

Als ich neulich von Curti sprach, vergaß ich jenen liebenswerten Zug an ihm zu erwähnen, von dem mir Madeleine erzählt hat. Während der Spaziergänge, die er zuweilen mit seiner Tochter unternahm, kam es vor, daß diese aus Gedankenlosigkeit ein Wort aussprach, das ihrem Vater Kummer bereitete. Er ging nie darauf ein, doch tags darauf, manchmal sogar mehrere Tage später, wiederholte er jenes Wort, als stamme es von ihm, so daß seine Tochter sich erinnerte, es selbst gebraucht zu haben, und darüber lachte. Es gibt übrigens eine ganze Reihe von Dingen, die ich über Curti zu sagen vergaß und die mir unablässig durch den Sinn gehen; jene Manie vor allem, sich für die kleinen Betätigungen und für die völlig belanglosen Einzelheiten des Daseins zu interessieren. Er hält auf bemerkenswerte Weise an seinen Gewohnheiten fest, und nichts verunsichert ihn so sehr wie die Mißachtung einer dieser Gewohnheiten. Wie all jene, die sich nach einem bewegten Leben zurückziehen, findet er ein ungeheures Vergnügen daran, zu flanieren, Vorhersagen zu studieren und sich am nächsten Tag von ihrer Richtigkeit zu überzeugen, Wetterprognosen und Kataloge zu lesen und seine Dienstboten auszufragen, um alle Gründe zu erfahren, warum im Haus etwas umgestellt worden ist.

Ich habe auch bemerkt, wie sehr er darunter leidet, wenn ein Ereignis die Welt, der er einst angehörte, in den Blickpunkt der Öffentlichkeit rückt. Zu sehen, wie seine Umgebung, wie die Zeitungen von etwas sprechen, das ihm einst vertraut war, ohne daß man seine Meinung einholt, trifft ihn sehr. Mit jenem unangenehmen Gefühl, das man hat, wenn man befähigter ist als die andern, ein Urteil abzugeben, einen aber niemand danach fragt, schaut er wortlos zu, wie die Leute Partei ergreifen. Bisweilen äußert er sich zwar trotzdem, aber er merkt schnell einmal, daß inzwischen zwanzig Jahre vergangen sind und es trotz seiner Bemühungen, unterrichtet zu erscheinen, Unbekannte gibt, die besser Bescheid wissen als er.

Während er früher sehr empfindlich war, findet er heute, daß nichts auch nur die geringste Gemütsbewegung wert sei. Er gleicht darin jenen Menschen, denen die kleinste kritische Bemerkung eines Freundes unerträglich ist und die, wenn sie in aller Öffentlichkeit angegriffen werden, nichts antworten, so, als seien sie es müde zu antworten, wobei ihre Lippen einen Ausdruck annehmen, der zu sagen scheint: «Das berührt mich nicht.» Und in der Tat, nichts berührt ihn mehr. Er ist jedoch bestrebt, nicht den Verdacht aufkommen zu lassen, Stolz könnte der Grund für seine gleichgültige Miene sein. Mehr als alles fürchtet er, andere zu kränken. Er ist mit seinem Gesprächspartner immer einer Meinung, und wenn man es ihm gegenüber einmal etwas an Respekt fehlen läßt, achtet er nicht einmal darauf. Wenn seine Frau einst darauf bestand, er solle sie zu den Leuten führen, die er gekannt hatte, wehrte er sich dagegen, indem er die Dummheit und Eitelkeit jener Leute erwähnte. Bereits beurteilte er deren Welt ohne jede Nachsicht, und gerade daß er von ihr abgeschnitten war, hatte diese strenge Haltung entstehen lassen.

Seit seine Frau tot und seine Tochter verheiratet ist, lebt Curti allein. Seine angenehmsten Abende sind jene, an denen ein befreundeter Musiker kommt, um ihm seine Lieblingsstücke vorzuspielen. Er läßt dann ausrichten, er sei für niemanden da, und schließt sich mit dem Musiker ein, um ihm andächtig zuzuhören. Wenn der Freund im Spiel innehält, bittet er nie um ein anderes Stück, sondern wartet mit verhaltener Hoffnung einfach darauf, daß der andere weiterspiele; denn seine Liebe zur Musik ist so groß, daß er niemals auch nur um das Geringste zu bitten wagte, aus Angst, den Eindruck zu erwecken, er sei ein Laie und wisse nicht, daß die Inspiration sich schnell verflüchtigt. Und wenn ein Musiker die Stille einmal als Mangel an Musikverständnis auffaßt und nicht weiterspielt, beginnt Curti trotz seiner Enttäuschung mit gleichgültiger Miene zu sprechen, ohne sich sein Bedauern anmerken zu lassen.

Sein Gesicht drückt immer Traurigkeit aus, und was andere zum Lachen bringt, vermag kaum seinen Blick zu beleben. Es ist seltsam zu sehen, wie sehr er schockiert ist, wenn jemand nach einem Mißgeschick nicht bedrückt zu sein scheint und den Vorfall gutgelaunt hinnimmt. Solche Optimisten verwirren ihn. Ich möchte folgende kleine Geschichte erwähnen, die mir meine Frau erzählt hat und die mir den Charakter des Mannes anschaulich dar-

zustellen scheint. Ein Freund hatte eines Tages zu ihm gesagt: «Falls Sie heute abend nichts vorhaben, werde ich Sie abholen, um ins Theater zu gehen.» Da er nicht frei war, hatte Curti absagen müssen, wodurch er in eine Art Unzufriedenheit mit sich selbst verfiel. Der geringste Wunsch der andern kam für Curti einer Verpflichtung gleich. Kaum war er wieder zu Hause, wußte er nicht, was er tun sollte, damit man ihm seine Absage verzeihe, obschon der andere sie nur mit der Bemerkung aufgenommen hatte: «Aber ich bitte Sie, das ist doch ganz unwichtig. Ich habe nur so gefragt, auf gut Glück. Übrigens, sogar wenn Sie gekonnt hätten, wäre ich vermutlich im letzten Moment verhindert gewesen.» Am nächsten Tag beschloß er, seinen Freund anzurufen, um ihn einzuladen. Doch er rief nicht an. Die Angst zu erfahren, dieser sei ohne ihn im Theater gewesen, hielt ihn davon ab. Denn in diesem Fall wäre ein anderes Mißbehagen an die Stelle des ersten getreten, dasjenige nämlich, das wir empfinden, wenn wir merken, daß jemand mit andern unternimmt, was er zuerst mit uns unternehmen wollte.
Vor seinem Ruin hatte Curti manchem Bekannten eine Gefälligkeit erwiesen. Nachdem er den größten Teil seines Vermögens verloren hatte, wandte er sich instinktiv an sie. Doch sie mieden ihn. Als junger Mann hatte er vage davon geträumt, ein großer Redner zu werden. Von seinen Zielen ist ihm sein ganzes Leben lang der Ausdruck «Redegewandtheit» geblieben, der noch heute andauernd in seine Konversation einfließt. Desgleichen ist ihm von der Undankbarkeit jener Bekannten ein anderer Ausdruck geblieben, nämlich: «Er wollte ihm nicht die Hand reichen.» Während man, auch ohne

ruiniert zu sein, leicht feststellen kann, wie wenig sich die Menschen aus Dankbarkeit machen, hat Madeleines Vater alles aus dieser einen Erfahrung gelernt. Sein Urteil über die Welt ist demgemäß gleichzeitig härter und weniger hart, als es sein sollte; härter, weil er die Welt anklagt, indirekt für seinen Niedergang verantwortlich zu sein, und weniger hart, weil ihn nichts veranlaßt hätte, schlecht über die andern zu urteilen, hätte dieser Niedergang nicht stattgefunden.

4. November

Heute fühlte ich mich so müde, traurig und niedergeschlagen wie noch selten zuvor. Es war erschreckend. Zwar widerstrebt es mir, über mich zu sprechen, doch wenn ich an all die Leute denke, denen ich täglich begegne, ist es für mich wohltuend, mich von ihnen abzuwenden, um mich in mich selbst zurückzuziehen. In diesen depressiven Momenten glaube ich, niemand liebe mich, ich sei eine arme Kreatur ohne jede Möglichkeit, etwas zu wollen, etwas zu versuchen. Mir scheint dann, die ganze Welt habe sich gegen mich verschworen. Es ist schrecklich, auf diese Art zu leben, ohne geliebt zu werden, immer alles zu geben und sich aufzuopfern, ohne je etwas dafür zu erhalten. Ich würde für Madeleine die größten Opfer bringen, und gleichwohl ist sie nicht glücklich. Ich fühle mich selbst als ein Opfer, und ich habe das Gefühl, isoliert zu sein und im Falle einer schweren Krankheit allein gelassen zu werden. Freunde würden mich besuchen, aber warum? Weil sie sich schließlich bewegen müssen, weil man ja irgendwohin gehen muß, um sich nicht zu langweilen. Sie kämen zu mir, statt anderswohin zu gehen, was nicht ohne ein gewisses Interesse wäre, läge ich doch im Sterben. Lieber würde ich niemanden um mich haben, nur von der Stille umgeben sein, allein sein mit der Gewißheit, daß irgendwo ein Mensch ist, den ich liebe und der mich liebt, ein Mensch, dem ich alles bedeute. Bei einbrechender Dunkelheit setzte ich mich in mein Arbeitszimmer und weinte. Ich weinte, ohne zu wissen warum. Mein Leben hat nichts Schreckliches an sich. Ich hatte nie unrealistische Ambitionen. Ich verliere Geld, doch das ist mir einerlei. Mein Leben hat sich deswegen nicht verändert. Ich langweile mich nicht besonders. Aber warum habe ich denn geweint? Es gibt doch Anlässe, die mich ablenken. Gestern abend war ich im Theater, wo ein ausgezeichnetes Stück aufgeführt wurde, und nachher gingen Madeleine und ich essen. Ich war aufgeräumt. Ich dachte an nichts. Es handelt sich also um einen ganz normalen Menschen, der in diesem Moment so bedrückt ist. Ich bin weder depressiv noch gefühlsbetont. Ich habe überhaupt keine ausgeprägten Merkmale. Woher kommt es also, daß ich so sehr einem Wrack gleiche? Wenn jemand unvermutet hereingekommen wäre, während ich weinte, hätte ich mich aufgerichtet, als wäre nichts geschehen, und hätte mit der gebotenen Fröhlichkeit getan, was man mir vorgeschlagen hätte, gerade so, als hätte ich nie gelitten. Und doch ist das alles keine Komödie. Ich bilde es mir nicht ein. Ich weine. Ich leide und komme gegen mich selbst nicht an, und ich lebe wie alle andern. Ich bin unfähig, eine andere Existenz zu erwägen. Was mich vor allem erstaunt, ist, daß ich so weinen kann, um unmittelbar darauf jedem beliebigen andern Menschen zu gleichen. Ich gehe denselben Beschäftigungen nach wie alle, ich gehe ins Theater, bin fröhlich, und tief in meinem Innern ist da immer etwas, das nicht glücklich ist, etwas Unbefriedigtes. Ich liebe Madeleine, ich bin ihretwegen eifersüchtig und mir scheint, mein Leben wäre zerstört, wenn sie nicht mehr da wäre. Und doch ist da gleichzeitig etwas anderes in mir. Sobald ich allein bin, erwacht dieses «Etwas», nichts bleibt mir, und ich leide. Ich kann nicht allein sein, und ich hasse die Welt. Ich liebe Madeleine, und gleichzeitig liebe ich sie nicht. Kein Tag vergeht, an dem ich mich nicht einem Bekannten nähere, um mit ihm zu sprechen, dann aber unvermittelt kehrtmache. Mich entsetzt, daß ich die ganze Zeit über unglücklich bin und dennoch die ganze Zeit über wie ein glücklicher Mensch handle. Ich koste ein Glück nie voll aus. Im tiefsten Innern verachte ich meine Freuden. Jetzt, da ich etwas älter bin, beginne ich sie zwar so zu nehmen, wie sie sind, ohne besonders daran zu denken, daß es gar keine Freuden sind. Und dennoch meldet sich bei jedem Schritt und jedem Ereignis eine innere Stimme, die mir sagt, daß dieser Schritt, daß dieses Ereignis nur den Umständen zuzuschreiben sei. Trotz aller Liebe zu Madeleine ist sie nur die Frau, mit der ich zusammengekommen bin, während ich mit jener, die ich liebe, nicht zusammenkommen kann, da es unmöglich ist, sie unter allen zu finden; vielleicht wurde sie noch nicht geboren oder ist seit Jahrhunderten schon tot. Hinter all meinen Handlungen und Leidenschaften steckt das Gefühl, ich sei mitten in eine Welt gestellt worden, die bedeutungslos ist, und alles, was ich erlebe, sei nur eine klägliche Karikatur der Ereignisse, die ich eigentlich hätte erleben sollen. Und während ich das denke, denke ich gleichzeitig, daß ein solcher Gedanke lächerlich ist, daß es weder anderswo besser ist noch früher besser war, noch in Zukunft besser sein wird. Ich habe nicht den geringsten Grund, jemandem zu zürnen. Gerade das ist das Schmerzliche. Das Glück ist unerreichbar, und wenn ich weine wie gestern, dann nicht darum, weil ich es nicht erreichen kann, noch weil es unmöglich zu erreichen ist, sondern weil ich unzufrieden bin mit dem, was ich besitze, weil ich nicht mehr weiß, wohin ich mich wenden soll, um all die Leute zu meiden, weil ich darunter leide, in einem Milieu verhaftet zu sein, das nicht schlechter ist als die andern, was mir durchaus bewußt ist, und das mich gleichwohl anekelt. Man kann also nichts machen, nichts, rein gar nichts, und das ist denn auch die Ursache von allem; zu wissen, daß ich niemals weder glücklicher noch unglücklicher sein werde als jetzt, daß mir alles, was mir widerfahren mag, unbedeutend erscheinen wird und daß ich trotzdem lebe, mich für das Leben interessiere, liebe und manchmal zufrieden bin.

10. November

Während Madeleine nach dem Essen gewöhnlich ein gewisses Vergnügen daran findet, ihren Kaffee zu trinken und beim Feuer zu sitzen, überfiel sie heute eine jähe Traurigkeit, als sei alles, was ihr Leben ausmache, nutzlos und ohne Sinn. Sie schaute mich an. Ich suchte gerade in einem Stapel Zeitungen eine ganz bestimmte Zeitung und dachte dabei, daß einem das Gesuchte immer zuletzt in die Hände gerät. Sie erhob sich und ging in ihr Zimmer. Aufgrund meiner momentanen Laune stieß ich mich nicht daran. Sie war schrecklich enttäuscht darüber. Denn gerade in jenen Augenblicken, in denen sie glaubt, allein sein zu wollen, wünscht sie, ich möge in meiner Beschäftigung innehalten, um mich liebevoll ihr zuzuwenden. «Er denkt nur an sich. Sogar die Lektüre zieht er mir vor.» Wenn sie überreizt ist, meint sie immer, man zöge ihr etwas anderes vor. Sie nährt auf diese Weise ihre Traurigkeit. Sie schöpft die Kraft zu leiden aus dem Unverständnis, das ihre Umgebung ihr entgegenbringt. Sie möchte, daß man sofort auch traurig sei, wenn sie traurig ist, und daß man ebenfalls im gleichen Augenblick fröhlich sei, wenn sie fröhlich ist. Es kommt ihr nicht in den Sinn, ich könnte ihr diesen Mangel an Anpassungsvermögen vorwerfen. Kaum ist sie in ihrem Zimmer, beginnt sie zu weinen. Nach einigen Minuten faßt sie sich dann, und nachdem sie ihr Gesicht wieder hergerichtet hat, kommt sie zurück. Sie glaubt, ihre Besonderheit liege darin, ihren Kummer vor der Welt zu verbergen, und zwar nicht etwa in der Art jener, die ihn so verschleiern, daß man ihn erraten kann, sondern ihn wirklich zu verbergen. Sich selbst zu verbieten, ihre Gefühle offenzulegen, ist eine Komödie, die sie berauscht; allein zu sein mit ihrem versteckten Schmerz und dabei ihr Gegenüber zu täuschen, erzeugt bei ihr ein solches Gefühl von Größe, daß sie dabei tiefe Freude empfindet. «Hast du deine Zeitung gefunden?» fragte sie mich, als sie zurückkam. «Ja, aber stört es dich auch nicht, wenn ich lese?» Diese Frage brachte Madeleine in Verlegenheit, da ein Zeichen von Interesse ihre Haltung plötzlich lächerlich erscheinen läßt. Daß man zärtlich zu ihr ist, während sie glaubt, mit sich allein zu sein, verwirrt sie. Um allein zu bleiben, wehrt sie jetzt die gleiche Zärtlichkeit ab, deren Fehlen sie vorher zu ihrer Haltung bewogen hatte. Sie will sie nicht annehmen. Selbst wenn man genau das Wort ausspräche, das sie so hoffnungsvoll erwartet hatte, würde sie mit aller Kraft versuchen, seinen Sinn zu ändern. Sie benähme sich unfreundlich; sie würde mich der Sentimentalität bezichtigen. Was vor einem Augenblick fehlte, ist einen Augenblick später zu viel.

Gegen neun Uhr meldete das Zimmermädchen François Joly. Er ist einer der wenigen Männer, denen ich Achtung zolle. Er muß um die Fünfzig sein und ist nicht besonders attraktiv. Seine Ehrlichkeit und Geradlinigkeit haben den Erfolg immer von ihm ferngehalten. Man erinnert sich vielleicht, daß 1912 eine gewisse Jeanne Hurtu durch eine Reihe von Extravaganzen die Aufmerksamkeit der Öffentlichkeit auf sich gezogen hatte und sie sich für die letzte davon vor der Strafkammer hatte verantworten müssen. Diese Frau von bescheidener Herkunft stand im Ruf, eine clevere Geschäftsfrau zu sein. Um ihren guten Glauben unter Beweis zu stellen, hatte sie sich in den Kopf gesetzt, keinen großen Verteidiger zu engagieren, und so hatte der Untersuchungsrichter einen Pflichtverteidiger ernannt. Der Zufall hatte Joly bestimmt. Am Schluß des Prozesses war Madame Hurtu verurteilt worden. Nun verhielt es sich aber so, daß Joly auf Veranlassung Madame Hurtus selbst, ihres Liebhabers und ihrer Eltern unter Druck gesetzt worden war, ein lahmes Plädoyer zu halten, damit die Unschuld der Angeklagten um so deutlicher zutage trete. François hatte sich also darauf beschränkt, gewisse Ungenauigkeiten zu widerlegen. Madame Hurtu legte Berufung ein und wählte einen andern Verteidiger, diesmal einen berühmten; sie wurde freigesprochen. Diese Geschichte hatte Joly zum Gespött seiner Kollegen gemacht und seiner Karriere in höchstem Maße geschadet. Doch er war weit entfernt davon, sich zu beklagen, und nahm eine würdige Haltung ein. Er schloß sich mit einem Berufskollegen zusammen und gründete eine Praxis, in der er sich nur noch um unbedeutende Fälle kümmerte. Joly hat etwas Menschenfeindliches. Er sieht überall das Schlechte, außer merkwürdigerweise in den Anliegen, die ihm seine Klienten vortragen und die er mit einem professionellen Auge betrachtet. Er lebt allein in einer tristen Wohnung an der Rue de Lille, und im Vergleich zu ihm muß ich als Lebemann und Streber gelten. Neben seinen Akten ist die Freundschaft seine einzige Leidenschaft. Sie ist für ihn keine Sache des Zufalls oder eine Art glückliche Fügung. Er wählt den künftig Auserkorenen mit Bedacht, und wenn er mit ihm spricht, dann offensichtlich im Hinblick auf die glücklichen Geschehnisse, die möglicherweise bevorstehen. Man ist ihm aufrichtig ergeben. Man zögert nicht, ihm jeden erdenklichen Dienst zu erweisen. Niemand nützt seine Güte aus. Dennoch haftet dieser etwas von jener Traurigkeit an, die den Gefühlen eigen ist, wenn sie nicht tief und rein sind. Denn in all seinen Freundschaftsbeteuerungen zeigt immer irgendeine Kleinigkeit an, daß sie im Grunde nicht sehr beständig sind.

Joly war gekommen, mich zu fragen, ob ich nicht einen erstklassigen Herzspezialisten kenne, da seine Mutter seit einigen Wochen an beunruhigenden Herzstörungen leide. Er kam zwar gerade von seinem engen Freund Sarbelos, dem gegenüber er aber nichts von der Krankheit hatte verlauten lassen. Er wollte mich als ersten um die Empfehlung bitten, damit ich ihm um so ernsthafter zuhöre; denn trotz allem findet er mich in meiner Lebensweise ein bißchen leichtfertig. Joly versucht hartnäckig, die Leute so zu machen, wie er sie haben möchte, und ihm schien, als müsse die Wichtigkeit seiner Frage mir schmeicheln. Ich aber, der unter anderen Umständen rege Anteilnahme gezeigt hätte, antwortete aus irgendeinem unerfindlichen Grund nur: «Aber mit Vergnügen», als habe man mich zu einem Kostümball eingeladen. Während ich in einem Adreßbüchlein blätterte, knüpfte Madeleine mit dem Besucher eine Unterhaltung an. «Warum kommen Sie nicht öfters vorbei? Ihre Besuche sind für uns eine solche Freude. Sie müssen einmal mit uns zu Mittag essen. Wir legen besser gleich ein Datum fest, sonst tun wir es nie.» Madeleine war zu Joly liebenswürdiger als sonst. Sie weiß, wie sehr ich ihn schätze, und ich spürte, daß sie übertrieben liebenswürdig sein wollte, um mich zu ärgern. Sie erträgt es nicht, daß ich jemandem anderen als ihr das geringste Gefühl entgegenbringe. Sobald sie errät, daß ich für jemanden freundschaftliche Empfindungen oder Respekt hege, macht sie meine Gefühle in übersteigerter Form zu ihren eigenen. Sie erträgt es übrigens in keiner Situation, daß man sich für jemanden anderen interessiert als für sie. Sie verzerrt dieses Interesse zu einer Karikatur. Um sich zu rächen, wird sie freundlicher als jener, der Grund hat, es zu sein, und dies mit einer scheinbaren Unschuld, als sei sie aufrichtig und bereit, auf den geringsten Vorwurf zu antworten: «Aber ich verstehe dich nicht mehr. Du sagst, er sei dein Freund. Da ist es doch ganz natürlich, daß ich nett zu ihm bin!» Schon vor unserer Ehe war es so gewesen. Sie spielte diese Komödie mit Vergnügen, ohne den geringsten ehrlichen Gedanken für denjenigen, dem sie diese Zuneigung bekundete, allein darum, weil mir die Person teuer war. Sie spielte ihr Spiel die ganze Zeit über, in der Joly bei uns war, so daß dieser alles glaubte, was sie ihm sagte, und am Schluß nicht mehr wußte, wie er sich ihrer Sympathie würdig erweisen sollte. Doch als er gegangen war, konnte ich nicht umhin, Madeleine ihr Verhalten vorzuwerfen. Es war wohl ihre Gereiztheit heute abend, auf jeden Fall spielte sie für einmal nicht die Unschuldige und sagte nicht, was sie üblicherweise in einer solchen Situation zu sagen pflegt, sondern bestätigte mir, sie habe meinen Freund nur für sich eingenommen, um mir eine Lehre zu erteilen, um mir zu zeigen, wie ich sei, und sie habe nichts von sich aus getan, sondern mich lediglich nachgeahmt.

12. November

Joly, der immer Angst hat, er könnte stören, rief an, nur um mir mitzuteilen, daß seine Mutter mit meinem Kardiologen sehr zufrieden gewesen sei. Das war mir etwas unangenehm. Ich warf Madeleine vor, sie habe versucht, diesen vortrefflichen Mann zu verführen, habe mit seinen edlen Gefühlen gespielt, und ich sagte ihr sogar, daß ich ihr das nicht zugetraut hätte. Sie verzog keine Miene. Sie hörte mir zu, und als ich geendet hatte, zuckte sie nur mit den Schultern und setzte dabei ein Lächeln auf, mit dem sie andeutete, daß ich nicht wisse, wem ich meine Freundschaft schenke: Mögen die Männer ein Muster an Rechtschaffenheit sein, wenn sich ihnen eine «Gelegenheit» biete, ließen sie trotzdem keine ungenutzt. Dieses Schulterzucken und dieses Lächeln haben mich bekümmert. Es verstimmt mich, Joly in einer so mißlichen Lage zu sehen, und gleichzeitig kann ich meiner Frau nicht böse sein. Ich befürchte nur noch eines, daß Madeleine nämlich in der Folge durch einen außergewöhnlichen Zufall recht behalten könnte. Ich, der ich Joly vorher jeden Tag empfangen hätte, beginne mich davor zu fürchten, daß er wiederkommt. Aufgrund meiner Redlichkeit mißbillige ich eine Situation, in der der Gatte zum Komplizen seiner Frau wird, weil er durch sie weiß, daß ihr einer seiner Freunde den Hof macht, er diesem aber nichts sagt und ihn glauben läßt, er wisse nichts davon. So weit bringen mich also Madeleines Geschichten. Aber ich liebe sie so sehr, daß mir allmählich scheinen will, sie habe vielleicht recht gehabt und ihre Liebenswürdigkeit habe nichts anderes bewirken wollen, als mir eine Freude zu bereiten, und der Fehler liege im Grunde bei mir.

13. November

Wie beim letzten Mal stattete mir Joly im Laufe des Abends einen Besuch ab. Bevor er hereingeführt wurde, frohlockte Madeleine: «Da siehst du nun, wie deine Freunde sind. Wenn du das einen Freund nennst, bist du aber nicht sehr wählerisch!» «Er kommt, um sich bei uns zu bedanken», sagte ich ohne Überzeugung. «Er hat schon angerufen; er wird dir doch wohl nicht ewig danken. Gib ihm ruhig zu verstehen, daß er sich ungehörig benimmt.» Das war es, was Madeleine in ihrem Verlangen, andere zu beherrschen, gewollt hätte. In diesem Augenblick trat Joly ins Zimmer. Er war bleich und schien bewegt. Er war gekommen, mich zu fragen, ob jener Arzt wirklich vertrauenswürdig sei, denn er sei in bezug auf seine Mutter pessimistisch gewesen. Während ich, der ich Madeleines Unterstellungen so lange nicht hatte wahrhaben wollen, in den Worten meines Freundes eine gewisse verworrene Liebe zu meiner Frau sah, änderte diese seltsamerweise völlig den Ton und sprach mit echter Freundlichkeit zu Joly, wie zuvor, nur diesmal zutiefst aufrichtig. Madeleine hat eine Besonderheit: Ihre Gefühle sind völlig unabhängig. Wenn sie durch eine unerwartete Wendung plötzlich die Meinung über jemanden ändert, bleibt von allem, was sie vorher gesagt hat, nichts mehr übrig. Als sie Joly so niedergeschlagen sah, war die ganze kleine Verführungskomödie verflogen, und ohne zu berücksichtigen, was sie in unseren Köpfen heraufbeschworen hatte, zeigte sie sich in einem neuen und unerwarteten Licht. Wie jemand, der von Natur aus eine schnelle Gangart hat, erstaunt feststellt, daß sein Begleiter zurückgeblieben ist, verstand sie nicht, daß man

ihr nicht folgte. Und wenn man ihr in gewissen Fällen einmal vorhält: «Aber vorhin haben Sie noch ganz anders gedacht!», wird sie schrecklich zornig, als habe man sie öffentlich der Lüge bezichtigt.
Nachdem Joly gegangen war, begleitet von den sanften Worten Madeleines, die bei ihm plötzlich ein großes Herz entdeckt hatte, betrachtete ich meine Frau zärtlich. Ich fand erstaunlich, wie natürlich sie war, wie lebensnah, wie aufrichtig in dem, was sie dachte. Ich wollte ihr sagen, daß ich sie liebe. Doch ich spürte, daß ihr das mißfallen würde; denn sie wollte nicht plötzlich den Anschein erwecken, als pflichte sie mir bei und glaube wie ich an die Qualitäten meines Freundes. «Laß mich», sagte sie, «François ist nicht sehr sympathisch, aber als er vorhin von seiner Mutter sprach, hat er mir leid getan.»

14. November

Roger, der Sohn von Raoul Sospel, Curtis einzigem Freund, ist gleich alt wie Madeleine. Das war, glaube ich, der Hauptgrund, warum zwischen den beiden Männern freundschaftliche Bande entstanden sind. Sie waren zwar grundverschieden in ihrem Charakter, aber beide vergötterten sie ihr einziges Kind. Roger ist ein großer Junge, dem seine übermäßige Schamhaftigkeit und seine Schüchternheit schwer zu schaffen machen. In ihm steckt eine außergewöhnliche Mischung aus Reinheit und Unzufriedenheit mit sich selbst, aus aufrichtiger verbaler

Großzügigkeit und völligem Unvermögen, diese in die Tat umzusetzen, aus der Möglichkeit zur Hingabe und Aufopferung, die fast immer durch ein niedriges Gefühl herabgewürdigt werden. Impulsiv und ungestüm, will er gefallen, und sobald er gefallen hat, will er mißfallen. Seinen schwachen, armen und schutzlosen Kameraden begegnet er mit einer Herablassung, die er für vornehmstes Benehmen hält, nur um zu zeigen, wie wenig ihm an allem liegt, was man ihm beigebracht hat.
Madeleine hat mir selbst gestanden, für diesen jungen Mann eine tiefe Zuneigung empfunden zu haben. Als sie mir erzählte, sie habe ihn heute wiedergesehen, konnte ich mich denn auch nur mit Mühe beherrschen. Vor unserer Heirat waren sie oft zusammen ausgegangen. Ich muß festhalten, daß zwischen ihnen nie etwas anderes war als eine große Kameradschaft, die sie seit ihrer Kindheit verband. Und doch ist mir eine schmerzliche Erinnerung daran geblieben. Wie oft hätte ich mich über diesen jungen Mann ereifert, wenn ich mich nicht zurückgehalten hätte! Ich kann mir die Szene lebhaft vorstellen. Als Madeleine ihn wiedersah, überfiel sie jäh die Erkenntnis, daß sie ihn lieben könnte, dessen bin ich mir sicher. Plötzlich erschien er ihr in einem neuen Licht. Es muß gegen sechs Uhr abends gewesen sein. Im Dämmerlicht betrachtete auch Roger seine einstige Kameradin mit einer neuen Aufmerksamkeit. Bestimmt war Madeleine erstaunt, wie sehr sie einen Mann, den sie doch so gut kannte, vergessen hatte. Sie starrte ihn an. Er war zum Mann geworden. Gleichzeitig fühlte sie sich wohl in seiner Gegenwart, wie mit einem Verwandten. Er hatte sich verändert, und doch war er noch der gleiche. Roger empfand eine ähnliche Überraschung, mit dem Unter-

schied freilich, daß er bei Madeleine nicht entdeckte, was ihr an ihm aufgefallen war – nämlich Kraft und ein neuer Ausdruck von Männlichkeit –, sondern etwas Gefügiges, Schwaches und gleichzeitig einen kritischen Geist, gegen den er sich unbewußt wehrte. Sie standen sich gegenüber, ohne meine Existenz zu berücksichtigen, und sie waren zwei neue Wesen, die sich kannten, sich geschätzt hatten und die sich jetzt anschauten, als wären sie sich nie begegnet, so stark war die gegenseitige Anziehungskraft. Während Roger früher nie besonders zuvorkommend gewesen war, erwies er Madeleine heute bestimmt jede Aufmerksamkeit, um so mehr, als er ihr die Veränderung zeigen wollte, die sich in ihm vollzogen hat. Madeleine ihrerseits nahm diese Galanterie entgegen, als käme sie von einem Fremden. Sie war gerührt beim Gedanken, daß sich hinter dieser neuen Erscheinung die Vergangenheit verbarg mit all dem, was sie voneinander wußten.
Als sie nach Hause kam, gewahrte ich natürlich, daß sie aufgewühlt war. Ich tat, als bemerke ich nichts, und empfing sie mit den Worten: «Ich warte seit einer Stunde auf dich. Ich wollte nicht weggehen, ohne dich noch gesehen zu haben. Denk nur, ich bin gezwungen, mit Sabasse essen zu gehen. Ich werde um halb zehn zurück sein. Hör zu, Liebes, ich werde nur ein Häppchen nehmen, und wir essen dann zusammen, wenn ich nach Hause komme.» Madeleine war nur zu glücklich über eine Gelegenheit, mir etwas übelzunehmen. «Du wirst mit Sabasse essen, da du es so gewollt hast», sagte sie. Ich beschloß zu bleiben. Nach einer Weile rief sie ihren Vater an und erkundigte sich automatisch: «Ist er gegangen?» «Wer?» fragte ich. «Roger.» «Ach, du hast ihn heute nachmittag gesehen», fügte ich zerstreut hinzu, als hätte

ich vergessen, daß Madeleine eine Verabredung mit Monsieur Sospel und Roger bei ihrem Vater hatte. «Du weißt es genau», sagte sie. Ich schwieg. Am andern Ende der Leitung hatte man ihr vermutlich geantwortet, der junge Mann sei gegangen, denn ich beobachtete, wie sie den Hörer mit einer gewissen Befriedigung auflegte. Wenn man denen, die man liebt, fern ist, ist es in der Tat angenehm zu erfahren, daß sie zu ihrem gewohnten Leben zurückgekehrt sind, daß sie zum Beispiel gemächlichen Schrittes nach Hause gehen und dabei eine Zigarette rauchen. Einige Minuten lang dachte sie nach, wahrscheinlich über das, was sie gesagt hatte, und suchte nach einem Vorwand, um Roger wiederzusehen, ohne dabei den Anschein zu erwecken, als wünsche Sie es. «Wir sollten ihn übrigens einmal einladen», sagte sie. Madeleines Angst zu lügen ist so groß, daß der Gedanke, Roger auf eine Weise zu treffen, die sie mir verheimlichen müßte, sie nicht einmal streifte. «Er könnte mit mir ausgehen, da du ja nie Zeit dazu hast.» Ich habe oft Verpflichtungen, und so zweifelte sie nicht daran, daß ich einwilligen würde. «Aber ich weiß gar nicht», fuhr sie fort, «ob er überhaupt Lust hat dazu.» Als ich Madeleine ansah, begriff ich, daß es ihr nicht recht war, in den Augen Rogers als eine Frau zu erscheinen, die von ihrem Gatten bevormundet wird. Ich merkte, wie ihre schlechte Laune allmählich wuchs, weil sie fühlte, daß ihr die Hände gebunden waren. «Ich brauche ihn schließlich nur anzurufen», muß sie gedacht haben, «und ihn zu bitten, mich hier abzuholen, wenn niemand da ist, und dann mit mir an einen Ort zu gehen, den ich nicht allein aufsuchen könnte.» Nachdem sie diesen Plan gefaßt hatte, wollte sie ihn mir mitteilen, als ob es sich um etwas ganz Natürliches handle. Ihre Skrupel, sich als erste bei dem jungen Mann zu melden, waren schon verflogen. Madeleine hat in Wirklichkeit einen seltsamen Charakter. Lieber stürbe sie, als bei jemandem den Anschein zu erwecken, sie hänge an ihm. Doch schon nach einigen Stunden bedrängt sie ihn wieder ganz unverhohlen. Ich war verärgert. «Ich verstehe nicht, warum du deinen Vater anrufst», sagte ich. «Was kümmert es dich, ob Roger gegangen ist oder nicht?» «Ist es dir vielleicht lieber, wenn ich ihn direkt anrufe?» «Hast du ihm etwas Besonderes zu sagen?» «Nein.» «Lade ihn doch hierher ein, wenn du ihn so gern sehen möchtest, oder bitte Marguerite, euch zu begleiten, wenn du mit ihm ausgehen willst.» Ich spürte, daß der letzte Vorschlag Madeleine gar nicht gefiel. Während sie sich in jeder anderen Situation nicht einmal die Mühe gemacht hätte, mir zu antworten, stimmte sie mir jetzt zu. Sobald sie sich schuldig fühlt, wird sie versöhnlich. Nach kurzer Zeit war sie mit ihrer Freundin verbunden, doch sie hütete sich wohlweislich, von Roger zu sprechen. Ich fragte sie nach dem Grund. «Ach, genau, das habe ich ganz vergessen», sagte sie. «Dabei hätte ich es wirklich tun sollen. Monsieur Sospel legt solchen Wert darauf, daß ich mich um seinen Sohn kümmere.» Sobald sich das erste Erstaunen gelegt hatte, taten mir diese Worte unendlich wohl. Ich begriff, daß ich ein Opfer meiner Einbildung geworden und Madeleines Interesse für Roger nicht von der Art war, die ich vermutet hatte. Sospel, der wußte, welchen Einfluß meine Frau auf seinen Sohn ausgeübt hatte, hatte sie gebeten, ihn abzulenken, ihm Freunde vorzustellen, was schließlich ganz natürlich war, da Roger seit vier Jahren nicht mehr in Paris lebte. Alles klärte sich auf. Trotz meiner

Erleichterung konnte ich jedoch nicht umhin, über Madeleines bizarres Verhalten nachzudenken. Statt mir gleich zu sagen, wie die Dinge standen, hatte sie mir die Wahrheit, wohl um meine Eifersucht zu erregen, bewußt verborgen, und zwar auf sehr merkwürdige Art, hatte sie doch so getan, als ob sie bei einem Fehler ertappt worden sei.

16. November

Gestern abend waren Madeleine und ich bei Freunden eingeladen, und ich wußte, daß auch ein Kunstsammler anwesend sein würde. Auf dem Weg dorthin sagte ich zu Madeleine: «Wenn Catifait (so heißt der Sammler) dort ist, wirst du dich amüsieren. Ich bin noch nie einem so lächerlichen, einem so eingebildeten Menschen begegnet.» Ich hatte diesen Eindruck tatsächlich gewonnen, als ich ihn kennengelernt hatte. Nun zeigte es sich aber, daß Catifait im Gegenteil sehr charmant war. Im Laufe des Abends löste sich angesichts der Wirklichkeit alles, was ich über ihn gesagt hatte, in Rauch auf. Dieser Mann war außerordentlich freundlich und von einer charmanten Bescheidenheit, und er sprach von seinen Kollektionen, als bedaure er, daß er sie seinen Mitmenschen durch seine Leidenschaft vorenthielt. Wenn er seine seltenen Stücke beschrieb, spürte man, daß er es nicht mit Stolz tat, sondern daß es ihm eher peinlich war, als einziger solche Herrlichkeiten zu besitzen. Ich erzähle diese unbedeutende Begebenheit, um zu zeigen, wie unberechenbar Madeleine ist. Sie hat bisher nichts anderes getan, als mir meine Bitterkeit vorzuwerfen und mir anzukreiden, ich liebe niemanden und sei auf alle eifersüchtig. Nun aber, in einer Situation wie dieser, in der sie mir mein Verhalten mit Leichtigkeit hätte anlasten können, erwähnte sie mein voreiliges Urteil mit keiner Silbe. Als wir von unseren Freunden weggingen, sagte sie mir, Catifait sei charmant, und sie schien dabei meine vorherige Kritik völlig vergessen zu haben. In Wahrheit besitzt Madeleine eine große Qualität: Sie mißt allem, was man gedankenlos daherredet, nicht die geringste Bedeutung bei. Wenn ich eine Dummheit sage, geht sie, im Gegensatz zu mir, der sich darauf versteift und aus einer unbedachten Äußerung die schlimmsten Schlüsse zieht, gar nicht darauf ein, so nachsichtig ist sie gegenüber der schrecklichen Leere der Worte. Sie hört nicht auf das Gesagte. Wenn ich sie beispielsweise einmal mit irgendeinem Schimpfwort beleidige, überhört sie es, falls sie gut aufgelegt ist, und antwortet, als hätte ich ihr im Gegenteil ein Kompliment gemacht. Nicht etwa, daß sie an das jämmerliche Durcheinander meiner Konversation gewohnt wäre; sie hat mich ganz einfach nach ihren eigenen Kriterien beurteilt und nicht nach dem, was ich sage. Vielleicht sind diese Heftigkeit und diese Reizbarkeit, die mich dazu treiben, jemanden zu beurteilen, zu lieben oder zu hassen, um gleich darauf die gegenteilige Meinung zu äußern, jene Fehler, die ich am meisten an mir verabscheue. Das alles ist bezeichnend für mich, einen Mann ohne Klarheit und Größe, einen Mann, der sich nicht auf seine Vergangenheit berufen kann, so voll ist diese von Unwahrscheinlichkeiten, Dummheiten und unzusammenhängenden

Handlungen. Die Vergangenheit erfüllt mich mit Abscheu. Ach, wie sehr möchte ich wollen können, möchte ich fähig sein, meine Meinung beizubehalten und mit mir selber nicht im Widerstreit zu stehen! Ich wollte, jede meiner Handlungen, jedes meiner Worte wären Steine eines Gefüges, das ich durch die Jahre hindurch aufbauen würde. Statt dessen ist alles verworren, alles dazu angetan, mein Bedauern zu erregen, ist alles schlecht, wenn es gut sein sollte. Sobald ich für ein Ereignis der Gegenwart ein Argument aus meiner Vergangenheit heranziehe, spüre ich, daß es tausend andere Argumente gäbe, die das Gegenteil beweisen würden, und mag es sich dabei auch um etwas handeln, das ich mir gerade mit ganzer Kraft wünsche.

18. November

Am Nachmittag überredete mich Madeleine, sie zu Marguerite zu begleiten. Ich lehnte zuerst ab, aber sie ließ nicht locker und gab vor, ihre Freundin habe angerufen, um uns beide zum Tee einzuladen, und wäre sehr enttäuscht, wenn ich nicht käme, so daß ich schließlich mitging. Sie erwähnte Roger mit keinem Wort, aber ich war sicher, daß sie es hinter meinem Rücken so eingerichtet hatte, daß er ebenfalls dort wäre. Man mag sich wundern, daß Madeleine in diesem Fall so sehr darauf bestanden hatte, daß ich sie begleitete. Der Grund ist der, daß sie unfähig ist zu lügen. Sobald sie sich schuldig fühlt, ist ihr Vergnügen dahin. Roger ohne mich zu treffen und dabei genau zu wissen, daß sie es ist, die die Begegnung gewollt hat, hielte sie für verabscheuenswürdig. Sie ist fähig, eine ganze Geschichte zu arrangieren, um zu einer bestimmten Stunde frei zu sein, doch wenn die Stunde dann gekommen ist, scheint ihr, als würden alle die Wahrheit erfahren, und aus Angst vielleicht, bei einer Lüge ertappt zu werden, zieht sie es vor, auf ein Vergnügen zu verzichten, das sie doch so sorgfältig vorbereitet hatte.

Als wir bei Marguerite eintrafen, fanden wir diese zu unserem großen Erstaunen alleine vor. «Ich fühle mich so elend», sagte sie, «daß ich allen abgesagt habe außer euch beiden, da ich euch so gerne sehen wollte». Es kommt fast täglich vor, daß sich diese Frau, die nur für die Gesellschaft lebt, in sich selbst zurückzieht, mehr noch als jene, die die Gesellschaft geringschätzen. Denn immer wieder fühlt sie sich gekränkt, sei es aus Unachtsamkeit der andern oder aufgrund ihrer eigenen Empfindlichkeit, und seit Jahren schon und fast jeden Tag ist ihre seltsame Reaktion darauf, sich traurig und entmutigt abzukapseln, bis irgendein Ereignis sie erneut aus ihrem Zustand herausreißt. Eine Stunde lang betrachtet sie all die Intrigen und das kleinliche Benehmen der Leute von einer höheren Warte aus und empfindet dabei ein tiefes Gefühl des Friedens. Sie träumt dann von einem einfachen Glück und richtet ohne Nachsicht über ihren Ehrgeiz, eine Rolle zu spielen und Einfluß auszuüben. Doch mit diesen Höhenflügen ist es bei ihr wie mit den ärztlichen Ratschlägen bei einem Schlemmer. Es trifft sie wie etwas, das von außen kommt, wie eine Warnung, und nicht wie ein Ruf ihres eigenen Gewissens. Bald darauf stellt sich unweigerlich der Trost ein, der gleiche Trost, den der Patient findet, wenn er im Alltag die Ratschläge des Arztes allmählich vergißt, nachdem ihn dieser in Angst und Schrecken versetzt hat. Marguerite befand sich in genau diesem Zustand, wie ich bald erriet. Jemand hatte eine gehässige Bemerkung über sie gemacht, und man hatte sie ihr zugetragen, als ob es sich um eine Freundlichkeit handle; man hatte dabei vorgegeben, über ihre Überraschung erstaunt zu sein, und hatte ihr schließlich versichert, sie müsse sich irren, so daß Marguerite nicht nur von der Person enttäuscht war, die die Bemerkung zuerst gemacht, sondern auch von jener, die sie wiederholt hatte. Madeleine merkte genau, daß dem Gesichtsausdruck ihrer Freundin etwas Ungewohntes anhaftete.

Nachdem sie einige belanglose Phrasen ausgetauscht hatten, wobei Marguerite so tat, als ob nichts gewesen wäre, konnte Madeleine nicht umhin, sich nach Roger zu erkundigen. «Du solltest ihn mit einigen Freunden zu dir einladen, Marguerite. Der Junge braucht Gesellschaft. Versprich mir, dich um ihn zu kümmern, sobald du dich wieder besser fühlst. Er ist dir übrigens sehr zugetan.» Diese Worte übten auf Marguerite eine beklagenswerte Wirkung aus. Noch vor einer Minute hatte sie sich geschworen, daß sie niemanden mehr einladen würde, daß sie von der Gesellschaft genug habe, daß sie schließlich sehr gut alleine leben könne… und jetzt bat man sie um diese Gefälligkeit. Sie zögerte einen Augenblick. «Es eilt nicht», sagte Madeleine, die die schlechte Laune ihrer Freundin bemerkte. In diesem Moment kreuzten sich die Blicke der beiden Frauen. Da lebte Marguerite wie durch Zauberhand wieder auf. Sie hatte den seltsamen Ausdruck von jemandem, der nichts nachträgt und der nach einer Beleidigung plötzlich handelt, als sei nichts geschehen, und zwar in aller Aufrichtigkeit. «Aber gewiß doch, wenn ich dir damit dienen kann», antwortete sie. «Ich werde auch Freunde einladen, damit es unterhaltsamer wird.» Ich erriet, daß Marguerite verstanden hatte, wieviel meiner Frau daran lag, Roger bei ihr zu treffen; aufgrund einer jener weiblichen Bosheiten, die Madeleine gerade so verabscheute, hatte sie sich auf ihre Seite geschlagen, jedoch auf so abrupte Art, daß meine Aufmerksamkeit geweckt würde und es zwischen meiner Frau und mir zu einer Auseinandersetzung käme, sobald wir wieder allein wären.

Kaum waren wir auf der Straße, konnte Madeleine ihre Unzufriedenheit nicht länger verbergen. «Frauen sind machiavellistisch», sagte sie. Ich täuschte pures Erstaunen vor. «Marguerite ist doch sehr nett.» «Ach, findest du!» «Nun, sie hat jedenfalls nichts Böses gesagt.» Madeleine ist so unbedacht, daß sie gewünscht hätte, ich ärgere mich über ihre Freundin, ohne zu wissen warum. Sie hätte gewünscht, ich pflichte ihr bei, obschon der Grund ihrer schlechten Laune gerade darin lag, daß ich über ihre geheimsten Gedanken ins Bild gesetzt worden war. Nach einer Weile fuhr Madeleine fort zu schimpfen: «Findest du es etwa anständig, Leute herzubemühen, angeblich für einen Tee, nur um ihnen dann anzukündigen, man habe wegen einer Migräne alles abgesagt.» «Das ist doch nicht so schlimm», antwortete ich. «Das hat sie absichtlich getan», fügte Madeleine hinzu. Da spürte ich, daß sie ihre Freundin jetzt verdächtigte, nie die geringste Migräne gehabt und ihren Freunden nur abgesagt zu haben, um zu verhindern, daß Madeleine Roger träfe; und sie glaubte,

Marguerite habe sie aus subtiler Grausamkeit nur kommen lassen, um sich an ihrer Enttäuschung zu weiden.

19. November

«Louis», sagte Madeleine in munterem Ton zu mir, «eben ist mir eine amüsante Geschichte passiert. Du weißt ja, daß ich Roger vor vier Tagen bei meinem Vater getroffen habe. Er wollte mich unbedingt wiedersehen, und so habe ich ihm versprochen, ihn anzurufen. Einem alten Freund konnte ich das wohl nicht gut abschlagen. Ich habe ihn vorhin gebeten, mich hier abzuholen, um in den Louvre zu gehen. Er hat sich mit Malerei beschäftigt, und es ist doch so interessant, jemanden zu haben, der einem deren Schönheit erklärt.» Und um die praktische und eigennützige Seite des Anrufs zu betonen, fügte sie hinzu: «Der junge Mann soll sich ruhig etwas nützlich erweisen.» Ich antwortete nicht. Ich wollte dieses Mal meine Eifersucht nicht zeigen, wie ich das sonst immer tat. «Und wann kommt er?» fragte ich mit scheinbar unbeteiligter Miene. «Morgen nach dem Mittagessen. Ich habe mir gedacht, es sei besser, einen Tag zu wählen, an dem du besetzt bist. So entführt er mich nicht deiner Gesellschaft.» «Aber ich gehe morgen doch gar nicht weg», sagte ich automatisch. «Ich dachte, deine Verabredung mit Sabasse sei morgen.» «Ach ja, richtig! Das hatte ich vergessen. Du hast recht. Geh nur in den Louvre. Das ist eine gute Idee», fügte ich hinzu und befürchtete plötzlich, Madeleine könnte meine

Eifersucht bemerken. Ich war gereizt und immer eifersüchtiger, und daß ich mich nicht auflehnen konnte gegen eine Sache, die schließlich nicht sehr schwerwiegend war, verschlimmerte meinen Zustand noch. Hätte Madeleine auf der Straße einen Mann angeschaut, hätte ich eher still vor mich hin gelitten, als ihr gegenüber auch nur die geringste Anspielung zu machen. Ich finde alle meine Gründe zur Eifersucht lächerlich. Dieses Mal schien mir jedoch, die Tatsache, daß sich Madeleine mit Roger verabredet hatte, sei bedeutsam. Aber wie die Männer, die nicht genügend Selbstvertrauen besitzen, war ich nicht sicher, ob es wirklich bedeutsam war. Diese Verabredung war vielleicht genauso belanglos, wie meine Frau sie darstellte. Und falls es so war – was hätte sie von mir gedacht, wenn ich ihr in meiner Verblendung Vorwürfe gemacht hätte? Sie hätte dann Grund gehabt, unglücklich zu sein und sich über mich zu beklagen, und das will ich nicht, und sollte ich auch leiden. Ich lächelte und sprach von etwas anderem. Madeleine war erleichtert. Tatsächlich hatte sie Roger angerufen, um in den Louvre zu gehen, und somit war ihr Gewissen beruhigt. Doch nach einer Weile konnte ich nicht umhin zu sagen: «Du glaubst doch wohl nicht, daß dich dieser Museumsbesuch interessieren wird!» Madeleine sah mich erstaunt an. «Ich habe nie behauptet, es interessiere mich. Ich tue es Roger zuliebe.» «Ach so», antwortete ich zerstreut. Madeleine ahnte sehr wohl, daß mich ihr Vorhaben verstimmte, aber sie tat, als merke sie es nicht. Sie hat Skrupel und Gewissensbisse nur bevor, nicht aber während sie etwas tut. Sobald sie der Person gegenübersteht, der sie mit einem Geständnis Kummer bereiten würde, verwandelt sie sich und wird ausnehmend geschickt. In solchen Situationen kommt ihr jeweils die Tatsache zugute, daß sie sich – unter dem außergewöhnlichen Einfluß der Person, mit der sie gerade zusammen ist, und indem sie praktisch vergißt, was sie getan hat – tatsächlich vorstellt, es sei nichts Schlechtes dabei. Wenn sie jetzt mit mir spricht, hat sie den Grund ihres Anrufs aufrichtig aus den Augen verloren und sieht, ihren Worten gemäß, nur noch eine Verabredung für den Louvre; und wenn ich böse geworden wäre, statt so liebenswürdig zu reagieren, wäre sie ebenfalls aufgebracht gewesen, daß ich sie so gar nicht verstehe und in einer so harmlosen Unternehmung etwas Schlechtes sehe. Sie ist so felsenfest überzeugt von ihrer Unschuld, daß sie sich nicht einmal bemühte, freundlicher zu sein als sonst, damit ich ihr verzeihe. Sie glaubte im Gegenteil so sehr, recht zu haben, daß sie ernsthaft eine schlechte Laune zur Schau trug und sich beklagte, was man im Leben nicht alles tun müsse für die Leute; das alles geschah aber nicht etwa, um mich zu beruhigen und um meinen Verdacht zu zerstreuen, sondern allein ihretwegen, als ob tatsächlich nichts Schlechtes bei dem sei, was sie tue.

21. November

Madeleine vermochte nach dem Mittagessen ihre Verwirrung nicht zu verbergen. Roger würde jeden Moment kommen. Da ich von diesem Besuch unterrichtet war, zeigte sie nicht das geringste Anzeichen von Verlegenheit. Dennoch bemerkte ich auf ihrem Gesicht etwas wie Besorgnis. Die Wahrheit mochte zwar nicht sichtbar sein, aber es war möglich, daß sie eines Tages ans Licht käme. Es war möglich, daß eines Tages, im selben Augenblick, in dem Roger bei ihr einträte, allein seine Gegenwart alles enthüllen würde, was sie unternommen hatte, um ihn wiederzusehen. Das war ihr unangenehm, zumal an diesem Ort, an dem sie mit mir lebte. Einen Moment lang erwog sie, nach unten zu gehen, um Roger dort zu treffen und ihm vorzumachen, sie habe nicht mehr an sein Kommen geglaubt. So würde sie mir am Abend bei ihrer Rückkehr sagen können: «Ich hatte keine Lust mehr, auf ihn zu warten, und so bin ich schon gegangen; ich habe ihn dann getroffen, gerade als ich das Haus verlassen wollte.» Denn Madeleine hat die Eigenheit, daß sie sich verpflichtet fühlt, auch wirklich das zu tun, worüber sie später berichten wird, nur um nicht zu lügen. Die Aussicht, in die Enge getrieben zu werden, macht sie vorsichtig.

Unvermittelt meldete das Zimmermädchen Roger an. Mit einem Schlage verschwanden Madeleines Skrupel. Sie hatte keine Sekunde lang daran gedacht, mich zu fragen, warum ich nicht ausgehe. Bevor sie ihn hereinbeten ließ, nahm sie eine vorteilhafte Pose ein, indem sie sich setzte und zerstreut in einer Modezeitschrift las. Als er erschien, sagte sie mit jenem Ausdruck, von dem sie weiß, daß er besonders anmutig ist: «Sie sind die Pünktlichkeit selbst geworden, Roger.» Sie schaute erst hin, nachdem sie gesprochen hatten, und stellte verblüfft fest, daß er unabhängiger geworden zu sein schien. Ohne zu wissen warum, spürte sie das Verlangen, dem jungen Mann gegenüber eine schwesterliche oder mütterliche Haltung einzunehmen. Dieses Gefühl war stärker als sie. Während sie, als sie allein war, an ihn bestimmt als an einen Geliebten gedacht hatte, fühlte sie sich in seiner Gegenwart plötzlich völlig verwandelt und verspürte nicht mehr die geringste Lust zu flirten. Alles Sentimentale war verflogen. Man hätte meinen können, die Jahre seien nur für sie vorbeigegangen und Roger sei in ihren Augen der junge Mann von einst geblieben. Gleichzeitig überkam sie eine gewisse Freude über diese Entwicklung der Dinge, die nachträglich und ohne ihr Dazutun alles, was sie getan, harmlos und alles, was sie gesagt hatte, wahr werden ließ. Ich erkannte deutlich, daß sie sich in keiner Weise mehr zu ihm hingezogen fühlte. «Sie nehmen bestimmt eine Tasse Kaffee», sagte sie und zeigte nicht die geringste Eile, das Haus zu verlassen. Sie empfing ihn nun mit dem Stolz, verheiratet zu sein und sich vor ihm als Dame des Hauses zu präsentieren. Statt des hastigen und ein wenig gefürchteten Empfangs, den sie vorbereitet hatte, folgte ein anderer, ganz unerwarteter Empfang. So ist es oft bei meiner Frau. Geht sie zum Beispiel ins Theater und trifft während einer Pause in den Wandelgängen eine Person aus ihrem Bekanntenkreis, hat sie für die Aufführung, auf die sie sich gefreut hatte, plötzlich keine Augen mehr. Roger war ziemlich befangen. Er warf mir lauernde Blicke zu. Madeleine bezauberte ihn, aber er wollte sich nichts anmerken lassen. Denn gewisse Männer gleichen darin den meisten Frauen: Aus Stolz und Eigenliebe wollen sie ihr Verlangen nicht zeigen. Sie verbergen ihre Gefühle bis zum Äußersten. Das jugendliche Schamgefühl hat sich bei ihnen sehr lange erhalten. Sie können sich nicht entschließen, ihre Liebe zu enthüllen, und würde man ihnen die Aufgabe auch erleichtern, sie würden sich noch immer gegen jegliches

Begehren sträuben. Dennoch war er gekommen. Und gerade das machte ihn verlegen, genau so wie eine Frau es wäre, die sich ohne glaubhaften Grund zu einer Verabredung begibt. Schroff sagte er: «Ich bin pünktlich gekommen, weil die Museen um vier Uhr schließen.» «Wenn wir etwas sehen wollen, müssen wir sofort gehen», fügte Roger hinzu, dem das Angebot, Kaffee zu trinken, plötzlich unangenehm war, weil diese Intimität nicht von ihm gewollt war, sondern von einer anderen Person. Madeleine war jetzt völlig verändert. Sie antwortete: «Ich habe aber nicht mehr die geringste Lust, in den Louvre zu gehen.» Einem anderen mysteriösen Antrieb folgend, empfand sie ein lebhaftes Vergnügen daran, in Rogers Augen kapriziös zu erscheinen, als hätten die Ehejahre nichts an der impulsiven Seite ihres Charakters geändert. Sie hatte tatsächlich keine Lust mehr, und so unwahrscheinlich es anmuten mag, sie war stolz, mir zu zeigen, wie sie mit dem jungen Mann umsprang. «Warum haben Sie mich dann gebeten, Sie zu einem Besuch in den Louvre abzuholen?» fragte der junge Mann barsch, in einer Art, die zeigen sollte, daß ihm meine Anwesenheit keineswegs peinlich war. «Weil ich vorher Lust dazu hatte. Darf man keine Launen mehr haben, Roger? Wenn ich Sie bäte, morgen wiederzukommen, kämen Sie doch hoffentlich...» Seit sie nicht mehr in seinem Bann stand, fühlte sich Madeleine ihrer selbst so sicher, daß sie Vergnügen daran fand, mit ihm zu spielen. Wie ein Kind, dem man gezeigt hat, daß ein Spielzeug harmlos ist, dieses Spielzeug allmählich immer öfter berührt, um es schließlich auf den Boden zu werfen, es zu zertrampeln und, aus dem dunklen Bedürfnis heraus, sich an etwas zu rächen, das ihm grundlos Angst gemacht hat, zu zerstören – so empfand Madeleine plötzlich eine tiefe Freude daran, Roger zum besten zu halten; sie war sicher, nicht zu leiden, wenn sie gewahr werden sollte, daß ihre Macht nur eine Illusion war. Und gleichzeitig überlegte sie sich, daß die Frauen ihr Glück darin fänden, sich in allen Situationen so zu verhalten. Indem sie Roger schlecht behandelte, bildete sie sich ein, ihr ganzes Leben lang andere beherrschen zu können. Wie jemand, dem die Umstände oder der Zufall einen Wesenszug verleihen, den er sich bisher immer vergeblich gewünscht hat, berauschte sie sich ein wenig an den eigenen Worten und an der Rolle, die sie übernommen hatte. Roger aber, der sie lange nicht mehr gesehen hatte, glaubte, sie sei so geworden. Langsam stieg eine dumpfe Abneigung gegen Madeleine in ihm auf. Denn er hatte noch den jugendlichen Zug an sich, von den Frauen zu verlangen, daß sie nett zu ihm seien, wie man das von einem Kameraden verlangt. Madeleines neue Haltung verwirrte ihn. Und während er dachte, das alles würde wohl nicht lange dauern, sie sei wirklich gar zu boshaft, fuhr sie damit fort. Sie wies das Zimmermädchen, das Zucker in die Tassen tat, an: «Viel Zucker für Monsieur», und sie sagte das mit einer gewissen Ironie, als sei Zucker vor allem eine Vorliebe von Kindern. «Aber ganz und gar nicht», antwortete Roger prompt. «Ich mag Zucker nicht.» «Schon gut, Roger, man wird gar keinen Zucker in Ihren Kaffee geben, wenn Sie das glücklich macht. Ich bin nicht zanksüchtig.» Roger wurde immer mürrischer. Madeleine begann ihn zu ärgern.

Ich hatte mich während der ganzen Szene nicht gerührt. Was hätte ich auch tun können? Wenn ich mich in die Konversation eingemischt hätte, wäre Madeleine äußerst ungehalten gewesen, und ich hätte mich wohl unweigerlich verraten. Ich verfolgte diese ganze kleine Komödie als stummer Zuschauer, so sehr liebe ich Madeleine. In ihren Augen konnte ich ihr nicht den geringsten Vorwurf machen, da sich alles vor mir abspielte. Sie tat nichts Schlechtes. Sie scheint immer zu sagen, derlei Amüsement hätte nichts mit Liebe zu tun; und sollte ich auf den Gedanken kommen, ihr zu verbieten, Roger wiederzusehen, täte sie, als hielte sie mich für verrückt.

Kaum war Roger gegangen, begann Madeleine wieder in der Modezeitschrift zu lesen, die sie eine Stunde zuvor nur zur Hand genommen hatte, um eine Pose einzunehmen – so, als habe der junge Mann sie tatsächlich in ihrer Lektüre unterbrochen. Sie dachte an nichts und betrachtete die Modelle mit großem Vergnügen. Sie begann sogar vor sich hin zu trällern. Doch plötzlich legte sie die Revue weg und schwieg. «Was bedeutet das?» fragte sie mich unvermittelt. Sie schaute auf die Uhr. Es war drei Uhr. Vor kaum einer Stunde noch hatte sie vorgehabt, erst um sechs Uhr nach Hause zu kommen. Und sie war hier, vor dieser Uhr, deren Zeiger auf drei standen. Und sie trällerte vor sich hin und las eine lächerliche Zeitschrift. «Aber was ist denn geschehen?» wiederholte sie. «Ich werde verrückt.» Sie läutete nach dem Zimmermädchen. «Ist es wirklich drei Uhr?» fragte sie erneut. «Das ist rein unmöglich, ich träume.» Sie griff wieder zur Revue, schaute das Titelblatt an und begann wieder zu trällern, wie sie es vorhin getan hatte. «Ich las diese Zeitschrift!» teilte sie mir mit. «Ja, ich las diese Zeitschrift. Also das ist doch nicht möglich.» Dieser Monolog dauerte einige Minuten. In Wirklichkeit lenkte er sie nur oberflächlich ab. Sie ließ mich an einen Schauspieler denken, der einen Text vorträgt und dabei an etwas anderes denkt; sie aber dachte an nichts. Was sie vortrug, hatte sie nicht gelernt. Plötzlich merkte ich, daß ihre Umgebung wieder langsam in ihr Bewußtsein drang. Sie dachte an Roger. Sie bereute es, nicht mit ihm ausgegangen zu sein. «Wie dumm», mußte sie sich denken, «mit so viel Diplomatie vorgegangen zu sein, nur um jetzt hierzusitzen, wo ich doch so gerne mit ihm ausgegangen wäre.» «Ob ich ihm wohl telefoniere?» sagte sie zu mir. «Was ich getan habe, war nicht gerade nett.» «Aber Madeleine, du willst den Jungen doch nicht belästigen.» Es war offensichtlich, daß sie im Moment einzig den Wunsch hegte, Roger wiederzusehen. «Aber er ist bestimmt noch nicht zu Hause», murmelte sie vor sich hin, ohne auf meine Antwort zu achten. Wenn sie gewußt hätte, wo sie ihn hätte finden können, wäre sie zweifellos sofort hingegangen. Sie wäre sich dabei weder lächerlich noch inkonsequent vorgekommen. Madeleine gehört zu den Frauen, die ihre Eigenliebe, auch wenn sie ganz beträchtlich ist, nicht daran hindert, einen Mann zu bedrängen. Sie hält es für das geeignete Mittel, um zu verhindern, daß der Geliebte, sobald er frei ist, sich in eine andere verliebt. Diese Vorstellung mußte ihr so unerträglich sein, daß sie die Trennung noch schmerzhafter empfand. Sie konnte nicht mehr stillsitzen. Sie schickte sich an, das Haus zu verlassen. Doch gerade als sie gehen wollte, überkam sie das unwiderstehliche Bedürfnis, zum Telephon zu greifen und Roger anzurufen, wobei sie sich nicht einmal die Mühe machte, sich vor mir zu rechtfertigen. Als sie mit ihm verbunden war, sagte sie in sanftem, um Verzeihung bittendem Ton, der ihr ein schnelles Wiedersehen ermöglichen sollte: «Seien Sie lieb, Roger. Kommen Sie schnell vorbei, um mich abzuholen. Wir haben noch Zeit, uns die primitiven Maler anzuschauen.» Roger aber, der tief enttäuscht worden war, verstand den flehenden Unterton in Madeleines Bitte nicht, und da er ihr Gesicht nicht sah, glaubte er, sie spiele weiterhin das kapriziöse und eigensinnige Geschöpf. «Es ist zu spät», hörte ich ihn sagen, «und es wäre übrigens auch nicht unterhaltsam. Ein andermal, wenn Sie wollen.» «Ach, bitte Roger, ich flehe Sie an, tun Sie mir diesen Gefallen. Wir haben noch Zeit.» Es war halb vier. Wie viele Frauen glaubt auch Madeleine nie an die Realität der Öffnungszeiten, wenn sie sich verspätet hat. Muß sie zum Beispiel mit mir einkaufen gehen und kommt sie zu spät zum Treffpunkt, treibt sie mich zur Eile an und hetzt sich selbst wie eine Irre, nur um am Schluß vor verschlossenen Türen zu stehen. «Ich versichere Ihnen, wir haben noch Zeit, Roger. Sie können mir dieses Vergnügen nicht abschlagen.» Vermutlich glaubte er immer noch, sie spiele ihm etwas vor, und statt sie zu sehen, wie sie war, nämlich verzweifelt und am Rand der Tränen, stellte er sie sich in einer trägen Pose vor, wie sie ihre Verführungskünste an ihm erprobte. Als Madeleine sah, daß nichts ihn umzustimmen vermochte, fügte sie am Ende des Gesprächs hinzu, wohl um alles, was sie gesagt hatte, vor mir zu rechtfertigen: «Sie haben recht. Verschieben wir es auf ein andermal.»

Kaum hatte sie aufgelegt, wollte sie nur noch eines: hinausgehen und die Wohnung verlassen, wo sie irgendeinen unerwarteten langweiligen Besuch befürchtete. Ihre Wangen brannten. Sie brauchte Luft, brauchte Bewegung. Sie litt unter dem, was geschehen war, und doch kam ihr keinen Augenblick lang der Gedanke, der Fehler könnte bei ihr liegen. Was immer ihr zustößt, keine Sekunde erwägt sie ihren Anteil an der Verantwortung. So wie es einem selbstgerechten Menschen nicht einfällt, sich zu schlagen, wenn er einen Fehler begangen hat, fiel es auch Madeleine nicht ein, sich den leisesten Vorwurf zu machen. Sie war so, wie sie war. Wenn ihr Gewissen erwachte, bereitete ihr das höchstens Unbehagen, doch nie fühlte sie sich deswegen schuldig. Hätte sie es getan, sie hätte das Gefühl gehabt, sich selbst zu verraten.

25. November

Heute ist ein unvorhergesehenes Ereignis eingetreten, das mir zugegebenermaßen eine gewisse Freude bereitete. Roger ist verschwunden. Er hat auf dem Schreibpult seines Vaters einen Brief hinterlassen, in dem er ankündigt, er werde «das Maximum aus dem Leben herausholen, und wenn er alle erdenklichen Genüsse ausgekostet habe, werde er ohne Reue Selbstmord begehen». Obgleich absolut nichts in meinem Verhalten meine Befriedigung durchblicken ließ, hat Madeleine sie erraten. Ich habe bemerkt, daß man sich über gewisse Situationen freut, die für andere unerfreulich sind, sosehr man sich auch dagegen wehrt. Es hilft nichts, man ist einfach zufrieden. Das ist menschlich. Ich habe aber auch bemerkt, daß jene, die diese Freude erraten, sie an der

Stelle des andern ebenfalls empfänden; denn wie sonst würden sie sie wahrnehmen, da man die Freude, wie ich schon sagte, so sorgfältig verbirgt, daß es äußerst schwierig ist, sie zu entdecken. «Schämst du dich nicht», sagte Madeleine, «dich über ein solches Unglück zu freuen.» «Aber ich freue mich doch gar nicht», antwortete ich. «Verstehst du denn nicht, daß er sich umbringen wird. Und das berührt dich nicht einmal. Du hast ein Herz aus Stein.» «Aber nicht doch! Das sind nur die Worte eines jungen Mannes.» Madeleine hatte eine panische Angst. Mehr als alles, was vorher geschehen war, zeigte mir dieser Brief, wie sehr sie an Roger hing. Angesichts des bevorstehenden Dramas dachte sie jetzt nicht einmal mehr daran, ihre Gefühle zu verbergen, um so weniger, als sie mich unbewußt für den Vorteil bestrafen wollte, den ich aus der Situation ziehen könnte. Ich, der ich mein Leben lang ein Mann sein wollte, muß eingestehen, daß etwas in mir bewirkt, daß ich mich immer in der unangenehmen Lage jener befinde, denen das Leid der anderen zugute kommt. Wenn ich mich beobachte, habe ich wie sie jene hinterhältige Miene, jene Geduld und jene Zurückhaltung im Kampf; und wie bei ihnen folgt nach eingekehrter Ruhe das Bedürfnis zu befehlen.

26. November

Ich habe Curti wiedergesehen. Er verändert sich immer mehr. Ich habe plötzlich den Eindruck, er werde alt. Als sei es das Natürlichste der Welt, hat er mir eine Geschichte erzählt, die ihm gestern widerfahren ist, und er hat nicht einmal bemerkt, wie sehr sie ihn verriet. Er war bei Freunden eingeladen. Guerrera, ein Spanier, der Curtis Namen bei der Vorstellung der Gäste nicht verstanden hatte, gab zu verstehen, die Familie Curti habe in Madrid während der Affäre Gomez einen schlechten Eindruck hinterlassen. Curti verlangte eine Entschuldigung, die der Spanier unter zahlreichen Gesten vorbrachte, während er gleichzeitig versicherte, er habe sich vollkommen getäuscht, und mit einer unglaublichen Plattheit erklärte, seine Gedanken seien von seinen Worten überrollt worden. Er wollte nur noch eines, nämlich sich mit dem Beleidigten gut stellen. Er ging so weit, ihn nach Spanien einzuladen, und beteuerte, er wolle sich nach diesem Mißverständnis nicht einfach so von ihm trennen, er wolle ihn wiedersehen, den Abend mit ihm beenden. Er versicherte sogar, er bereue seine Unkorrektheit nicht mehr, da er dank ihr den trefflichsten Mann kennengelernt habe, dem er auf seinem Weg begegnet sei. Curti jedoch, der früher bestimmt über diese Ungeschicklichkeit hinweggesehen hätte, wollte nichts von alledem wissen und zog sich ungerührt zurück. Der Grund dieses neuen Gemütszustandes liegt nicht ausschließlich in der Krankheit, die an ihm zehrt. Eine anscheinend belanglose Begebenheit hat nämlich, wie mir Madeleine erzählte, bei ihm eine Art Revolte geweckt, die während dreißig Jahren ohne sein Wissen in ihm geschlummert hatte und die durch eine tiefe Schicksalsergebenheit verborgen geblieben war. Vor einigen Tagen las er in der Zeitung, André Michaud, einer seiner ehemaligen Freunde, habe während einer Forschungsreise in Zentralafrika die Reste einer seit 1850 verschollenen Expedition gefunden. Dieses an sich bedeutungslose Ereignis hat zu folgender Szene geführt: Während eines kleinen Empfangs zeigte Curti die Zeitungsmeldung mit der Nachricht herum und sagte: «Ich habe Michaud gut gekannt. Er war ein seltsamer Junge und ziemlich verwegen.» Nun befand sich aber unter den Gästen ein gewisser Léger, der ein Gespräch über Michaud anknüpfte; er kannte ihn ebenfalls gut, nur war ihre Bekanntschaft jüngeren Datums. Er widersprach Curtis Darstellungen in allen Einzelheiten. Und Curti wurde in den Augen aller völlig in den Schatten gestellt. Da fühlte er mehr denn je zuvor, wie endgültig seine Vergangenheit dahin war und wie wenig Bedeutung man dem beimaß, was er sagte, derweil man Léger, der letztes Jahr geschäftlich mit Michaud zu tun gehabt hatte, andächtig zuhörte.

29. November

Heute habe ich, was mir selten passiert, das Bedürfnis verspürt, mich auszusprechen, mich einem Freund anzuvertrauen. Ich bin zu Curti gegangen, so niedergeschlagen war er mir letzthin erschienen, so nahe hatte ich mich ihm gefühlt. Er ist ein Mann, der alles verloren, der mehr als jeder andere unter der Undankbarkeit und der Gleichgültigkeit der Welt gelitten hat; ein Mann, der hinter einem lächelnden Äußeren eine tiefe Bitterkeit verbirgt. Nun, dieser Mann, von dem ich spüre, daß er mir im Geist verwandt ist, wie geschaffen dafür, mein Freund zu sein, hat meine Traurigkeit nicht verstanden. Ich gestand ihm meinen ganzen Abscheu vor dieser Welt ein. Meine Worte sind nicht auf das geringste Echo gestoßen. Getröstet werden heißt vor allem, verstanden werden. Wie wirkungslos scheint aber der Trost, dem das tiefe Verständnis fehlt, der Trost, der in die falsche Richtung zielt und den man selbst lenken muß! Als er mir sagte: «Sie sind jung, Sie haben vom Leben noch viel zu erwarten», mir, der vom Leben nichts erwartet, mir, der ich nie auch nur eine Sekunde lang gedacht habe, mein Kummer könnte mit meinem Alter im Zusammenhang stehen – wie stark spürte ich da die Distanz, die uns voneinander trennt!

Es könnte den Anschein erwecken, als sei Madeleine der Grund dafür, daß ich so leide. Dem ist aber ganz und gar nicht so. Und wenn ich im Offenlegen meiner Gefühle so zurückhaltend bin, dann daher, weil ich es verabscheue, mich auf sie zu berufen. Nichts ist feiger, als sich seines elementaren Schmerzes zu bedienen, um jenen Schmerz hochzuspielen, den man in einem bestimmten Fall empfindet. Und ich ahne jetzt, daß Curti, wenn er an meinem Kummer so wenig Anteil nahm, wohl glaubte, seine Tochter sei die Ursache dafür. Ich hätte ihn auch nicht von seiner Meinung abgebracht, wenn ich das vorher begriffen hätte, da er meine Erklärungen bestimmt als Gleichgültigkeit gegenüber Madeleine ausgelegt hätte. Trost findet man nur in sich selbst. Ich bin heute so weit, daß ich jeden neuen Tag fürchte. Je älter ich werde, desto mehr Angst habe ich vor dem Unbekannten, als käme es mit fortschreitender Zeit näher, statt, wie vorher, eine gewisse Distanz zu wahren.

3. Dezember

Der Comte de Belange hat angerufen, er wünsche uns zu sehen. Madeleine hat ihn für den gleichen Abend zu uns gebeten, was mich erstaunt hat, da Rogers Los sie so sehr zu bekümmern schien. Um sechs Uhr begann sie, an ihre Toilette zu denken. Vor Leuten, die sie von früher kennen, erscheint sie gern in ihrem besten Licht, wie um ihnen zu zeigen, daß ihre Abwesenheit ihrer Schönheit nichts anhaben kann, ganz im Gegenteil, und vielleicht auch, damit sie es um so mehr bereuen, sich nicht vorher um ein Wiedersehen bemüht zu haben. Der schlimmste Kummer ist wie verflogen, wenn es Zeit ist, sich für einen Besuch zurechtzumachen. Die Pflege ihrer Person ist für Madeleine so wichtig, daß sie nicht einmal in Betracht zieht, sie eines Kummers wegen zu vernachlässigen. So wie ein Mann trotz aller Sorgen fähig ist, fröhlich zu sein oder einen Ausflug zu planen, wenn er einen Freund trifft, obgleich er weiß, daß er ihn nicht wird genießen können, so wahrt Madeleine trotz ihrer Verzweiflung Fremden gegenüber den Schein einer glücklichen Frau. Sie klingelte nach dem Zimmermädchen und gab diesem mit ihrer gewohnten Stimme eine Anweisung. Die Schönheit ist ihr

Schild. Geschminkt und elegant gekleidet leidet sie weniger, als stände sie, gebührend zurechtgemacht, über den Streitigkeiten dieser Welt. Wenn sie ihrer Toilette so viel Aufmerksamkeit widmet, geschieht dies somit ein wenig aus Selbstschutz.
Wir haben de Belange während unseres Aufenthalts in Nizza kennengelernt, oder besser gesagt, Madeleine hat mich auf ihn aufmerksam gemacht, da sie ihn, durch welche Umstände auch immer, schon kannte. Wir saßen auf der Terrasse einer Eisdiele, als sie plötzlich sagte: «Warte einen Augenblick und schau dann rechts neben mich. Du wirst einen älteren Herrn entdecken. Das ist der Comte de Belange. Wir haben die Reise von Paris nach Nizza zusammen gemacht. Schau aber nicht gleich hin!» Madeleine schien bewegt. Sie hatte die Worte mit veränderter Stimme gesprochen. Um mich nicht zu verstimmen, hatte sie wohl einen Augenblick lang verschweigen wollen, daß sie den Mann kannte; doch wie man oft eine Tat, selbst wenn sie schlecht ist, nicht verbergen kann, wenn sie beim andern auf Interesse stoßen könnte, konnte sie es nicht lassen, mir den Comte zu zeigen. Sie glich darin der Frau, die trotz aller Verliebtheit demjenigen, dessen Eifersucht sie wohl kennt, nicht verschweigen kann, daß sie einem seiner Freunde näher gestanden ist. Aus Rache schaute ich augenblicklich in die angegebene Richtung, wie jene Männer, die im Bestreben, ihre Frau zu verletzen, sich selbst lächerlich machen und unverschämt werden, ohne daran zu denken, daß die Person, gegen die ihr Benehmen gerichtet ist, vielleicht ganz liebenswert ist, und das alles nur, um diejenige, an der sie sich rächen wollen, ebenfalls der Verachtung auszusetzen. «Jener Herr?» fragte ich laut und ver-

nehmlich und zeigte ostentativ auf den Comte. Madeleine wußte nicht mehr, wohin sie schauen sollte. Alles Blut schoß ihr in den Kopf. «Ich warne dich, wenn du weitermachst, gehe ich weg, und du wirst mich nie mehr wiedersehen.» Ich begriff, daß der Comte für sie eine Art Ideal darstellte. Madeleine will die einzige sein, die die höheren Wesen versteht. Im gleichen Augenblick – sei es automatisch, sei es, daß unsere Unterhaltung seine Aufmerksamkeit auf uns gelenkt hatte – wandte uns der Comte sein Gesicht zu. Er sah Madeleine, schien sie aber nicht zu erkennen. Obgleich sie eine solche Zerstreutheit verletzen mußte, lächelte sie ihm gegen ihren Willen zu und hatte dabei den Ausdruck einer Abenteurerin, die sich anbietet und angesprochen werden möchte, was bei dieser sonst so zurückhaltenden Frau zutiefst befremdlich wirkte. Dem Comte, der sie in Wirklichkeit bestimmt wiedererkannt hatte, entging diese kleine Szene nicht. Er ist ein galanter Mann, der an Frauen gewöhnt ist und genau erkennt, mit welchem gesellschaftlichen Rang er es zu tun hat, ohne es sich jedoch anmerken zu lassen. Diese herausfordernde Art ist genau das, worauf er wartet, bevor er selbst sich vorwagt. Er tut dann so, als wisse er nicht, wer seine Bewunderinnen sind. Sogar Blattläuse würde er wie vornehme Damen behandeln. Er versteht es, den Anschein zu vermeiden, als begehre er eine Frau. Am Tag unserer Ankunft in Nizza hatte er sich von Madeleine in aller Eindeutigkeit getrennt, mit Gleichmut und Eleganz, ohne sie um ein Rendezvous zu bitten, ohne scheinbar etwas zu erhoffen. So war er denn heute einem Dritten gegenüber – in diesem Fall mir – nicht im geringsten befangen. Er lächelte Madeleine ohne die geringste Anspielung in seinem Lächeln zu, genau so, als wäre sie allein gewesen, als wäre er ganz einfach glücklich, eine Bekannte wiederzusehen. Ich aber war trotz dieses harmlosen Verhaltens wütend, denn ich durchschaute das Spiel des Comte. Als er sah, daß sie in Begleitung eines Mannes war, wandte er aus Takt sogleich den Kopf ab. Diese Haltung flößte Madeleine noch größere Bewunderung ein. «Diese Generation», sagte sie mit verhaltener Stimme, «hatte eben noch Hochachtung vor den Frauen». Danach bemühte sie sich, nicht mehr zum Comte hinzusehen. Nachdem sie einen Bekannten gegrüßt hat, und mag das noch so freundlich geschehen sein, vermeidet sie es sorgfältig, seinem Blick wieder zu begegnen, da es in ihren Augen distinguiert ist, es beim ersten Gruß zu belassen. Ich aber warf ihm fortwährend eisige Blicke zu, worauf Madeleine bemerkte: «Wie schlecht erzogen du doch bist. Weißt du denn nicht, daß man die Leute nicht auf diese Weise ansieht!» Denn sie hatte von der Höflichkeit eine ebenso unklare Vorstellung wie gewisse Leute von den Gesetzen. Der Höflichkeitskodex war irgend etwas Geschriebenes, sie wußte nicht wo und von wem, aber auf jeden Fall etwas Geschriebenes. Nicht ihr Taktgefühl, so glaubte sie, gebe ihr ein bestimmtes Verhalten ein, sondern die Beschlagenheit in jenem Kodex. Sie maß dem, was man lernt, mehr Bedeutung bei als dem, was sich ganz natürlich aus dem Feingefühl heraus entwickelt. Der höfliche Mann war jener, der scheinbar Unhöfliches tat, wodurch er sich als Mitglied der guten Gesellschaft zu erkennen gab. Sie bemühte sich also, nicht zum Comte hinüberzusehen, der, nachdem er vergeblich einige Blicke in ihre Richtung geworfen hatte, das Spiel durchschaute und als gewiefter Mann, der keinerlei Eile hatte, zu einem Ergebnis zu gelangen, die gleiche Haltung einnahm. Schließlich verließ er seinen Platz und ging an unserem Tisch vorüber. Im selben Augenblick hob Madeleine den Kopf, und ihre Augen begegneten denen des Comte. Sie war so bewegt, daß sie ihre Verwirrung hinter einem abermaligen Lächeln verbarg. Gleichzeitig kam ihr zum Bewußtsein, daß dieses Lächeln als Avance aufgefaßt werden könnte, und sie errötete. Was Madeleine vielleicht am meisten mißfällt, ist die Vorstellung, ein Mann könnte trotz seiner vordergründigen Liebenswürdigkeit denken, sie wünsche, daß er sie anspreche. Der Comte glaubte, sich die Bemerkung erlauben zu dürfen: «Nizza gefällt Ihnen bestimmt, Madame. Ist es nicht eine zauberhafte Stadt?» Madeleine war verlegen. Sie antwortete nur einsilbig. Da der Comte eine so gutmütige und liebenswürdige Miene zur Schau trug, stellte sie mich vor. «Setzen Sie sich doch», fügte sie hinzu. «Ich möchte Sie aber nicht stören», sagte Belange, während er einen Stuhl heranzog. Dann fuhr er, an mich gewandt, mit einem zutiefst sympathischen Lächeln fort: «Monsieur ist vielleicht gerade angekommen?» Er versteht es, zu tun, als interessiere er sich für alle, mag sein Gegenüber auch ein Rüpel sein. So wie er in einer Gruppe bei einem geistlosen Scherz vermutlich aus Höflichkeit ebenso herzlich lacht, als ob er tatsächlich lachen würde, bemühte er sich in dieser Situation, sich auf einen mißvergnügten Mann einzustellen. «Sie kommen wohl aus Paris?» fuhr er fort. Ich habe den lächerlichen Zug der Leute an mir, die, ohne ihren Gesprächspartner zu kennen, für die geringste Erklärung vertrauliche Gründe anführen. Kaum stellt man mir eine Frage, verspüre ich – aus Großmut vielleicht – den Drang zu sagen, warum ich verreist bin, zu sagen, es sei meiner kranken Mutter wegen, die einst in Nizza einen Kuraufenthalt gemacht und diese Region gerühmt habe. An jenem Abend aber gab ich nur einsilbige Antworten, um Madeleine zu zeigen, wie verdrossen ich ihretwegen war. Belange war meine schlechte Laune nicht entgangen, doch als geschickter Psychologe tat er so, als bemerke er es nicht; er wußte nämlich, daß es kein sichereres Mittel gibt, den Frauen zu gefallen, als sich den Anschein zu geben, man sehe nicht, was sie zu verstecken wünschen. Madeleine antwortete an meiner Stelle: «Aber ja, mein Mann kommt aus Paris.» Schließlich erhob sich der Comte. Er spürte, daß er Madeleine bezaubert und mich verärgert hatte. Unvermindert liebenswürdig, so, als sei er weit davon entfernt zu ahnen, was vorging, verabschiedete er sich.

Gestern abend empfing Madeleine Belange mit der größten Freundlichkeit, obschon sie schrecklich litt. Trotz Rogers Flucht ist der Comte unversehrt in ihrer Erinnerung erhalten geblieben. Keine Sekunde lang war ihr der Gedanke gekommen, ihn so zu empfangen, wie sie sonst jemanden empfangen hätte. Sie gleicht jenen, die ihren Kummer für sich behalten, wenn ein Ungemach von einer Person kommt, die sie bewundern, während sie eine Riesenaffäre machen, wenn das gleiche Ungemach von jemandem kommt, der ihnen gleichgültig ist. Der Comte stand über allem, was ihr zustoßen mochte.

Belanges Besuch erinnert mich an eine Szene, die sich in Nizza, kurz vor unserer Abreise, abgespielt hat und die genauso lächerlich war wie jene auf der Terrasse der Eisdiele. Madeleine und ich machten einen Spaziergang auf der Mole, als wir dem Comte begegneten. Sie hatte ihn nicht vergessen. Jedesmal wenn sie ausgegangen war, hatte sie an ihn gedacht, hatte vorbereitet, was sie sagen würde, wenn der Zufall sie einander gegenüberstellen sollte. Als er uns erblickte, kam er auf uns zu, und auf die natürlichste Art der Welt, wie er es mit einer alten Dame getan hätte, das heißt, ohne den Anschein zu erwecken, als wolle er bleiben, sagte er: «Ist das Wetter nicht herrlich?» Er sagte das, ohne zu grüßen, ohne die geringste Höflichkeitsfloskel voranzustellen. «Herrlich», antwortete Madeleine und schaute auf das blaue Meer hinaus, wo sich einige Segelboote bewegten. Belange fuhr fort: «Man verspürt unwillkürlich den Wunsch, mit einem Boot hinauszufahren, um mit den Elementen zu verschmelzen.» «Es ist wunderschön», antwortete Madeleine etwas gezwungen. Denn obschon sie immer von Schönheit redete und in Entzücken geriet über die Blumen, die Gärten und die Villen, war sie in Wirklichkeit für die Schönheit völlig unempfänglich. Doch diese Beschaulichkeit gehörte nun einmal zur Ausstattung einer jungen und hübschen Dame, und man muß sehen, mit welcher Verachtung sie all jene straft, die gleichgültig sind gegenüber der Kunst oder gegenüber den Pastelltönen des Himmels. Dabei interessiert sie nur, was von den Touristen entdeckt worden ist, was ganze Karawanen von Ausflüglern anzieht, und je kostspieliger und schwieriger es ist, an einen Ort zu gelangen, um so bewunderungswürdiger, wilder und grandioser ist die Stätte. Denn so viel sie auf ihre Raffiniertheit hält, für sie kann Schönheit nur wild sein. Der Comte begleitete uns und entschuldigte sich dafür mit den Worten: «Da Sie bis zum Kasino gehen, mache ich einen kleinen Umweg.» Madeleine war entzückt. Wenn nötig, hätte Belange einer andern Frau gegenüber geäußert, die Gegend widere ihn an, sie habe etwas von einer «komischen Oper», so, als stamme dieser Vergleich von ihm, während er ihn in Wirklichkeit schon hundertmal gehört hatte, und dabei hätte er das Lachen, das seine Bemerkung begleitet hätte, ganz natürlich gefunden; uns gegenüber erging er sich jedoch nur in Bewunderung. Die Wendung «komische Oper» wollte er aber trotzdem einflechten. Es gab eine ganze Reihe solcher Ausdrücke, die ihm gefielen und mit denen er die Konversation ausschmückte, wie etwa «ganz wie ein Schweizer Chalet», wenn er von einer Villa, oder «ganz wie die Tuilerien in Miniatur», wenn er von einer kleinen Grünanlage auf der Place Masséna sprach. Er sagte also: «Finden Sie nicht, diese Landschaft wirkt wie das Dekor einer komischen Oper, nur schöner natürlich, und wirklicher?» Madeleine stimmte zu und lächelte höflich. Sie war dieser Art von Humor gänzlich unzugänglich. Wenn man die Worte in einer andern als der ihr gewohnten Bedeutung verwendete, verstand sie ihren Sinn nicht mehr. Zu sagen, diese Gegend wirke wie eine komische Oper, schien ihr zwar einerseits elegant, doch gleichzeitig, und ohne daß sie hätte sagen können, warum, rief es in ihr den Eindruck von Frivolität hervor. Und Frivolität war genau das, was sie am meisten verabscheute. Plötzlich erschien ihr der Comte fremd, und gegen ihren Willen wurde sie mißtrauisch. Zum ersten Mal merkte Belange nichts. Am Ende der Mole sprach Madeleine den Wunsch aus, sich zu setzen (wie sie das schon zu Beginn des Spaziergangs angedeutet hatte). Der Comte suchte Sessel. Madeleine schaute ihn an, setzte sich aber nicht und verzog den Mund, was bedeuten sollte, der Sessel, den man für sie ausgesucht habe, stehe schief. Sofort stellte ihn der Comte gerade. Er selbst blieb stehen, um zu zeigen, daß er nicht vergessen hatte, gesagt zu haben, er mache nur einen kleinen Umweg, und um nicht den Anschein zu erwecken, als fühle er sich befugt, sich sofort zu setzen, nur weil er einige Schritte mit uns getan hatte. Da überkam Madeleine das Gefühl, nicht passend reagiert zu haben. Wie an jenem Tag, als der Oberkellner ihre Hilfe zurückgewiesen hatte, hatte sie die zutiefst deprimierende Empfindung, etwas anzubieten, das der andere verschmähte; denn als sie sich gesetzt hatte, war ihr nicht eine Sekunde lang der Gedanke gekommen, der Comte könnte es ihr nicht nachtun. Sie hätte sich beinahe wieder erhoben, doch dann dachte sie, das könnte lächerlich wirken, und so sagte sie mit einem gezwungenen Lächeln: «Aber, bitte, setzen Sie sich doch, Monsieur!» Für Belange war das der Beweis, daß sie nichts von seiner Finesse bemerkt hatte, und er glaubte daher wohl, er brauche in Zukunft nicht mehr so vorsichtig zu Werke zu gehen. Das machte ihn kühner. Am Anfang einer jeden Beziehung ist der Comte von erlesenem Feingefühl. Aber er bleibt es nicht. Taktvoll muß man nur sein, solange der andere es bemerkt. Hätte er es mit einem ungehobelten Menschen zu tun, würde er schließlich selbst ungehobelt werden. Wie viele Frauen glaubt auch Madeleine an die Huldigungen, die ihr die

Männer darbringen. Sie wollte der Ehrerweisungen des Comte würdig sein. Er saß neben ihr und sprach mit leiser, prahlender Stimme, und diese Prahlerei war so überraschend und so ungewöhnlich, daß er noch distinguierter wirkte. Die Intimität war schon weiter gediehen, denn nicht mehr von hübschem Haar war die Rede, sondern von einer warmen Stimme. Madeleine, die nie kokettierte, die unfähig war dazu, begann sich zu zieren; denn sie wollte nicht, daß er schlecht von ihr dachte und daß er es bereute, einen Moment in ihrer Gesellschaft verbracht zu haben. Nach einer Weile fragte er sie, in welchem Hotel wir abgestiegen seien. Diese Frage hatte sie befürchtet. «In einem kleinen Hotel», antwortete sie; sie verabscheue den Lärm und sei gekommen, um niemanden zu sehen und sich auszuruhen. Doch plötzlich stockte sie und errötete. Ich schaute sie erstaunt an. Sie senkte den Kopf. Da gewahrte ich Madame Laferrière, die auf uns zukam, uns aber noch nicht bemerkt hatte. Sie war eine der Pensionäre bei Mademoiselle Davis. Wir hatten schon verschiedene Male mit dieser ehemaligen Tänzerin gesprochen. Madame Laferrière war noch sehr kokett. Offenbar hatte sie ihre Glanzzeiten vor dem Krieg in der Pariser Gesellschaft erlebt. Sie trug schon am Morgen riesige Schmuckstücke und schminkte sich wie eine Schauspielerin. Sie schloß sich gerne den jungen Frauen an, um deren Klagen anzuhören. Sie schien all deren Sorgen zu verstehen, da sie sie ebenfalls gekannt hatte. Sie spielte gern die ältere Dame aus der feinen Gesellschaft und sprach unaufhörlich über ihre Wohnung, die für sie allein zu groß war, über Wohltätigkeitsvereine, denen sie angehörte, und über Hausangestellte. So hatte sie, als sie mit Madeleine Bekanntschaft

schloß, gleichzeitig alle Angestellten der Pension ausgefragt und dem einen oder andern vorgeschlagen, ihn in ihre Dienste zu nehmen. Sie kam, in Begleitung eines andern Pensionärs, Joseph Courbet, mit kleinen Schritten auf uns zu. Auch ihn kannten wir. Er war im gleichen Alter wie Madame Laferrière und brachte dieser tiefen Respekt entgegen. Er hatte sein Leben lang in einer Bank am Boulevard des Italiens in Paris gearbeitet und sich dann in Grenoble zur Ruhe gesetzt. Das einzige Vergnügen in seinem Leben bestand darin, jedes Jahr drei Monate in Nizza zu verbringen, was, wie er sich eingeredet hatte, ausgezeichnet für seine Gesundheit sei. Nun hatte er aber in seinem Ruhestand begonnen, das Leben zu entdecken. Er wiederholte jetzt gerne, daß er seine Existenz nicht auf diese Weise verpfuscht und viel eher eine Weltreise gemacht hätte, wenn er das gewußt hätte. Dadurch, daß er dreißig Jahre lang im Abseits gelebt hatte, empfand er jetzt großes Vergnügen daran, jene dreißig verpaßten Jahre durch den Klatsch von Bekannten wie Madame Laferrière zu entdecken, die im Gegensatz zu ihm ihr Leben gelebt hatte. Und wenn er durch sie von ihren Empfängen erfuhr, von den mondänen Ereignissen, an denen sie teilgenommen hatte, hörte er ihr verzückt zu und glaubte, die verlorene Zeit nachzuholen; so lernte er nachträglich das Leben kennen, das er hätte führen sollen, und das war für ihn so etwas wie eine Kompensation.
Die beiden kamen mit kleinen Schritten näher, ohne miteinander zu sprechen. Von Zeit zu Zeit zeigte Madame Laferrière mit ihrem Stock auf die obersten Etagen eines Luxushotels; denn sie war schon an all diesen Orten abgestiegen, und mit Befriedigung ließ sie für Courbet,

aber auch für sich selbst, eine tote Vergangenheit wieder aufleben. Madeleine war bleich. Sie befürchtete, die alten Leute könnten stehenbleiben und mit uns sprechen, vor allem Madame Laferrière, die sich an den Comte de Belange zweifellos wie an einen ihrer Freunde gewandt hätte. Sie kamen immer näher. Der Comte hatte die Beine übereinandergeschlagen und schwieg. Wie er so aufs Meer hinaus blickte, hatte er, obwohl er eben noch gesprochen hatte, die Haltung von jemandem, der sich nach einer langen Konversation einen Augenblick Ruhe gönnt, bevor er mit einem andern Thema fortfährt. Er wollte meiner Frau dadurch Vertrauen einflößen. Er wollte zeigen, daß er nicht der Mann war, der sich mit einem Redeschwall auf sein Opfer stürzt, sondern im Gegenteil der Träumer, der schweigt, wenn er nichts zu sagen hat. Das Paar kam näher. Madeleine senkte den Kopf noch tiefer. Doch im gleichen Moment, als die beiden an uns vorübergingen, stellte ihr Belange eine Frage. Madeleine wurde sich bewußt, daß es nicht nur in den Augen von Madame Laferrière und Monsieur Courbet seltsam erschiene, wenn sie nicht antwortete (die daraus schlössen, sie wolle sie nicht sehen), sondern, was schlimmer wäre, auch in den Augen des Comte. Wenn Madeleine sich geniert, weil sie gewisse Leute kennt, ist sie zuerst beunruhigt und betreten. Dann überlegt sie sich plötzlich, daß sie schön dumm sei, sich anderer wegen Sorgen zu machen. Sie faßt sich dann wieder und wird munter und vertrauensvoll, als sei sie nicht eine Sekunde lang verlegen gewesen. Sie hob die Augen und schaute die alten Leute an, ohne sie scheinbar zu erkennen, und dabei brach sie über die Bemerkungen des Comte in Lachen aus. Madame Laferrière und ihr Freund waren weitergegangen. Einen Augenblick später, als ich ihnen nachsah, gewahrte ich die alte Dame, die zu ihrem Begleiter sprach und dabei mit der Stockspitze auf uns zeigte.

7. Dezember

Heute habe ich erfahren, daß Chambige in eine Spekulationsaffäre verwickelt ist, und das hat mich schrecklich beunruhigt. In einem Buch, das ich einmal flüchtig gelesen hatte, kommen Themen zur Sprache, die jeder gute Bühnenautor kennen sollte. Vor allem eines hatte mich beeindruckt, die Geschichte des Mannes nämlich, der sich in seiner Jugend etwas zuschulden kommen ließ und einen Zeugen dafür hat. Er liebt eine Frau. Er wird glücklich sein. Er hat sich ein angenehmes Leben eingerichtet, als plötzlich der Mitwisser auftaucht. Dieser droht, alles zu verraten, wenn er ihm kein Geld gebe. Eine gewisse Summe vermag ihn zu besänftigen. Als der Schuldige sich in Sicherheit wähnt und glaubt, der andere habe ihn wieder vergessen, taucht der Erpresser abermals auf. Er wird immer anspruchsvoller. Nun, für gewisse Leute stelle ich diesen Mann dar. Ich weiß zum Beispiel, daß Paul D… vor zehn Jahren in heller Aufregung zu mir kam, um mir anzuvertrauen, er habe sich bei einer Frau mit einer schrecklichen Krankheit angesteckt. Ich sprach ihm gut zu. Er redete von Selbstmord. Ich führte ihn zu einem Arzt von Freunden. Heute ist er geheilt. Er muß sich nur noch von Zeit zu Zeit behandeln lassen, um dem Übel vorzubeugen. Ich weiß aber, daß er seiner Frau nichts davon gesagt hat, sondern es mit außerordentlicher Sorgfalt vor ihr verbirgt. Dieser Mann ist bestimmt nicht glücklich. Manchmal begegne ich ihm mit seiner Frau. Es tut einem in der Seele weh, wenn man ihn sieht. Er lebt in der ständigen Angst, sie erfahre von seiner Krankheit und wende sich dann angewidert von ihm ab. Er vergöttert sie, und für ihn wäre es schrecklich. Ich kenne ein anderes Geheimnis, ebenfalls von einem verheirateten Mann. Während einer Razzia in einem Hotel wurde er in einer Situation überrascht, über die ich mich lieber nicht auslasse. Die Polizei nahm seinen Namen auf und ließ ihn dann wieder laufen. Niedergeschmettert gestand er mir, was geschehen war, und fragte mich, ob die Geschichte wohl publik werden und ob man seine Familie benachrichtigen würde, was offenbar vorkomme. Obwohl ich keine Ahnung hatte, einzig um ihn zu beruhigen, versicherte ich ihm, man «benachrichtige» nur im Wiederholungsfall. Nun, man hat seine Frau nicht benachrichtigt. Die Jahre sind verstrichen, und ich bin der einzige, der noch von jenem unglückseligen Abenteuer weiß. Wenn ich diesen beiden Männern begegne, sind sie immer außerordentlich liebenswürdig zu mir. Wir sprechen nie von jenen Ereignissen. Ich glaube sogar, sie bilden sich ein, ich hätte alles vergessen. Es ist mir schon passiert, bei ihnen eingeladen zu sein und einen ganzen Abend in Gesellschaft ihrer Frau zu verbringen. Das hatte etwas Peinliches, Erschreckendes, vor allem wenn die Frau durch ein kleines Lachen zu verstehen gab, sie kenne ihren Mann besser als ich. Ich brauche wohl nicht zu

sagen, daß ich lieber stürbe, als ein solches Geheimnis preiszugeben.
Es gibt meines Wissens einen Mann, der für mich das ist, was ich für die beiden andern bin. Ich befürchte von ihm keinerlei Erpressung, viel eher fürchte ich, er könnte andern von meiner Verfehlung erzählt haben und einer von ihnen tauche eines Tages auf, um Madeleine alles zu erzählen. Folgendes ist geschehen: Mit zwanzig war mein größter Ehrgeiz, Einfluß auf andere auszuüben und diese zu beherrschen, und zwar mittels täglicher Konversationen von mehreren Stunden. Und ich wollte Macht über Schwache erlangen, mit denen ich dann machte, was ich wollte. Ich liebte damals ein Mädchen. Jeder zwingt einmal einen Freund zu einer Sache, die er sich wünscht, obwohl er weiß, daß sie diesem später schaden wird. Ich fristete mein Leben damals mit der bescheidenen Pension, die mir mein Vater zukommen ließ. Dennoch flehte ich Lucienne während Monaten Tag für Tag an, ihre Familie zu verlassen und mit mir zusammenzuleben. Ich stellte ihr ein herrliches Leben in Aussicht. Und je mehr sie sich weigerte, desto mehr beharrte ich darauf; jedes Mittel war mir recht, und ich drohte ihr sogar wie einst Maud, mit ihr zu brechen, wenn sie sich nicht entschlösse. Eines Tages gab sie nach. Ich war wie betäubt. Unsere finanziellen Schwierigkeiten waren bald so groß, daß ich verlangte, sie solle zu ihrer Familie zurückkehren oder aber ihren Vater um Unterstützung angehen. Das wollte sie nicht. Da machte ich ihr das Leben unerträglich, drohte ihr, am Abend die Türe abzuschließen; ich war so grausam zu ihr, daß ich mich heute dafür schäme. Eines Tages schließlich kehrte sie vor lauter Angst nicht zurück. Sosehr ich sie suchte, ich

konnte sie nicht finden. Hatte sie sich das Leben genommen? War sie mit dem ersten besten ins Ausland gegangen? Ich wußte es nicht. Doch da erhielt ich den Besuch ihres Vaters. Es war Chambige. Es ist mir unklar, wie er meine Adresse erfahren hatte, aber wie auch immer, er hatte mich ausfindig gemacht. Er fragte mich, wo Lucienne sei. Statt die Wahrheit zu sagen, verschlimmerte ich die Sache noch; ich bekam plötzlich Angst und log. Ich sagte ihm, Lucienne sei mir freiwillig gefolgt, habe aber aufgrund ihrer Liebe zum Luxus schnell einmal genug gehabt vom Leben, das ich ihr habe bieten können, und sie habe mich für einen sehr reichen Herrn verlassen. Der Vater schaute mich mit einer Verachtung an, die ich mein ganzes Leben nicht mehr vergessen werde. Er zog ein Stück Papier aus seiner Tasche und las es mir vor. Es war ein Brief von Lucienne. Sie erzählte alles, was geschehen war, erwähnte meine Grausamkeit, wie sehr sie meinetwegen gelitten hatte, und bat ihren Vater um Verzeihung für den Kummer, den sie ihm bereitet hatte. Der Brief zeugte von unendlicher Not. Der Vater begann zu weinen, ohne daß sich sein Zorn gelegt hätte. Ich glaubte einen Moment lang sogar, wir würden uns prügeln, denn er kam auf mich zu, packte mich bei den Schultern und schüttelte mich, ohne daß ich eine Bewegung zu machen wagte, weil mir sein Alter Respekt einflößte und auch, weil ich mich so sehr schuldig fühlte. Er war verzweifelt. Daß seine Tochter mit mir zusammengezogen war, bedeutete nichts im Vergleich zu dem, was nachher geschehen war. Sein Unvermögen, sich zu rächen, machte ihn verrückt. Schließlich ging er, aber er sagte dabei folgende Worte: «Sie Schuft, Sie, ich behalte diesen Brief. Er wird Sie Ihr ganzes Leben verfolgen. Es ist lang, das Leben, und Sie werden schon sehen, daß Sie es bereuen werden und daß ich mich rächen werde. Alle werden erfahren, was Sie getan haben. Keine Frau wird Sie noch haben wollen, hören Sie, keine, wenn bekannt wird, was Sie einer Unschuldigen angetan haben; denn Sie haben mein armes Kind getötet, ich bin sicher. Getötet haben Sie es, Sie Mörder!»

Doch obwohl ich Lucienne malträtierte, liebte ich sie von ganzem Herzen. Sobald sie nicht in meiner Nähe war, dachte ich an sie und wurde von Eifersucht geplagt. Sobald sie aber auftauchte, vollzog sich in mir ein seltsamer Wandel, und ich mußte sie einfach quälen. Es war stärker als ich, und wenn es mir nach kurzer Zeit gelang, sie zum Weinen zu bringen, war ich unfähig zu einer edlen Geste, unfähig, sie zu trösten. Zu jener Zeit fühlte ich in meinem Herzen etwas Abscheuliches, eine außerordentliche Härte. Es fällt mir da eine Geschichte ein, die zeigen mag, wie hart ich scheinbar war. Im Gymnasium hatte ich eines Tages einen Kameraden so unglücklich geschlagen, daß er sich beim Hinfallen ziemlich schwer verletzte. Man führte mich zum Direktor (ich war vierzehn) und stellte mich vor die Tatsachen. Man verlangte von mir, daß ich Reue zeige, und versicherte mir, damit wäre die Sache erledigt. Doch das wollte ich nicht, niemals. Eine ganze Stunde lang bedrängten mich drei Lehrer, der Direktor und eine Frau, die sich zu ihnen gesellt hatte, um mich zur Reue zu bewegen, doch ich blieb hart wie Stein. Schließlich war ihre Geduld erschöpft, und sie schlossen mich in einen kleinen Hof ein. Kaum war ich allein, brach ich in Schluchzen aus – aber nicht etwa auf gewöhnliche Art. Ich brach in ein Schluchzen aus, das volle drei Stunden dauerte. Während dieser Zeit nahm ich nichts mehr wahr, weinte nur noch, den Körper von Spasmen geschüttelt, so daß ich am Schluß, als ich aufhörte, nicht mehr fähig war, mich auf den Beinen zu halten. Ich fiel zu Boden, und man mußte mich wie einen Sterbenden zu meinen Eltern transportieren, was in einer gewissen Weise meine Rache war; denn ich erinnere mich, daß mir trotz meines Zustandes die Verlegenheit der Lehrer nicht entging. Nach dieser Geschichte blieb ich vier Tage lang im Bett, und ich kehrte erst zwei Wochen später ins Gymnasium zurück. Man kann daran ermessen, daß mir mit einer solchen Charakterhärte das, was ich Lucienne erdulden ließ, nichtig erschien; und daß ich ihr verbarg, was ich im Grunde für sie empfand, zeigt, welche Kraft in mir steckte. Lucienne war überdies sehr empfindlich. Dadurch, daß sie ihre Familie verlassen hatte, war sie unruhig und ängstlich geworden. Sie sprach fast nicht mehr; sie war schlapp und wie willenlos geworden. Ich warf ihr diese Schlappheit unaufhörlich vor, doch durch meine Vorwürfe wurde diese nur noch größer. Am Schluß glich Lucienne einem geprügelten Tier. Sie wagte nichts mehr zu sagen, nichts mehr zu tun, so sehr fürchtete sie, ich könnte in Zorn geraten, so daß ich schließlich in Zorn geriet, weil sie nicht handelte. Und je mehr ich sie beherrschte, je mehr ich sie in Angst versetzte, desto stärker fühlte ich eine tiefe innere Befriedigung. Ich empfand das Bedürfnis, aus ihr eine Sklavin zu machen, ein Geschöpf, das nicht mehr die geringste Persönlichkeit hätte. Eines Tages, kurz vor ihrer Flucht, lehnte sie sich jedoch auf. Unmöglich zu beschreiben, in welche Verblüffung mich dies zuerst versetzte und welche Wut mich danach packte. Ich verharrte einen Augenblick reglos, bleich und erstaunt. Dann begann ich sie unvermittelt zu beschimpfen. Ihre scheinbare Gefaßtheit reizte mich immer mehr, so daß meine Worte immer heftiger wurden. Ich mußte mich klemmen, meine Finger verrenken, um dem Verlangen zu widerstehen, sie zu schlagen. Ich war blaß vor Wut und unfähig, noch beleidigendere Worte zu finden als jene, die ich eben gebraucht hatte, so sehr hatte ich schon geschrien, und das schürte meinen Zorn zusätzlich. Und immer noch behielt sie ihre unerschütterliche Ruhe bei. Plötzlich jedoch brach sie nicht etwa in Tränen aus, sondern hatte einen Nervenzusammenbruch. Es tönt grausam, aber ich empfand dabei eine unsägliche Erleichterung. Es war, als würde ich angesichts dieses armen, von Krämpfen geschüttelten Körpers von einer warmen Dusche berieselt, die meine Nerven entspannte. Alles um mich herum wurde klar, alles nahm Form an. Ich lebte auf. Da hielt ich plötzlich mit Sprechen inne, und ohne die geringste Zartheit, gerade wie ein Fremder, legte ich sie aufs Bett und massierte ihr die Schläfen mit frischem Wasser. Ich war ruhig und ungerührt und vor allem darauf bedacht, meine fürsorglichen Bemühungen einzustellen, sobald sie ihrer gewahr werden sollte. Das war also jene erbärmliche Liebe. Und doch glaube ich nicht, daß ich böse bin. All das war Hochmut, war die Härte eines jungen Mannes. Ich liebte sie, und als Beweis dieser Liebe möchte ich nur folgende Episode schildern. Lucienne sprach manchmal im Traum ganze Sätze. Sie träumte jede Nacht eine Menge Dinge, und am Morgen erinnerte sie sich an alles. Eines Nachts, als ich wach lag, hörte ich sie im Schlaf folgende Worte sagen: «Nein, nein, Sie sind nicht nett. Ich versichere Ihnen, daß ich gut auf sie achtgeben werde.

Sie kennt mich übrigens besser als Sie (sie sprach von einer schwarzen Katze). Sie würden nie die Geduld aufbringen, sie aufzuziehen. Wenn man ihnen nicht regelmäßig ihre Milch gibt, sterben sie. Lassen Sie sie mir, ich flehe Sie an. Wenn Sie sie mitnehmen, wird sie unglücklich sein. Sie liebt mich so. Nein... nein... ich flehe Sie an... lassen Sie sie da...» Ich begriff, daß sie träumte, ein Unbekannter wolle ihr eine Katze wegnehmen, die sie zu besitzen glaubte, und daß sie unter dieser Trennung genauso litt, wie sie wohl vermutete, daß ihr Vater leide – was wahrscheinlich auch der Grund des Traums war. Dann stieß sie plötzlich kleine Schmerzensschreie aus. Da hatte ich Erbarmen mit ihr. Ganz leise erhob ich mich. Es traf sich, daß es im Hotel, in dem wir logierten, eine Katze gab. Ich zog meinen Überzieher an und machte mich im dunklen Treppenhaus auf die Suche nach ihr. Ich fand sie natürlich nicht. Ich stieg bis zum sechsten Stock hoch und schaute im Licht von Streichholzflammen in alle Winkel. Dann stieg ich bis ins Erdgeschoß hinunter. Alles schlief. Doch durch die Türe des Büros sah ich einen schwachen Lichtschimmer. Das Zimmermädchen, das in jener Nacht Wachdienst hatte, öffnete mir. Die Katze war bei ihr. Ich nahm sie mit, stieg zu unserm Zimmer hoch, schloß leise die Türe und legte mich wieder hin. Lucienne schlief friedlich. Ich weckte sie sanft und zeigte ihr die schnurrende Katze. Sie verstand nicht sogleich, doch dann erinnerte sie sich an den Traum, und auf ihrem Gesicht leuchtete eine Freude auf, die mich mit tiefem Glück erfüllte. Diese Geschichte ist vielleicht lächerlich, aber mir scheint, ich habe mich wirklich aus Liebe mitten in der Nacht aufgemacht, im Hotel eine Katze zu suchen.

Nachdem Chambige gegangen war, erlebte ich schreckliche Stunden. Noch lange danach hatte ich das Gefühl, mein Glück liege in den Händen dieses Mannes und er könne es zerstören, wann immer er wolle. Erst einige Jahre später erfuhr ich ganz zufällig, daß Lucienne verheiratet und glücklich sei. Unser Abenteuer hatte bei mir eine schmerzliche Erinnerung hinterlassen. Heute aber, wo diese Geschichte seit langem vergessen ist – sie trug sich vor fünfzehn Jahren zu –, fühle ich mich plötzlich genauso beunruhigt wie am ersten Tag. Ich habe heute in der Zeitung gelesen, daß Chambige im Begriff steht, verhaftet zu werden. Meine ganze Ruhe war dahin. Mir scheint, als werde er jeden Moment bei mir auftauchen und als werde er, um nicht allein unterzugehen, Madeleine alles erzählen, einen Skandal machen, als werde er es sogar seinen Richtern sagen, um seinen guten Charakter herauszustreichen, um zu zeigen, wie gut er war zu dem Mann, der ihm so großen Kummer bereitet hatte.

Und ich denke an meine Frau. Heute morgen erschien sie mir schöner und begehrenswerter denn je. Ich weiß nicht, ob Sie schon Verachtung für sich selbst empfunden haben, wenn vor Ihnen, dem einsamen Hüter eines drückenden Geheimnisses, dem Menschen, der sich des Lasters und der Gemeinheit schuldig gemacht hat, plötzlich unversehrt und rein das Wesen erschien, neben dem Sie immer gelebt haben. Wie schön ist in solchen Momenten jenes Wesen, und wie wenig würdig fühlt man sich seiner! Mit welch ungeheurer Intensität kann man das Übel, das man angerichtet hat, bereuen! Man schwört sich, nie mehr damit zu beginnen, und mit welcher Fröhlichkeit nähert man sich dem geliebten Menschen, wenn man durch eine Gunst des Himmels die Konsequenzen einer Verfehlung nur gestreift hat, der Strafe entgangen ist! Doch die Freude vergeht, Langeweile kommt auf, und wir brauchen etwas Neues. Wie gefährlich ist es doch, Mensch zu sein! Mit welcher Aufrichtigkeit kann man seinem verlorenen Glück nachtrauern, wenn man auf der Tiefe des Abgrunds angelangt ist! Doch mit welchem Leichtsinn, mit welcher Sorglosigkeit setzt man es aufs Spiel! Könnte ich einen Wunsch tun, wäre es der, immer genügend Herr meiner selbst zu sein, um mich in Zukunft auf nichts Ungewisses einzulassen, um nie der Versuchung nachzugeben und um der Frau, die ich liebe, immer würdig zu sein. Und jetzt, wo ich diesen Wunsch tue, aus ganzem Herzen und mit aller Kraft, denke ich daran, daß Chambige immer noch lebt und vielleicht gleich, vielleicht erst morgen, alles aufdecken wird.

8. Dezember

Meine Vorsätze sind verflogen. Zum ersten Mal habe ich mich aufgelehnt. Allmählich war meine Geduld erschöpft. Madeleine machte mich jeden Tag mehr lächerlich. Es gab keinen Grund, daß sie damit aufhörte. Vielleicht habe ich in einer Anwandlung von Zorn gehandelt, ich weiß es nicht. Ich will es auch gar nicht wissen. Folgende Szene hat sich ereignet. Als ich gegen Abend nach Hause kam, begab ich mich in unser Schlafzimmer. Nachdem ich eine

Weile ziellos umhergegangen war, gewahrte ich auf dem Kaminsims wunderschöne Orchideen. Was mich erstaunte und meine Aufmerksamkeit erregte, waren nicht die Blumen, sondern der Weidenkorb und die Bänder, die sie schmückten. Weit davon entfernt, den leisesten Verdacht zu hegen, beachtete ich sie während einiger Minuten nicht mehr. Ich setzte mich. Aus reiner Muße schaute ich den Korb an. Da keimte ein Zweifel in mir auf. Doch ich vertrieb ihn wieder; es schien mir unmöglich, daß die Blumen in diesem Zimmer gestanden hätten, wenn sie kompromittierend gewesen wären. Doch je genauer ich sie betrachtete, desto mehr schienen sie mir aus einer andern Welt zu kommen. In meinen Augen wurden sie allmählich zum Symbol für Wollust und Lüge. Ich schaute sie unverwandt an. «Es ist doch nicht möglich, daß sie diese Blumen gekauft hat!» dachte ich. Diese Überlegung ist mir wohlvertraut. Es ist die Überlegung eines Gatten, der seine Frau, deren Mittel er kennt, verdächtigt, wenn sie immer wieder Kleider und Schmuck trägt, von denen er nichts weiß. «Aber wenn sie sie nicht gekauft hat, hätte sie nicht die Kühnheit, sie in unser Zimmer zu stellen», fügte ich hinzu, um mich zu beruhigen. Ich stand auf und versuchte, die Anschrift des Blumenhändlers zu finden, und dabei hob ich ein zerknülltes Transparentpapier auf, das ich auseinanderfaltete. Der Korb kam von Jolibois. Ich war beunruhigt, und ohne an meine Bewegungen zu denken, stellte ich ihn an einen andern Ort, plazierte ihn gut sichtbar in der Mitte des Zimmers; dann tat ich, was ich als Kind so oft getan hatte, wenn ich wegen eines Geschenks, das ein Cousin erhalten hatte, eifersüchtig war: Ich stellte den Korb auf einen Stuhl vor die Tür, so daß Madeleine ihn umwerfen mußte, wenn sie ins Zimmer trat. Ich hatte mich gerade wieder gesetzt, als ich im Korridor Stimmen vernahm. Mit einem Satz erhob ich mich. Um zu vermeiden, daß meine Frau mein Treiben bemerkte, und vor allem, um nicht ihren Zorn heraufzubeschwören, eilte ich zum Korb. Ich wollte ihn gerade auf den Kaminsims stellen, als Madeleine hereinkam und mich in der grotesken Haltung eines Besuchers überraschte, der ein Objekt berührt, das ihm nicht gehört, was meine Laune noch verschlechterte. Sobald sie die Türe hinter sich geschlossen hatte, fragte ich barsch: «Wie heißen diese Blumen?» «Das sind Orchideen.» «Hast du sie erhalten?» «Nein.» «Hast du sie gekauft?» «Nein.» «Nun, woher kommen sie dann?» «Was kümmert dich das?» «Ich habe wohl noch das Recht zu wissen, woher diese Blumen kommen.» «Und ich, habe ich nicht mehr das Recht, Blumen zu haben, die mir gefallen?» Madeleine stellte mir diese Frage mit der tiefsten Aufrichtigkeit. Ich erboste mich langsam. «Ich bitte dich, mir zu sagen, von wem du diese Blumen hast.» «Das geht dich nichts an.» Diese Antwort gab mir Madeleine oft. Wenn ein Objekt das Vergnügen und die Schönheit verkörpert, schlicht alles, was zu ihrem Ideal gehört, ist sie überzeugt, darüber niemandem Rechenschaft zu schulden, und Ärger stieg in ihr hoch, daß ich mir erlaubte, sie auszufragen. Man hätte meinen können, ich wolle mit meiner Frage nach der Herkunft dieser Blumen in den geheimsten Winkel ihrer Seele vordringen. Sie waren augenscheinlich so fern und ohne Bezug zu meiner Person, daß sie sie in unserem Zimmer gelassen hatte, ohne daran zu denken, ich könnte sie nach deren Herkunft fragen. Sie hatte sie sogar gut sichtbar auf den Kaminsims gestellt, und angesichts der wiederholten Fragen wurde sie sich plötzlich ihrer

Verwegenheit bewußt. «Ich bitte dich, mir zu sagen, von wem diese Blumen sind», sagte ich mit zunehmender Heftigkeit. Madeleine verlor ihren Gleichmut. Sie bereute ihre Leichtfertigkeit. Angst überkam sie. Trotzdem konnte sie sich nicht zu einer klaren Antwort durchringen. Ich entdeckte eine gewisse Schönheit in diesem entschlossenen Leugnen. Meine Frau hätte gestehen können, und obschon ich immer vorgab, nicht an komplizierte Geschichten zu glauben, an Geschichten, bei denen der Erzähler sehr weit ausholen muß, um seine Darstellung glaubhaft erscheinen zu lassen, hätte sie mich schließlich auch überzeugt. Doch sie wollte es nicht. Sie hätte irgendeinen Namen erwähnen können, nur, wie hätte sie diese Huldigung erklärt? Und wenn es nichts als eine harmlose Geste eines verliebten Mannes gewesen wäre, wie hätte sie sich dann gerechtfertigt, sie, die sich nie gegen Ungerechtigkeiten auflehnt? Wenn man sie als Kind beschuldigte, einen Apfel genommen zu haben, leugnete sie, da sie ihn in ihrer Vorstellung nicht genommen, sondern auf einer Wiese aufgelesen hatte, und wenn sie schließlich zugeben mußte, ihn genommen und auch gegessen zu haben, kam ihr nicht der Gedanke, sich zu entlasten, indem sie die Wahrheit sagte, das heißt, daß sie ihn gefunden hatte. Was die Orchideen anbelangt, so leugnete sie auf dieselbe Weise und um so hartnäckiger, als sie spürte, daß die äußeren Anzeichen gegen sie sprachen; denn aus einer Art Stolz heraus glaubt sie nicht, daß Erklärungen hilfreich sein können. «Willst du mir wohl sagen, von wem diese Blumen sind?» «Nein, nein und nochmals nein...» Madeleine ist sich der Gemütsverfassung eines Mannes, der Fragen stellt, um etwas herauszufinden, so wenig bewußt, daß sie noch gleich schroff wie am Anfang antwortet, wenn schon eine gewisse Ungeduld in der Stimme des andern herauszuhören ist, ja, daß sie sogar die Stimme erhebt, wenn der andere sie erhebt, und das alles, ohne ein einziges Mal von ihren Antworten abzuweichen bis hin zum Moment, in dem sie in Tränen ausbricht. «Wenn du es mir nicht sagst, gehe ich zu der Blumenhändlerin», sagte ich, immer noch ruhig, wobei ich mir als Trumpf vorbehielt, Jolibois zu erwähnen. Diese Drohung beeindruckte Madeleine schrecklich. Wenn sie etwas verabscheut, dann sind es die Schritte, die jemand unternimmt, um etwas zu überprüfen; nicht etwa, daß sie diese Kontrollen schmachvoll findet, aber ihre Eigenliebe gegenüber jenen, die befragt werden, leidet darunter. Sie liebt es, überall einen guten Eindruck zu hinterlassen, und wenn sie von einem Ort weggegangen ist, versucht sie zu erraten, was man in ihrer Abwesenheit über sie gesagt hat. In ihren Augen ist es erniedrigend, in ein Geschäft zurückzukehren. Um nichts in der Welt hätte sie gewollt, daß die Geste dessen, der ihr diese Blumen geschenkt hatte und die sie wohl bewundernswert fand, mit einem Besuch ihres Mannes bei der Blumenhändlerin endete. Sie begann zu zittern. «Du wirst nicht zu der Blumenhändlerin gehen», sagte sie. «Du wirst diese Bosheit lassen, sonst wirst du mich nie mehr wiedersehen.» Sie dachte immer noch nicht daran, eine Erklärung zu geben; schließlich hatte sie nichts Schlechtes getan. Und doch benahm sie sich genau so, als ob sie wirklich schlecht gehandelt hätte. An diesem Punkt ließ ich es an Großmut fehlen und bewies Grausamkeit. Ich wußte genau, daß Madeleine ehrenhaft war; da jedoch die äußeren Anzeichen gegen sie sprachen, hielt ich mich automatisch nur an diese. Ich spielte – nicht ohne einen gewissen Anteil an Aufrichtigkeit, muß ich zu meiner Entschuldigung anfügen – die Rolle des Gatten, der seiner Sache sicher ist und der endlich den Beweis für die Untreue seiner Frau in der Hand hält. Schon lange hatte ich nach einem Motiv von dieser Tragweite gesucht. Unbewußt hatte ich auf einen Grund gewartet, um meinem Zorn freien Lauf lassen zu können. Und während ich mich ereiferte, fühlte ich, daß sich mir eine einmalige Gelegenheit bot, der Stärkere zu sein, weil es da trotz allem einen Tatbestand gab, der, wenn ihn meine innere Stimme auch entschuldigen konnte, wenn ich diese Stimme auch zum Schweigen brachte, nicht minder gravierend war. «Wenn du mir nicht augenblicklich sagst, von wem diese Blumen sind, gehe ich zu Jolibois.» Diesmal war die Wirkung schrecklich. Madeleine hatte nicht mehr die Kraft, die Wahrheit zu verbergen. Trotzdem zögerte sie noch einen Moment lang. Schließlich murmelte sie: «Von Belange.» Sie sah mich niedergeschmettert an und brach in Tränen aus. «Aha! Jetzt verstehe ich alles. Ich verstehe, warum du immer weg bist. Ich verstehe, daß du nie mehr Zeit hast, bei mir zu bleiben.» Ich hörte nur noch auf meine Eifersucht, und um sie zu schüren, fügte ich ihr meinen Groll hinzu. «Diese Herren gefallen den Frauen. Das ist auch ganz natürlich. Sie haben ja eine so edle Seele, sie verstehen eure Sensibilität so gut.» Ich sprach mit Zungenfertigkeit, wie jemand, der wieder zum Leben erwacht. Die Ereignisse gaben mir recht. Ich hatte immer gewußt, daß sich die Dinge von selbst ergeben würden, daß die Wahrheit eines schönen Tages ans Licht käme und Madeleine überführen würde. Der Tag war gekommen. Ich konnte gehen, ohne zu zögern, ohne zu leiden, da nicht ich schlecht gehandelt hatte, sondern sie. Ich konnte weggehen und schwören, ich hätte es nie getan, wenn sie mich nicht betrogen hätte. Ich konnte weggehen und es schwören, und mit ein wenig gutem Willen konnte ich es auch glauben. Ich war beinahe aufrichtig. Ich ging sogar so weit, einen zärtlichen Unterton in meine Worte zu legen. «Da du es so gewollt hast, da du einen Unbekannten meiner Liebe vorgezogen hast, sollst du deinen Willen haben! Du wirst glücklich sein, das ist alles, was ich möchte.» Und so unwahrscheinlich es anmuten mag, fügte ich, ohne die Stimme zu dämpfen, hinzu: «Du wirst es später bereuen, du wirst sehen, daß du es bereuen wirst, einen andern mir vorgezogen zu haben.» Trotz allem lag in meiner Stimme eine gewisse Emotion. Die Wahrheit war mir vage bewußt, und wenn sie mich daran hinderte, zornig zu werden, dann darum, weil ich ahnte, daß ich das Ganze später bereuen würde; später, aber nicht jetzt. Denn heute gab es diese Blumen. Sie waren da. Ein Mann hatte sie Madeleine geschenkt, und Madeleine hatte sie angenommen.

Während ich sprach, schaute mich Madeleine angsterfüllt an. Trotz ihres Schmerzes kam ihr keine Sekunde lang der Gedanke, sich zu entlasten. Schon früher, wenn ich ihr Szenen gemacht hatte, die aus geringeren Anlässen noch heftiger gewesen waren, hatte sie, Tränen in den Augen, meine Beschimpfungen mit der gleichen Haltung erduldet, so, als hätte sie die Schmähungen wirklich verdient. Sie hörte mir zu, ohne mich zu hören. Sie merkte einzig, daß ich zornig war und sie die Ursache dieses Zorns. Ich begann auf und ab zu gehen, während ich weitersprach, nicht zu Madeleine, sondern zu mir selbst. «Natürlich, sie hat einen Geliebten, einen sehr feinfühligen Geliebten, wie sie es sich ihr Leben lang ge-

wünscht hat. Im Grunde ist sie zufrieden. Warum sollte ich sie daran hindern, glücklich zu sein? Ich habe kein Recht dazu. Sie liebt mich nicht.» Von Zeit zu Zeit hielt ich inne, um sie anzuherrschen: «Nicht wahr, du liebst mich nicht?» Und immer noch antwortete sie nicht, als ob sie mich wirklich nicht liebte.
Da ich mich langsam wiederholte und mein Zorn hätte verebben können, sagte ich plötzlich: «Wenn die Dinge so stehen, ist es wohl besser, ich gehe.» Ich nahm einen Koffer und warf in wildem Durcheinander Hemden hinein. Als sie den Koffer in meinen Händen sah, bekam Madeleine plötzlich Angst. Doch sie bewegte sich nicht. Etwas in ihr hindert sie zu handeln, solange nicht die letzte Sekunde gekommen ist. Ich ging zur Tür. Da stürzte sich Madeleine, die bis jetzt kein Wort gesagt, die mich nur beobachtet hatte, schluchzend und wie von Sinnen auf mich. Das war nicht mehr die Frau, die mir eben noch zugehört hatte; es war eine andere Frau, die zitterte und mir zuzuschreien schien: «Genug mit all deinen Bosheiten, du weißt genau, daß ich unfähig bin, dich zu betrügen»; eine Frau, die hinter ihren Tränen sogar zu lächeln schien, um mir zu zeigen, wie absurd das alles war, die zu sagen schien: «So schau doch... Kann eine Gattin wie ich ihres Ehemanns unwürdig sein?» Es blieb nur noch ein Geschöpf übrig, das schreckliche Angst vor den Folgen seines Handelns hatte. Unmöglich, das nicht zu bemerken. Da spürte ich, wie dürftig meine Beweise waren, wie hart meine Worte gewesen waren. Doch ich war schon zu weit gegangen. Ich versuchte nicht einmal mehr, meine Stimme zu verstellen oder mir den Anschein des gekränkten Ehemannes zu geben, als ich mich freimachte und sagte: «Nun komm schon, laß mich.

Du siehst doch, daß ich gehen muß.» Es war offenkundig, daß es nicht mehr wichtig war, welchen Ton ich anschlug, und daß sich Madeleine an den Menschen klammerte, der ich wirklich war. Doch sie ließ mich nicht los. Sie stotterte unzusammenhängende Worte und versuchte immer noch auf keine Art und Weise, sich zu rechtfertigen, da sie im tiefsten Innern überzeugt war, daß ich ihr nichts vorzuwerfen hatte. Es gelang mir, die Tür zu öffnen. An ihrem Schluchzen und Röcheln erkannte ich, daß Madeleine nicht mehr Madeleine war, sondern nur noch ein Wesen, das litt, und daß die Anstrengung, die ich unternahm, um mich von ihr zu lösen, nicht mehr dieselbe war, sondern daß sie zur Anstrengung eines Priesters wurde, der sich von einem Verurteilten zu lösen sucht. Ich litt entsetzlich, jedoch mehr Madeleines wegen. Ihre Tränen und ihre Verzweiflung beraubten sie ihrer Persönlichkeit. Trotzdem wurde ich schwach. Ich sagte: «Aber ich gehe ja gar nicht weg. Ich werde einige Tage in Versailles verbringen. Ich komme zurück. Ich weiß doch, daß du lieb bist, daß diese Blumen nichts zu bedeuten haben.» Einen Augenblick lang wäre ich beinahe wieder ins Zimmer getreten. Doch ich widerstand der Versuchung. «Einmal muß ich beginnen», dachte ich, «nachher wird sie viel netter zu mir sein. Das Schwierigste ist schon überstanden.» Erneut versuchte ich mich zu befreien, und gegen meine Erwartung war ich plötzlich tatsächlich frei. Madeleine stand vor mir und war nicht wiederzuerkennen. Ich lächelte: «Übrigens muß ich heute sowieso nach Versailles fahren; ich habe es dir nur noch nicht gesagt, um dir keinen Kummer zu bereiten.» Doch plötzlich stieg Wut in mir auf, daß sie mich nicht mehr zurückhielt, daß sie mich frei ließ. Ich wollte ihr meine Verachtung ins Gesicht schreien, aber ich war durch diese unvorhergesehene Freiheit, durch Madeleines Aufgeben überwältigt. «Siehst du denn nicht, daß ich gehe?» sagte ich zornig. Madeleine antwortete nicht. Sie schien gleichgültig gegen alles, was ich tun konnte. Mich überkam ein tiefer Abscheu vor mir selbst. Wenn es einem während Monaten gelungen ist, die Verhaltensmaßregeln, die man sich gegeben hat, einzuhalten; wenn man diese dank eines eisernen Willens ein ganzes Jahr lang nicht verletzt hat und glaubt, sich gebessert, sich verändert zu haben; wenn man dann, in einer Anwandlung von Zorn, plötzlich schlimmer wird als je zuvor – dann packt einen ein schreckliches Gefühl, das Gefühl, das ein Arbeiter empfindet, wenn er nach einem Leben voller Mühsal eines Abends plötzlich zusieht, wie die Früchte seiner Arbeit sich in nichts auflösen. Alles muß neu begonnen werden. Heute bin ich wieder zum Menschen von einst geworden. Was machte gestern aus mir einen trotz allem glücklichen Mann? Die Tatsache, daß mich jeder Tag mehr von jenem Wesen entfernte, das ich gewesen war, daß die Zeit meinen Willen stärkte und eine Schwäche unwahrscheinlicher werden ließ. Doch wie schwer wird es mir von nun an fallen, mich zu beherrschen! Was ich heute getan habe, werde ich bei jeder Versuchung wieder tun. Ich werde mir sagen: «Was soll's?», da ich auch gestern, vorgestern, vor einer Woche von meinen Gefühlen überwältigt worden bin. Ich schleuderte meinen Koffer weit von mir und kniete mich wie ein Vater vor seinem Kind vor Madeleine nieder und flehte sie an, mir zu vergeben. Doch sie blieb unbewegt.

9. Dezember

Ich habe eine schreckliche Nacht hinter mir. Gestern abend kleidete sich Madeleine nach dem Essen unvermittelt zum Ausgehen an. «Ich gehe zu meinem Vater schlafen», kündigte sie mir kühl an. Ich versuchte sie zurückzuhalten, ohne jedoch darauf zu drängen, da ich eine Nervenkrise befürchtete. Sie ging weg, und ich blieb allein zurück.

Nachdem ich eine Stunde lang gelesen hatte, irrte ich in der verlassenen Wohnung umher. Alles erinnerte mich an Madeleine. Manchmal tauchte sie vor mir auf, als ob sie nicht weggegangen wäre. Dann löste sie sich plötzlich auf wie ein Phantom, und alles blieb leer. Ein neuer Zwischenraum füllte auf einmal die Lücken zwischen den Möbeln. Die Objekte, deren sie sich zu bedienen pflegt, waren bewegungsloser als sonst. Alles schien erstarrt zu sein. Die Lampen verloren ihre Leuchtkraft, und wenn ich ein Zimmer verließ, mehrere andere durchquerte und schließlich wieder an meinen Ausgangspunkt zurückkehrte, überfiel mich ein schmerzliches Gefühl von Einsamkeit, ähnlich dem, das ich immer empfinde, wenn am Abend bei meiner Heimkehr niemand in der Wohnung ist. Der Gedanke, Madeleine bei ihrem Vater aufzusuchen, kam mir, als ich schon entkleidet war. Als ich noch alleine gelebt hatte, war es oft vorgekommen, daß ich das Verlangen verspürte, auszugehen, wenn meine Nachttoilette schon beendet war und die Abendzeitungen, die ich vor dem Einschlafen lese, auf dem Bett lagen. Im Grunde bin ich nämlich nie ein häuslicher Mensch gewesen. Wo immer ich mich aufhielt, war es immer nur vorübergehend. Die Nacht macht mir keine

Angst, und ich bewege mich in der Dunkelheit so natürlich wie am Tag. Doch an diesem Abend hielt ich mich gewaltsam zurück, und da ich überdies keine Lust hatte, mich wieder anzukleiden, gab ich das Vorhaben auf. Und dann hielt mich auch eine gewisse Angst zurück, nochmals Menschen zu sehen, Nachtmenschen, die nicht sehr empfänglich sind für andere. Ich legte mich ins Bett und begann im Schein einer kleinen Nachttischlampe nachzudenken. Ich war ruhig. Ich dachte an alle Vorfälle, an die ganze Aufregung des vergangenen Tages. Ich war jetzt ich selbst, beherrscht und ohne Zeugen. Plötzlich hatte ich den Eindruck, Madeleine habe, statt zu ihrem Vater zu gehen, den Zug genommen. Ich sah mich, wie ich zu ihr sprach, als sie gerade einstieg. «Madeleine, meine liebe Madeleine, es ist unsinnig, so wegzugehen. Du darfst es nicht tun. Denkst du denn gar nicht an den Kummer, den du mir bereitest?» Sie fuhr trotzdem weg. Dann traf ich sie in einem Hotelzimmer in Brüssel. «Wirst du denn nie einsehen, mein Liebes, daß du nicht vernünftig bist? Und dein Mann, spielt er denn gar keine Rolle in deinem Leben? Du behandelst ihn geradezu wie einen Fremden.» Immer noch in meiner Vorstellung, begegnete ich ihr eines Abends. «Du siehst ja, es ist unnütz, dich zu verstecken. Du gehörst mir, und was immer du auch tust, Gott wird dich mir immer wieder zuführen.» Obwohl die Situationen verschieden waren, sprach ich diese Worte mit der gleichen monotonen Stimme, die deutlich machte, daß es kein Entrinnen gab. Plötzlich stellte ich mir vor, sie komme heim. Ich hörte den Schlüssel im Schloß. Sie kam auf unser Bett zu. «Warum hast du mir solche Angst gemacht, Liebling? Uns ist ein gemeinsames Leben bestimmt, also sei geduldig.» Ich hörte mir beim Sprechen zu, ohne mir richtig bewußt zu werden, daß ich zu einer Abwesenden sprach. Doch plötzlich wurde mir klar, daß ich meinte, Opfer von Halluzinationen zu sein, zeuge von Genie, und daß ich es selbstgefällig zuließ, daß die wirren Gedanken, die mir durch den Kopf schossen, sich frei entfalteten. Um diesen Hirngespinsten ein Ende zu setzen, stand ich auf, zündete alle Lüster an und begann rastlos in der Wohnung umherzuwandern und im Vorbeigehen Möbel, Wände, Vasen und Heizkörper zu berühren, wohl um mich zu vergewissern, daß nichts sich verändert hatte. Doch alles, was die Behaglichkeit meines Heims ausgemacht hatte, war verschwunden, und es war, als befände ich mich in einer Zelle. Was dann geschah, ist schwer zu glauben. Ich, der ich zutiefst litt, hatte nur noch einen Wunsch: mich zu vergewissern, daß mein Komfort noch der gleiche war. Ich ging ins Badezimmer, führte automatisch Madeleines Parfumfläschchen zur Nase, berührte zerstreut die Heißwasserleitungen und kehrte dann in mein Zimmer zurück, wo ich mich aufs Bett setzte, um dessen Federkraft zu prüfen. Ich wollte einer Behaglichkeit Leben verleihen, an die ich sonst nie dachte, die ich aber jetzt verloren zu haben fürchtete. Doch sosehr ich mich bemühte, jene Behaglichkeit war verschwunden. Die Dinge waren da, aber es war keine Wärme mehr in ihnen. Nichts hatte sich verändert, und doch existierte nichts mehr. Ich strengte mich an, alles zu vergessen, um wenigstens für einen Augenblick die Dinge wiederzufinden, die mich umgaben, und sollte ich nachher auch wieder leiden. Vergeblich. Ich legte mich erneut hin, nicht ohne vorher alle Türen geschlossen zu haben, um in einem möglichst kleinen Raum zu sein; ich legte einen Spiegel in Reichweite und breitete Zeitungen auf meinem Bett aus. Nun erschien mir Madeleines Abwesenheit weniger schmerzlich. Ich hatte das Gefühl, in einem Raum zu leben, der für eine einzige Person bestimmt war. Während kurzer Zeit fühlte ich mich besser, doch jäh wurde die Einsamkeit um mich herum noch größer. «Es nützt nichts, wenn ich wieder aufstehe», dachte ich, als ich erneut das Bedürfnis verspürte, mein Bett zu verlassen. «Ich werde mich einen Augenblick später doch wieder hinlegen.» Ich blieb also liegen, aber mit jenem seltsamen und unangenehmen Gefühl, das man hat, wenn man nicht tut, was man möchte, weil es unnütz ist. Einem Verlangen gehorchend, das stärker war als die Vernunft, die mir befahl, liegen zu bleiben, sprang ich, ohne zu überlegen, mit einem Satz auf. Trotz des Schwungs blieb ich einen Moment lang bewegungslos am Fußende des Bettes stehen, und als mir einfiel, daß ich alle Türen geschlossen hatte, wurde mir plötzlich bewußt, daß ich sie, wenn ich sie öffnete, gleich darauf wieder würde schließen müssen. Da legte ich mich, auch diesmal ohne zu überlegen, wieder hin. Eine ganze Weile kämpfte ich mit mir, um mich zu überzeugen, daß jede Bewegung sinnlos sei. Dann sprang ich wie von Sinnen aus dem Bett, rannte zur Tür, öffnete sie, ging in den Salon, wo ich Licht machte, dann ins Eßzimmer und dann in ein anderes Zimmer. Das alles tat ich nicht aus dem Bedürfnis nach Freiheit und Luft, sondern um alles zu zerstören, was ich so sorgfältig zurechtgemacht hatte. Und am Punkt, der am weitesten entfernt lag vom Zimmer, in dem ich das Vergessen und die Ruhe meiner Nacht eingerichtet hatte, ließ ich mich in einen Sessel fallen und preßte, im Versuch zu weinen, die Fäuste gegen die

Schläfen. Nicht eine Träne floß aus meinen Augen. Es war, als würde ich krank; ich war so fiebrig, trocken und verkrampft, daß ich nicht weinen konnte. Ich nahm meine Unterlippe zwischen die Finger, drehte sie um und zog mit ganzer Kraft daran, um mir weh zu tun. Ich war nicht wiederzuerkennen. Auf dem Höhepunkt dieser Krise stellte ich mir plötzlich vor, Madeleine käme herein. «Es ist um mich geschehen… Ich sterbe langsam…», schrie ich ihr zu. Da erfüllte mich ein grenzenloses Wohlgefühl. Madeleine war da. Was bedeuteten schon meine Tränen! Alles war gut. Ich erwachte nur aus einem schlechten Traum. Doch der Friede, der mich überkam, war vorbei, ehe er mich ganz eingehüllt hatte. Mir war eben bewußt geworden, daß ich meinen Schmerz übertrieb und nur mit einem Phantom kämpfte, um ihn erhabener zu machen. Ich stand vom Sessel auf. Es war noch nicht Mitternacht. «Ich muß sofort ins Bett», dachte ich, «sonst werde ich noch wunderlicher und kann überhaupt nicht mehr schlafen.» Bis jetzt war noch alles normal. Ich ging nie früher zu Bett. Doch die Grenze war erreicht. Wenn ich sie überschritt, ohne zu schlafen, geriet ich in einen Ausnahmezustand. Ich bin in einem Alter, in dem man versucht, den Schmerz zu beherrschen, in dem man vor allem seine Gewohnheiten nicht verändern möchte; in jenem Alter, in dem das Leben schon tiefe Spuren hinterlassen hat, in dem man die Ausnahme fürchtet, so sehr ist einem aus der Jugend noch die Angst vor dem Exzeß geblieben. Dabei habe ich mir kaum je Exzesse erlaubt. Es kommt jedoch oft vor, daß gerade jene gewisse Dinge am meisten fürchten, die am wenigsten unter ihnen gelitten haben. Ich ging in mein Zimmer zurück, schloß die Türen hinter mir und legte mich hin, während ich mich ermahnte: «Ich muß schlafen. Ich muß bis morgen alles vergessen. Ich muß schlafen.» Ich machte das Licht aus. Ich schloß die Augen, bemühte mich, an nichts zu denken, und versuchte mit ganzer Kraft einzuschlafen. Der Kampf um Schlaf ist an sich etwas Schreckliches. Man ist machtlos. Allein schon der Wille zu schlafen hält einen wach. Ich dachte an nichts, und doch hielt mich dieser Wille zu schlafen ohne mein Wissen wach. Ich wälzte mich unablässig von einer Seite auf die andere. Von Zeit zu Zeit drang durch die Dunkelheit von weit her das Schlagen einer Turmuhr an mein Ohr. Alles war schwarz. Ich besaß schon keinen Willen mehr. Dennoch schlief ich nicht. Wieviel Zeit mochte so verstrichen sein? Ich weiß es nicht. Ich hatte jedes Zeitgefühl verloren. Es war genau so, als ob ich schliefe, und trotzdem war mein Bewußtsein groß genug, um mir anzuzeigen, daß ich wach war. Mit der Zeit, nach endlosem Herumwälzen, wuchs meine Betäubung. Eine winzige Freude überkam mich. Ich war dabei, jedes Empfinden für die Dinge zu verlieren, als unmerklich das Gefühl in mir aufkam, mein Hirn werde größer und größer, mein Körper sei aus Blei, ich schwelle an, und je mehr ich anschwelle, desto weniger könne ich mich rühren, um wieder mein gewöhnliches Aussehen anzunehmen. Eine Art Übelkeit weckte in mir das Bedürfnis, mich aufzusetzen, aber ich war unfähig dazu. Es gibt ein Zeichen, an dem die Ärzte Vergiftungserscheinungen erkennen. Es ist das allzu frühe Erwachen am Morgen. Wenn einen beim Morgengrauen auf mysteriöse Art etwas davor warnt, daß ein Übel im Anzug ist, wacht man auf, um es zu vertreiben. Ich war gewarnt. Ich spürte, daß ich wieder zu Bewußtsein kommen mußte, doch ich war wie angeklebt an meinem Bett. Plötzlich schien mir, als ob sich alle Türen gleichzeitig öffneten, auch die Eingangstür (die mich also nicht mehr beschützte), als ob die Wohnung hell erleuchtet wäre und Madeleine auf mich zuschritte. Ich sah sie von weitem kommen und erstickte. Sie näherte sich, ohne sich dabei die Mühe zu machen, auf Zehenspitzen zu gehen. Ich stieß einen durchdringenden Schrei aus und setzte mich auf. Meine Augen waren geöffnet. Ich suchte Madeleine überall, denn ich glaubte, sie habe sich versteckt. Einen Moment lang war ich überzeugt, sie stehe neben mir. Dann sah ich plötzlich nichts mehr, als hätte sich eine Hand auf meine Augen gelegt. Ich versuchte tastend, Licht zu machen, aber ich tat es so hastig, daß ich den Schalter nicht fand. Obwohl ich bei vollem Bewußtsein war, schien mir, alles sei erleuchtet, doch gleich darauf versank wieder alles im Dunkeln. Schließlich schaltete ich die Lampe ein und schaute auf meine Uhr. Es war zwei Uhr morgens. Noch ganz benommen, beugte ich mich automatisch über den leeren Platz neben mir, in der Hoffnung, Madeleine liege dort. Natürlich war da niemand. Um wieder zur Vernunft zu kommen, begann ich laut zu mir selber zu sprechen, so wie ich vorher zu Madeleine gesprochen hatte: «Du mußt schlafen. Alles wird sich einrenken. Morgen früh kommt Madeleine zurück.» Ich machte das Licht aus und schlief seltsamerweise mit dem Gedanken ein, daß ich diesmal einer richtigen Halluzination zum Opfer gefallen sei.

10. Dezember

Madeleine ist heute morgen zurückgekommen. Das hat mich überrascht. Das vorige Mal hatte ich sie holen müssen, obschon der Grund ihres Weggehens weit weniger schlimm gewesen war. Heute, wo das ganze Unrecht bei mir liegt, kommt sie von alleine zurück. Bei ihrem Erscheinen fühlte ich mich ein wenig verlegen. Ich tat zuerst so, als sei nichts geschehen, fragte sie, ob sie gut geschlafen habe, und redete über dies und das. Doch sie antwortete mir nicht. Da sagte ich zu ihr: «Hoffentlich habe ich dir nicht zuviel Kummer bereitet.» Sie warf mir einen Blick voller Verachtung zu, als sei es überheblich von mir anzunehmen, ich könne ihr etwas anhaben. Einen Moment lang erwog ich, ihr von der schrecklichen Nacht zu erzählen, die ich ohne sie verbracht hatte. Ich unterließ es, da sie mir ganz offensichtlich nicht geglaubt hätte.

Jetzt, wo ich ruhiger bin, wundere ich mich über meinen Mut. Wie damals, als ich Maud grob behandelte, wundere ich mich, daß Madeleine nicht auf die Idee gekommen ist, die Sache gar nicht ernst zu nehmen. Was hätte ich dann getan? Ich wundere mich, daß ich Gewalt angewendet, mich dem dunklen Gedanken hingegeben habe, Krieg sei eben Krieg. Ich wundere mich auch, daß Madeleine nicht auf die Idee gekommen ist, mich zu übertönen, wütend zu werden, mir zu drohen. Es ist erstaunlich, daß sogar bei einem heftigen Wutausbruch ein einziges Wort genügen würde, uns unvermittelt zum sanftmütigsten Menschen werden zu lassen. Und wenn man auf dem Höhepunkt der Erregung an diesen schwachen Punkt denkt, an diese Art Öffnung auf die innere Ruhe, ist man erstaunt, daß der Gegner diese Öffnung nicht erkennt.

Ich war den ganzen Morgen über zutiefst niedergeschlagen. Madeleine, die ich für fähig gehalten hatte, auf die heftigste Gewalt mit noch größerer Gewalt zu antworten, erschien mir wie ein armes, wehrloses Kind. Ich kenne nichts Schlimmeres, als den Stolz von jemandem gebrochen zu haben. Wenn man in Zorn gerät, wenn einen die Gleichgültigkeit der andern verletzt, ruft einem eine innere Stimme zu, die eigenen Kräfte seien unzureichend. Durch den Zorn kommen neue Kräfte hinzu, jene, die einem noch fehlen. Ist man dann dergestalt ausgerüstet mit der ganzen verfügbaren Wucht seiner Person und bemerkt plötzlich, daß der Gegner dieser nicht standgehalten hat, daß er erbärmlich zusammengebrochen ist, steht man unvermittelt mit seiner unverhältnismäßigen Kraftanstrengung alleine da, gerade so, als würde man, um einen schmalen Bach zu überqueren, mit einem Katapult auf die andere Seite geschleudert. Man dominiert die Situation so sehr, daß man sich schämt. Man kommt sich grausam, hart und böse vor. Aus Eigenliebe wagt man nicht, um Verzeihung zu bitten. Man beharrt auf einem Standpunkt, den man mit allen Mitteln verteidigt hat, an dem einem aber nichts mehr liegt. Da beginnt man plötzlich zu ahnen, wie unmenschlich man gewesen ist. Madeleine hat noch immer nicht mit mir gesprochen. Ich sah ihr heute bei ihrer Morgentoilette zu, und wenn sie dabei tat, als sei nichts geschehen, lag dennoch ein Ausdruck von Gefaßtheit auf ihrem Gesicht. Nicht ein einziges Mal schaute sie mich an. So stark ich mich gestern gefühlt habe, so sehr habe ich heute ihr gegenüber den Eindruck, schwach zu sein. Es ist ein unerträgliches Gefühl zu sehen, wie ein geliebter Mensch, der unseretwegen gelitten hat, gestärkt durch Entschlüsse, die unwiderruflich sind und die wir nicht kennen, neu auflebt. Man ist beunruhigt. Aus Furcht, etwas Schreckliches zu erfahren, wagt man nicht, als erster zu sprechen, und ängstlich beobachtet man, wie er sich entschlossen auf ein neues Leben vorbereitet, von dem man nichts weiß. Als ich Madeleine zusah, wie sie in der Wohnung umherging, als sei sie alleine, rief ich mit aller Kraft einen Besucher herbei. In solchen Momenten greift man auf andere zurück, da man sich mehr als alles andere wünscht, das geliebte Gesicht möge sich beleben und entspannen, und sei es auch für einen Fremden. Ich ließ mir jedoch meine Gefühle nicht anmerken. Ich war mir bewußt, wie ungerecht es gewesen war, Madeleine eine solche Szene zu machen wegen Blumen, die ihr ein alter Mann geschenkt hatte, worauf ich vielmehr hätte stolz sein sollen, wie sie mir gesagt hatte. Doch ich hatte nicht den Mut, meinen Fehler einzugestehen, um so weniger, als ich spürte, daß sie meine Entschuldigung nicht einmal annehmen würde. Wenn ich sie um Verzeihung angefleht hätte, wäre sie mir nur mit Verachtung begegnet; denn obschon sie nicht nachtragend ist, hält sie eine Kränkung für irreparabel. Ich fürchtete mich vor dem Satz: «Zwischen uns ist alles aus.» Ich beobachtete sie daher mit einem Mißtrauen, das ich nicht einmal zu verbergen suchte, da sie mich so wenig beachtete. Ich hatte nicht die Kraft, zu ihr zu sprechen, und dennoch wäre ich fähig gewesen, vor ihr zu weinen, ohne daß meine Eigenliebe darunter gelitten hätte. Schließlich wagte ich sie zu fragen, warum sie sich so sorgfältig zurechtmache. Sie blieb stumm. Ich ging eine Weile in mein Arbeitszimmer, und als ich zurückkam, fragte ich sie gleichgültig: «Hast du in der Küche Anweisungen gegeben?» Ich ahnte, daß sie auf diese Frage trotz allem reagieren würde. Sie antwortete mir auch tatsächlich, aber auf unerwartete Weise: «Wenn du hier essen willst, mußt du dich schon selbst darum kümmern.» Und sie fuhr mit ihrer Toilette fort. Ich schwieg und begab mich wieder in mein Arbeitszimmer. Es mußte gleich Mittag sein, als mir das Zimmermädchen den Besuch von Monsieur Spigelman meldete. Ich ging ihm freudig entgegen. Hätte ich unter all meinen Freunden jenen auswählen müssen, dessen Gesellschaft mir in diesem Moment am liebsten war, wäre meine Wahl auf Spigelman gefallen. Ich wußte, wie nachsichtig er war und wie zuvorkommend. Ihm gegenüber empfand ich nicht die geringste Befangenheit, mich in meinem wahren Licht zu zeigen und sowohl meine Eifersucht als auch meine Ängste bloßzulegen. «Nun, wie geht es Ihnen?» fragte er sofort. «Sie haben schlecht daran getan, meinen Rat nicht zu befolgen. Die berühmten Effekten, von denen ich Ihnen erzählt habe, sind gestiegen und steigen noch immer.» Monsieur Spigelman sagte das auf freundliche Art, im Ton, den man anschlägt, um einem Freund mitzuteilen, man habe sich auch ohne ihn gut unterhalten. «Und wie geht es Madeleine?» fuhr er fort. «Sie besitzen einen Schatz in dieser Frau.» Ich gab ihm durch eine Geste zu verstehen, daß es gar nicht gut stehe. «Was haben Sie ihr nur wieder getan?» fragte er mit gütiger Miene, als handle es sich um einen Streit zwischen Verliebten. Seiner Frage entnahm ich, daß ihm alles möglich schien außer einer Trennung, alles außer Haß. Obschon er allein lebt und keine Verwandten hat, achtet und verehrt Monsieur Spigelman die Familie. Für ihn ist sie das einzige Schöne auf dieser

Welt, das einzige, das ihn weich stimmt. Er kam nicht einmal auf den Gedanken, zwischen Madeleine und mir könnte irgend etwas Ernstes vorgefallen sein. «Das werden wir schon wieder einrenken», sagte er lächelnd. Mir wurde klar, daß meine Freude, ihn zu sehen, völlig unbegründet war. «Ich glaube», fuhr er fort, «ihr habt euch wieder einer Kinderei, einer Lappalie wegen gestritten.» Dieser Mann, der so schlau und raffiniert ist, wenn er von Geld spricht, gleicht einem Kind, wenn es sich um die Liebe handelt. Plötzlich schämte ich mich für das, was sich am Tag zuvor zwischen Madeleine und mir abgespielt hatte. Wenn er die Szene hätte sehen können, wäre er entsetzt gewesen und hätte sich gefragt, ob er träume. Ich hatte schon lange gespürt, daß er mir unsere Kinderlosigkeit zum Vorwurf machte. Für ihn bestand die Familie aus zwei Menschen, die sich liebten, die ein trautes Paar bildeten, zwischen dem nie der geringste Streit herrschte. «Wo ist Madeleine?» fragte er mich. «Ich weiß es nicht», antwortete ich aus Angst vor einer Begegnung zwischen ihnen. «Bestimmt weint sie in einer Ecke», fügte er hinzu. «Bestimmt wartet sie ungeduldig darauf, daß Sie zu ihr kommen und sie um Verzeihung bitten. Ich gehe nicht eher weg von hier, bis Sie das getan haben.» Ach! Ahnungsloser Spigelman, wenn Sie begriffen hätten, wie schwerwiegend das ist, was geschehen ist; wenn Sie gewußt hätten, daß das, was Madeleine und mich trennt, nicht wiedergutzumachen ist, Sie wären entsetzt gewesen! Ich hatte nur noch den einen Gedanken, die Wahrheit vor ihm zu verbergen, das Thema zu wechseln und seine Aufmerksamkeit von uns abzulenken. «Hören Sie, Spigelman, ich bin froh, Sie zu sehen, denn ich wollte Sie gerade bitten, einige Effekten für mich zu kaufen; ich verlasse mich ganz auf Ihre Empfehlung.» Im Blick des Bankiers lag ein Anflug von Triumph. «Zu spät, zu spät. Das hätten Sie mir vor einem Monat sagen sollen. Im Moment gibt es nichts Interessantes. Wissen Sie denn nicht, was Sie wollen?» Dieser letzte Satz stürzte mich in einen Abgrund. Ich wußte also nie, was ich wollte. Ich handelte also immer im falschen Moment. Ich mache Madeleine eine schreckliche Szene, wenn sie unschuldig ist, und wenn sie mich mit Roger zum Narren hält, sage ich nichts. Ich fühlte mich elend. Doch ich hatte keine Zeit, über die jämmerliche Gestalt nachzudenken, die ich bin. «Nun kommen Sie, Louis, führen Sie mich zu Ihrer Frau. Man muß nachsichtig sein zueinander.» Ich suchte Madeleine. Als ich ihr meldete, Spigelman wäre glücklich, mit ihr zu sprechen, antwortete sie mir, daß es nicht auf Gegenseitigkeit beruhe. Ich wurde immer nervöser. Als ich zu Spigelman zurückkam, erklärte ich ihm, meiner Frau gehe es ausgezeichnet, sie könne aber nicht kommen, weil sie sich gerade ausruhe. «Aber ich bin ein alter Mann, ich werde sie nicht ermüden. Übrigens liegt der Fehler bestimmt bei Ihnen, Louis. Sie wissen nie, was Sie wollen. Heute, wo die Börse schlecht steht, wollen Sie Effekten kaufen, und wenn ich Ihnen empfehle, es zu tun, wollen Sie nichts davon hören. Sie sind ein launenhafter Mensch.» Bei diesen Worten ging er auf die Türe zu, durch die ich eben gegangen war. «Darf ich?» fragte er. Mir blieb nichts anderes übrig, als ihm durch ein Kopfnicken meine Zustimmung zu bedeuten. Sobald ich alleine war, überkam mich eine tiefe Beklemmung. Ich kannte Madeleine zu gut, um nicht daran zu zweifeln, daß sie wütend werden würde auf diesen Mann, der sich erkühnte, sich einzumischen und ihr Ratschläge zu erteilen. Tatsächlich hörte ich, kaum hatte mich Spigelman verlassen, wie meine Frau mit schneidender Stimme sagte: «Sie verlieren nur Ihre Zeit, Monsieur. Mein Mann ist ein Wilder. Alle Frauen, die er gekannt hat, haben seinetwegen gelitten. Aber mit mir ist das vorbei, ich hasse ihn.» Einige Sekunden später tauchte Spigelman mit völlig verändertem Gesicht wieder auf. Er war erschüttert. Sein Ausdruck von vorhin, dieser lächelnde und vertrauensvolle Ausdruck eines selbstsicheren Vermittlers, war verschwunden. Er schien nichts mehr zu verstehen und war sprachlos, einen Abgrund erblickt zu haben, den er nicht einmal vermutet hatte. Er kam näher und fragte ernst: «Aber sie ist doch Ihre Frau, nicht wahr?» Ich senkte den Kopf. Plötzlich ging die Tür auf; Madeleine erschien, strahlend schön, und sagte mit schriller Stimme: «Louis, ich verbiete dir, weiter über mich zu sprechen. Das kannst du tun, wenn ich einmal nicht mehr hier bin, das heißt, schon sehr bald.» Dann fuhr sie, an den Bankier gewandt, fort: «Und Sie, Monsieur, sollten ihm gar nicht erst zuhören.» Daraufhin ging sie hinaus und schlug die Tür des Salons zu. Madeleines Wutausbrüche sind kalt und dauern Stunden. Sie werden nie durch ein Wort oder eine Geste ausgelöst, sondern immer durch ein Ereignis, das sich manchmal eine Woche vorher zugetragen hat. Dann schlägt sie nicht eine Tür, sondern alle Türen zu, und das während mehrerer Tage. In diesen Momenten eisiger Erbitterung kommt bei ihr etwas zum Vorschein, das mich noch mehr bekümmert als ihre Wut, nämlich eine Art Vulgarität. Man spürt, daß sie fähig ist, Ohrfeigen zu verteilen, und wenn sie auch keine derben Worte gebrauchen würde, kann sie ihren Gegner durchaus in korrektem Ton als

Wucherer, Strolch und Rohling bezeichnen. Ich schaute Spigelman an. Sein Gesicht verriet mir, daß ich in seinen Augen zu einem Fremden wurde, daß er sich fragte, wie er mir seine Freundschaft hatte schenken können, er, dem die Ehe heilig war. So wie er Leute verabscheute, die mehr scheinen wollen, als sie sind, waren ihm auch Familien ohne Zusammenhalt ein Greuel, genau so wie Eheleute, die sich dauernd stritten. Er spürte jetzt, daß er sich in mir getäuscht hatte. Und seine Augen, die starr auf mich gerichtet waren, hatten ein wenig den Ausdruck, den die Augen eines Vaters haben müssen, dessen Kind sich eines Verbrechens schuldig gemacht hat. Es spielte sich nun eine bemerkenswerte Szene ab. Ich sah, wie sich seine Züge allmählich verhärteten, ohne daß eines seiner Worte deswegen in einem unfreundlichen Ton gesprochen worden wäre. Er begann von diesem und jenem zu plaudern, wobei er Madeleine mit keinem Wort mehr erwähnte. Dann schickte er sich zum Gehen an. Ich bat ihn, dem Geschehenen keinerlei Bedeutung beizumessen, und versicherte ihm, es handle sich nur um einen kleinen Ehezwist, wie er eben vorkomme unter Leuten, die sich lieben, womit ich ihm zu verstehen geben wollte, daß bei unserem nächsten Wiedersehen alles vergessen sein werde. Er sagte: «Aber natürlich, wir kennen das alle. Wir hatten alle schon die gleichen Schwierigkeiten.» Ich erriet jedoch, daß er log. Er mußte es gespürt haben, denn er fühlte sich bemüßigt hinzuzufügen: «Mir selber ist schon Schlimmeres passiert.» Sein erstes Erstaunen hatte sich gelegt, und jetzt wollte er mich, wie so viele Freunde, glauben lassen, er selbst sei mir ähnlich; doch ich glaubte ihm nicht. Als ich ihn an die Wohnungstür begleitete, sagte er zu mir: «Lieber Louis, schauen Sie doch einmal herein wegen Ihrer Wertpapiere. Vielleicht läßt sich etwas machen. Bei der Börse weiß man nie. Bestimmt bietet sich bald eine Gelegenheit.» Nachdem er gegangen war, suchte ich vergeblich nach einer Erklärung für seine Aufforderung, bei ihm hereinzuschauen. Hatte er es getan, weil er zwar meine Freundschaft abgeschrieben hatte, sich aber gleichwohl nicht um einen Kunden bringen wollte? Oder hatte er etwa plötzlich das Gefühl gehabt, eine so heftige Szene könne nur von Geldproblemen herrühren, und wollte mich aus Freundschaft mit Madeleine aussöhnen, indem er mir zu einer glücklichen Spekulation verhalf? Oder hatte er einfach etwas gesagt, ohne jeden Hintergedanken, nur um das Schweigen zu brechen? Ich versuchte, diesen Punkt aufzuklären. Nachdem ich seine Worte hin und her gedreht hatte, gab ich es auf und verfiel in tiefe Niedergeschlagenheit. Ich hatte den Eindruck, daß ich durch meinen Fehler all meine Freunde verlor, Madeleine mir nie verzeihen würde und ich schon allein war. Ich wußte nicht, was tun. Mitten in meiner Verzweiflung kamen mir unablässig Spigelmans letzte Worte ins Gedächtnis. Plötzlich schien es mir seltsam, daß mir der Bankier abgeraten hatte, Wertpapiere zu kaufen, als er noch mein Freund gewesen war, um seine Worte eiligst zurückzunehmen, sobald er keinerlei Sympathie mehr für mich empfand. Ich sah in diesem Meinungsumschwung den Beweis dafür, daß dieser Mann sich nicht nur von mir abwandte, sondern mir auch noch Schaden zufügen wollte, indem er mich Geld verlieren ließ. Schließlich faßte ich den Entschluß, aus dem Haus zu gehen, um auf andere Gedanken zu kommen, um alles zu vergessen und um zu versuchen, meine Fassung wiederzugewinnen. Doch kaum war ich draußen, nahm der Ekel, den ich vor mir selbst empfand, noch zu. Die Momente, in denen man einen Kameraden verliert, selbst wenn man sich kaum für ihn interessiert hat, sind schmerzlich. Während ich durch die belebten Straßen ging, sann ich über meine Vergangenheit nach, über mich selbst und über das, was ich war. Dabei kam mir, wer weiß warum, der Gedanke, wie oft ich es doch bedauerte, daß die günstigen Gelegenheiten meiner Jugend, Laster zu befriedigen – die ich leider nicht hatte – sich nicht mehr boten. Wie sehr beklagt man, kein Kind mehr zu sein beim Gedanken an all die Schwierigkeiten, denen man später begegnet, wenn man sein Verlangen zu stillen sucht! Und tatsächlich beklagte ich es auch manchmal. Wie widerwärtig. Mit einer solchen Seele ist alles möglich. Es ist lächerlich, sich zu wundern, daß sich ein Spigelman von mir abwendet. Alle sollten sich von mir abwenden und mich meinem Schicksal überlassen. Und ich, ich wundere mich und finde seltsam, was da geschieht! Doch plötzlich schlüpfte ich aus meinem Körper hinaus und sah von weitem den Mann, der ich – verglichen mit andern – war. Auf einmal war ich erstaunt, daß man mir soviel Achtung entgegenbrachte, und ich fragte mich sogar, wie es kam, daß man mich als Person überhaupt ernst nahm. Mir wäre logisch erschienen, daß sich meine Freunde von mir abwendeten, und doch erstaunte mich die Feststellung, daß mein Verhalten sich auf meine Umgebung auswirkte. Madeleine litt meinetwegen. Wie war das möglich?

11. Dezember

Seit Roger verschwunden ist und seit der Szene, die ich Madeleine gemacht habe, ist sie nicht mehr dieselbe. Sie scheint gleichgültig gegen alles. Wenn ich zu ihr spreche, antwortet sie mir kaum. Ich weiß jeweils nicht, ob ich weiterfahren oder schweigen soll.

Als ich heute morgen die Zeitung las, erfuhr ich, daß Marcel Perceval zum Gouverneur einer französischen Kolonie ernannt worden ist. Das ließ mich völlig gleichgültig, obwohl es Grund genug gäbe, erstaunt zu sein, wenn man den Mann kennt. Ohne den Besuch seines alten Freundes Loustalot hätte ich mir nicht die Mühe gemacht, davon zu sprechen. Als er die Neuigkeit erfuhr, fühlte sich der arme Kerl, entzückt darüber, daß gerade sein engster Freund mit einer solchen Auszeichnung geehrt wurde, indirekt selbst erhöht. Er konnte dem Vergnügen nicht widerstehen, mir das Ereignis mitzuteilen, und er tat es mit leiser Stimme, als ob es sich um ein Geheimnis handle. Alles, wovon dieser bedauernswerte Mensch geträumt hat, wird ein anderer tun, und dieser andere ist ausgerechnet sein bester Freund. Er war ruhig, geradezu erschlagen angesichts dieser bitteren Tatsache. In seinen Augen war eine Art Zorn zu lesen, der durch die eigene Ohnmacht ausgelöst wurde.
Mißgunst und Ehrgeiz nagen an diesem Mann. Er träumt von einem Ereignis, das ihn von einem Tag auf den anderen über seine Mitmenschen erheben würde. Daß dieses Ereignis jedoch nie eingetreten ist und auch nie eintreten wird, hat ihn verbittert. In seinen Augen verdient man einen Erfolg nie. Es ist kaum vorstellbar,

wie berechnend er ist. Hat er einen einflußreichen Freund, empfindet er keinerlei Hemmungen, diesem nach langer Zeit wieder zu schreiben, um sich nach seinem Befinden zu erkundigen und ihn schließlich um einen Gefallen zu bitten. Er möchte sofort wissen, ob man ihm freundschaftliche Gefühle entgegenbringt; er ist so ungeduldig, ans Ziel zu gelangen, daß er vor allem befürchtet, Zeit zu verlieren und unnütz liebenswürdig zu sein. Wenn er einen Bekannten trifft, interessiert ihn nur eines: Könnte ihm der andere nützlich sein? Da er aber nicht genau weiß, was er eigentlich will, stockt das Gespräch schon bald, ohne daß er wüßte, um was er den andern ansuchen sollte. Dann fragt er wie zufällig: «Haben Sie nichts für mich?» Eine solche Frage scheint ihm so natürlich, daß er sie sofort und ohne Umschweife stellt. Sogar bei einem Kameraden, der ihm schon einmal einen Dienst erwiesen hat, kann er nicht umhin, ihn bei einer zufälligen Begegnung erneut um einen Gefallen zu bitten.

Man kann sich leicht vorstellen, welche Mißgunst Percevals Glück in diesem Hirn hervorrufen konnte. Loustalot war bleich, als er mit mir sprach. Während er sich über seine freundschaftlichen Gefühle für den Gouverneur ausließ, bemühte er sich gleichzeitig, dessen Verdienst zu schmälern. Ich zündete mir eine Zigarette an, und gewissermaßen zu seinem Trost sagte ich zu ihm: «Du wirst sehen, bald ist die Reihe an dir.» «Eher an dir!» antwortete der Unglückliche, der in meiner Stimme einen gewissen Neid, ähnlich dem seinen, zu erkennen geglaubt hatte; denn wenn er auch nachsichtig war mit sich selbst, den andern verzieh er nichts. «Wie hat er das Ereignis aufgenommen?» fragte ich, damit er nicht auf den Gedanken kam, die Mißgunst mache mich stumm. «Sehr gut. Es scheint, als sei er sich der Wichtigkeit des Ganzen nicht einmal bewußt. Auf jeden Fall kann ich dir versichern, daß es nicht seine Art ist, des Erfolgs wegen seine Freunde im Stich zu lassen. Ich traue ihm sogar zu, daß er seiner Ruhe und seiner Sicherheit zuliebe mehr tut für sie, als er müßte. Denn wie du weißt, ist die Stärke eines Mannes in einer Regierungsposition die, den Bitten widerstehen zu können.» Ich muß gestehen, daß mir diese bombastischen Worte peinlich waren. Denn wenn einer meiner Freunde – wie jetzt Perceval – reüssiert, scheint mir, er handle genau so, wie ich es an seiner Stelle getan hätte. Ich konnte nicht umhin zu sagen: «Der Erfolg verdreht nur jenen den Kopf, die den eigenen Wert überschätzen.» Dank des Vorwands, den ich ihm lieferte, glaubte Loustalot natürlich, mir zeigen zu müssen, daß er der treuere Freund sei: «Ich sehe, daß du Perceval überhaupt nicht kennst. Niemand täte, was er tut. Er wartet nicht einmal, bis man ihn um etwas bittet. Du bist in dieser Minute vielleicht schon sein persönlicher Referent, ohne daß du etwas davon ahnst.» Diese Vermutung brachte mich aus der Fassung. «Aber ich habe nicht das geringste Verlangen danach!» «Sag das nicht. Du wärst bestimmt zufrieden.» Ich war aufgebracht. Ich hätte ein Kind sein müssen, um an eine unmotivierte Gefälligkeit zu glauben. Doch während Loustalot mich dergestalt mit Percevals Schicksal in Verbindung brachte, wünschte er in Wahrheit nur eines: der einzige Freund des Gouverneurs zu sein. Sogar auf mich war er eifersüchtig, obschon ich eben deutlich gezeigt hatte, daß ich keinerlei Privilegien anstrebte. Vielleicht beunruhigte ihn gerade diese Uneigennützigkeit, denn er selbst hatte nicht die Kraft dazu, so sehr fürchtete er, man könnte ihn übersehen. Er war sich deswegen nicht minder bewußt, daß eine Haltung wie die meine Gefallen erregen konnte. Mich der Berechnung zu verdächtigen, war demnach naheliegend. Wenn ich ihm hingegen gesagt hätte, ich interessiere mich für den Posten des persönlichen Referenten, den er wohl selbst anstrebte, wäre er erleichtert gewesen. Er wollte jetzt der einzige sein, der Perceval kannte. Ich bin überzeugt, daß er in diesem Fall nicht die geringste Gunst angenommen hätte. Er hätte seinem Idol ganz einfach gezeigt, daß es wichtig war, einen klaren Kopf zu bewahren und sich die Bittsteller vom Leibe zu halten, sogar jene, die scheinbar einige Gewähr boten. Er glaubte sich geschaffen für die Rolle der Frau, die von ihrem Geliebten alles fernhält, was seine Liebe verringern, ihm die Augen öffnen oder ihn auf eine andere Bahn locken könnte. Loustalot setzte offensichtlich seinen ganzen Ehrgeiz daran, der einzige Berater Percevals zu werden und ihn vor Nachstellungen zu bewahren, die nur er voraussehen würde. Es war ebenfalls offensichtlich, daß er von nichts anderem mehr träumte als von einem langen Gespräch mit Perceval. Nun hatte er diesen aber seit einer Woche nicht gesehen, wie er mir sagte. Heute morgen hatte er sich eiligst zu dessen Haus aufgemacht, doch der Gouverneur war beschäftigt gewesen und hatte ihn nicht empfangen können. Seither lebte Loustalot wie auf glühenden Kohlen. Ich erriet, daß er weder schlafen noch essen würde, solange er den Kontakt nicht wiederhergestellt hatte. Es gehört in der Tat zu den schmerzlichsten Erfahrungen, von den großen Ereignissen ausgeschlossen zu sein, während man daran hätte teilhaben können, hätte man nur die Idee gehabt, eine Stunde früher aufzustehen. Auch wenn Fortuna uns übergeht, läßt allein schon die Tatsache, von ihr gesehen worden zu sein, ein Übel kleiner erscheinen, und das Glück, das sie für andere bereithält, wird uns erträglicher. In diesem Moment trat Madeleine unter irgendeinem Vorwand in mein Arbeitszimmer. Ich teilte ihr die Neuigkeit mit und war dabei um so unbefangener, als ich bei den Frauen oft den bemerkenswerten Zug beobachtet habe, daß sie nie neidisch sind auf den Erfolg eines Mannes. Die Neuigkeit ließ sie auch tatsächlich völlig gleichgültig. Sie dachte nicht einmal daran zu bedauern, daß eine solche Auszeichnung nicht mir zuteil geworden war. Trotzdem spürte ich an ihrem Blick, daß sie mich einer solchen Ehre für unwürdig erachtete. Im Bestreben, meiner Frau zu gefallen, hielt es Loustalot für liebenswürdig, vor ihr zu wiederholen, ich sei vielleicht bei diesen Worten schon Percevals persönlicher Referent. Madeleine antwortete nicht, als sei diese Möglichkeit die letzte, die sich verwirklichen könnte. Zorn stieg in mir auf, daß sie mir eine solche Geringschätzung entgegenbrachte. Doch Loustalots wegen beherrschte ich mich. Ich wünschte mir nur noch, daß er gehe. Auf die Gefahr hin, unhöflich zu erscheinen, sagte ich ihm plötzlich, ich hätte zu tun. Seinem Gesichtsausdruck konnte ich entnehmen, daß er dachte, ich sei ihm böse, weil er mir von Percevals Erfolg berichtet hatte.

Als ich dann mit Madeleine allein war, wußte ich nicht, wie ich sie angreifen sollte. Ich war verärgert. Obwohl ich es nicht wahrhaben wollte, hatte mich Percevals Glück in schlechte Laune versetzt. Unvermittelt ging ich auf sie los. «Im Grunde empfindest du für Perceval Bewunderung», sagte ich zu ihr. «Du findest, er sei ein bemerkenswerter Mann. Für dich zählen nur Ehrungen und Geld. Gestern Belange, heute Perceval, und morgen, kannst du mir sagen, wer es morgen sein wird?» Im Zorn verliere ich nicht nur die Kontrolle über mich selbst, sondern verspüre darüber hinaus den unwiderstehlichen Wunsch, eine niedere Gesinnung zur Schau zu stellen, wie man sie sich kaum vorstellen kann. Was ich in meinem Normalzustand um nichts in der Welt enthüllen würde, kommt mir sogleich in den Sinn, wenn ich zornig bin. «Ja, jetzt verstehe ich. Wenn du mich nicht liebst, dann darum, weil ich nie etwas dafür getan habe, um eine wichtige Stellung zu erlangen. Was du in einem Mann suchst, ist einzig der Anteil an Ehre, der auf dich zurückfallen könnte.» Ich rang nach Luft. Madeleine blieb meinen Worten gegenüber gleichgültig. Sie gehört zu den Frauen, die immer glauben, man verfahre hart mit ihnen, mögen die Vorwürfe gegen sie noch so vernünftig sein. Sie sieht nur sich selbst. Eine Anschuldigung ist bekanntlich nie völlig gerecht, und Madeleine, statt die Beweggründe des andern zu erkennen, entdeckt augenblicklich den schwachen Punkt in den Vorhaltungen. Und ein einziger Irrtum in diesen Vorhaltungen würde ihr genügen, um sich im Recht zu fühlen. Doch während ich sprach, hielt ich mich nicht mit solchen Überlegungen auf. Mein Zorn wuchs, um so mehr, als die Ursache dafür das vage Gefühl war, daß mich Madeleine geliebt hätte, wenn ich einem jener selbstgefälligen Männer geglichen hätte, die ich so verabscheue. «Genau so ist das Leben», sagte ich, «die Frauen bewundern die Dummköpfe, aber wenn ein Mann seine Frau, die er immer gehätschelt hat, zutiefst liebt, wenn er einfach und ausschließlich für sie lebt, findet man ihn lächerlich. Nun, Madeleine, ich teile dir mit, daß sich das ändern wird. Jetzt bist du mir ausgeliefert. Du hast nur noch mich. Du wirst wohl tun müssen, was ich will, denn was soll aus dir werden, wenn du mich verlierst?» Obwohl meine Worte zornig klangen, bemerkte ich, daß Madeleine im Gegensatz zu damals, als ich ihr eine Szene wegen der Orchideen gemacht hatte, sich ihrer sicher zu sein und nichts zu befürchten schien. Um sie aus der Ruhe zu bringen, hätte ich die Stimme noch mehr erheben müssen, und dazu fehlte mir der Mut. Dennoch fuhr ich fort und sprach nur ab und zu etwas lauter, um zu sehen, ob ich nicht näher am Ziel sei, als ich glaubte. Umsonst. Angewidert von mir selbst, sagte ich, in der Hoffnung, dieses letzte Wort wirke mehr als die ganze Szene: «Dann geh doch!», wobei ich den härtesten Ton anschlug, zu dem ich fähig war. Sie zog sich zurück. Einfach so. Mir wurde auf einmal bewußt, daß sie früher hätte weggehen können, wenn sie gewollt hätte, und daß die Tatsache, daß sie mir bis zum Schluß zugehört hatte, trotz allem ein Zeichen von Unterwerfung war. Eine plötzliche Veränderung ging in mir vor. Meine Wut verebbte. Ich lief ihr nach, um sie um Verzeihung zu bitten. Aber als ich sie eingeholt hatte, als ich sie mit zärtlichen Worten überschüttete, sagte sie schroff: «Genug mit dieser ganzen Komödie.» Das Schweigen der letzten Tage hatte den Abszeß langsam reifen lassen. Was ich dunkel befürchtet hatte, war eingetreten. Von jetzt an betrachtete sie mich wie einen Fremden, was immer ich auch sagen mochte. Sie hatte lange nachgedacht. Doch in dieser ganzen Zeit war sie lediglich zum Schluß gekommen, daß ich, der sie anbetete, ein Schauspieler sei, daß sie nie wieder wegen meiner Worte leiden, sich nie wieder über mich erzürnen würde, daß ich für sie aus der

Welt gestrichen, daß ich nichts als ein Mann sei, dem es an Aufrichtigkeit mangelte. Ich war so erschüttert, daß ich nicht einmal daran dachte, mich zu rechtfertigen. Ich hatte den Eindruck, es sei aus zwischen uns, und das ist vielleicht das tragischste Gefühl überhaupt. Ich konnte mich nicht einmal mehr verteidigen; denn wenn Madeleine glaubt, recht zu haben, ist sie unerschütterlich. Sie war so fest von meiner Falschheit überzeugt, daß ich ihr die ergreifendsten, die aufrichtigsten Worte hätte sagen, daß ich zu ihren Füßen hätte weinen können, sie hätte mir doch nicht geglaubt. Ich fühlte mich ohnmächtig. Der augenfälligste Liebesbeweis hätte sie kalt gelassen, da sie nicht an diese Liebe glaubte. Ich blieb dennoch eine Minute vor ihr stehen, in der unsinnigen Hoffnung, sie könnte angesichts meiner Not ihre Meinung ändern. Als sie dann in einer Zeitschrift zu blättern begann, zog ich mich wortlos zurück. Meine Haltung konnte tatsächlich wie die eines Schauspielers anmuten. Verzweifelt und voll Zärtlichkeit war ich zu ihr gekommen, und ein einziges Wort von ihr genügte, damit ich wieder ging. Das mußte sie in ihrem Urteil bestätigen.

15. Dezember

Freunde haben uns besucht. Aus einem unerfindlichen Grund wollte Madeleine nicht, daß Madame Borel unseren Zwist bemerkte. Es mag nach dem Auftritt mit Spigelman unwahrscheinlich erscheinen, daß meine Frau derlei Schamgefühle hat. Sobald wir Monsieur und Madame Borel gegenüberstanden, sprach Madeleine so freundlich zu mir, als hätten wir uns nie gestritten. Ich habe darüber nachgedacht und glaube, den Grund dafür erkannt zu haben. Madeleine empfindet ihrer Freundin gegenüber eine gewisse weibliche Eigenliebe. Diese Freundin hat ihr vermutlich erzählt, alle Männer seien böse, denken nur an sich und seien egoistisch, und Madeleine hat das wahrscheinlich bestritten, nicht etwa aus Liebe zu mir oder aus Furcht, mich lächerlich zu machen, sondern ganz einfach, weil sie vom Leben viel erwartet. So widerstrebt es ihr heute wohl, dieser Frau gegenüberzutreten, nachdem sie ihr widersprochen hat. Sollte Madeleine plötzlich eine ihrer Freundinnen verabscheuen und einer anderen Freundin begegnen, der sie einst gesagt hatte, sie sei der betreffenden Frau sehr zugetan, so würde sie ihren Kummer für die Dauer der Unterhaltung vergessen. Nicht, daß sie glaubt, in den Augen der Leute durch den Verlust einer Freundschaft herabgewürdigt zu werden. Ihr ist einfach nur zuwider, daß ihre Umgebung erfährt, was in ihrem Innersten vor sich geht, ob das nun für oder gegen sie spricht. Da ich undurchdringlich blieb, hörte ich Borel seine Frau fragen, was los sei; er hat nämlich ein wenig die Manie, alles durch ihre Vermittlung erfahren zu wollen, als habe er die Erklärungen Dritter nicht verstanden, so stolz ist er, endlich verheiratet zu sein, und so sehr möchte er den Seinen eine gewisse Wichtigkeit verleihen. Mit seiner Beflissenheit ließ er mich an jene Neuankömmlinge denken, die in ein Milieu eindringen, von dem sie schon lange gehört haben und das sie theoretisch kennen, von dessen Realität sie jedoch keine Ahnung haben; an jene Soldaten, die sich wundern, daß die Offiziere nicht strenger sind, die jedoch an ihrem Verhalten, das sie sich angeeignet haben im Glauben, einer eisernen Disziplin unterstellt zu werden, nichts ändern. Doch wie jene Soldaten sich hüten zu sagen: «Es ist gar nicht so schlimm, wie ich gedacht habe!», so vermied es Borel tunlichst, seiner Frau zu sagen, unser Privatleben sei nicht so, wie er es sich vorgestellt habe. «Aber was hast du denn?» fragte mich Madeleine, da ich weiterhin ein mürrisches Gesicht machte. Ich konnte nicht umhin, mich zu fragen, was wohl geschehen wäre, wenn ich tatsächlich gesagt hätte, was los war. Ich glaube, Madeleine hätte den Kopf verloren. Denn wenn sie etwas nicht duldet, dann daß man auf ihr Spiel nicht eingeht. Man muß sich all ihren Wünschen beugen. Sie konnte noch so freundlich zu mir sein, es war nur vorübergehend. Obwohl sie wissen mußte, daß ich verstanden hatte, wollte sie, daß ich diese Komödie mitspielte. Und ich soll der Schauspieler sein! Es wäre jedoch sinnlos gewesen, ihr begreiflich zu machen, wie inkonsequent ihre Haltung war. Für sie mußte es in dieser Minute so sein, und nichts von dem, was wir uns vorher gesagt hatten, durfte unser Verhältnis verändern. Ich mußte mich zwingen, um nicht augenblicklich mit allen drei in Streit zu geraten. Ich spüre gegenwärtig eine Art Nervosität in mir, die mich erschreckt. Ich kann mich nicht mehr beherrschen. Während ich einst alles ertrug, verspüre ich seit einiger Zeit das Bedürfnis zu zeigen, daß ich existiere, daß ich ein lebendes Wesen bin und eine Persönlichkeit habe. All das kommt daher, daß ich im Grunde nichts anderes kann als zornig werden, daß ich nie die Kontrolle über mich selbst erringen werde und vor allem, daß ich mich einmal habe gehen lassen. Was mich vorher zurückgehalten hatte, war die Angst, Madeleines ungläubiges Erstaunen hervorzurufen, sie einen Abgrund erkennen zu lassen, von dem sie nichts wußte. Doch heute sind diese Skrupel nicht mehr nötig, da sie mich außer mir gesehen hat, was bei ihr übrigens nicht den erwarteten Eindruck hinterlassen hat. Man könnte meinen, sie habe die Tiefen meines Wesens schon immer gekannt, obwohl ich sie sorgfältig vor ihr verborgen hatte, so sorgfältig, daß ich sogar Gleichgültigkeit vorgetäuscht hatte, als sie mir gesagt hatte, sie sei verliebt in Roger. Ich war um so wütender, als die Borels mir anscheinend zeigen wollten, daß ihr Besuch nicht mir galt, sondern Madeleine. Ohne sich um meine Person zu kümmern, lächelte mir meine Frau von Zeit zu Zeit mit der größten Liebenswürdigkeit zu. Ich konnte mich nicht länger beherrschen. «Ich habe genug», sagte ich heftig. «Du brauchst vor deinen Freunden nicht den Engel zu spielen.» «Aber was hast du denn, Liebling?» fragte sie mich mit aufrichtigem Interesse. Diese Frage machte mich wütend. «Genug!» schrie ich. Da hatte ich Gelegenheit, meine Frau zu beobachten. Ihr Gesicht spiegelte weder Unwillen noch Zorn wider. Ich hatte Schreie erwartet oder Tränen, und sie war einfach nur erstaunt. Statt wütend zu werden, nahm sie meinen plötzlichen Ausbruch so auf, als liebte sie mich. Sie schaute mich traurig an, und mir schien sogar, ihre Augen verschleierten sich. Ich begriff, daß ihr meine Worte Kummer bereiteten, wohl ihrer Freunde wegen, denen sie weismachen wollte, wir seien ein trautes Paar. In Wirklichkeit hatte ich mich hinsichtlich der Beweggründe für Madeleines Liebenswürdigkeit getäuscht. Es war keineswegs so, daß sie sich schämte, einem Mann anzugehören –

sich schämte einer Frau gegenüber, die ihr die Lächerlichkeit dieser Abhängigkeit aufgezeigt hatte. In Wirklichkeit flößten ihr Madame Borels Theorien Widerwillen ein, und vor ihrem Gewissen empfand sie eine tiefe Erleichterung, als geliebte Sklavin zu erscheinen, sich beherrscht, beraten und geleitet zu fühlen, gerade so, wie ich sie mir innigst gewünscht hätte. «Du tust mir weh, Louis, wenn du mich so hart behandelst. Du bist nicht nett.» Ich hatte nicht den Mut, weiter zu streiten. All diese Verwicklungen des Gefühlslebens erschienen mir allmählich ausweglos. Ich dürstete nach Licht und frischer Luft, nach einfacher und tiefer Liebe, und statt dessen kämpfte ich in einem solchen Gefühlswirrwarr, daß ich zuweilen schon glaubte, es genüge, daß ich eine Sache dachte, damit sie falsch sei. Ich wußte nichts mehr. Ich verstand nichts mehr. Ach! Wenn Madeleine doch gewollt hätte! Wenn sie mich von ganzem Herzen lieben wollte, wie ich sie liebe, wenn sie verstehen wollte, daß das Leben nicht so lang ist und daß zwei Menschen, die im Grunde gar nicht so weit voneinander entfernt und durch die Umstände vereint sind, besser daran täten, ihr Los zu akzeptieren, als sich vor anderen zur Schau zu stellen. Borel spitzte bei unseren Worten schon die Ohren. Es fehlte nur noch, daß er sich als Vermittler angeboten hätte. Da er keine Liebesabenteuer erlebt und einen Teil seines Lebens damit zugebracht hat, den Geschichten der andern zu lauschen, erregten sie mehr seine Neugier, als daß sie ihn berührt hätten.

Schließlich verabschiedete sich das Paar. Ich schwieg. Ich wartete auf etwas, auf irgend etwas. Madeleine schwieg ebenfalls. Sie ging in der Wohnung umher, als ob ich nicht existierte. Diese Gleichgültigkeit beruhigte mich. Es ist traurig zu sagen, aber sie war mir lieber als ein Streit. Auch beim Essen sprach Madeleine nicht von ihren Freunden. Ihr Gesicht hatte wieder den Ausdruck angenommen, den es vor diesem Besuch gehabt hatte.

17. Dezember

Ich habe Madeleine erneut eine Szene gemacht, aber diesmal war sie so heftig, daß ich einen Augenblick lang glaubte, sie würde wie von Sinnen weglaufen, ohne auch nur ihren Mantel zu nehmen. Seit jener Nacht, die sie bei ihrem Vater verbracht hat, bin ich ausgesprochen nervös. Ich schlafe schlecht und habe gänzlich den Appetit verloren. Alle Augenblicke nehme ich mir vor, wegzugehen, jedoch ohne große Überzeugung. Sobald ich ihr fern bin, befürchte ich, sie könnte einem Mann begegnen. Doch in ihrer Nähe verspüre ich das Verlangen zu fliehen. Was tun? Sie ist so unfreundlich! Außer an jenem Tag, als die Borels kamen, hat sie fast nicht mit mir gesprochen. Ich habe mich schließlich nicht mehr zurückhalten können. Als ich ihr heute morgen meinen Wunsch mitteilte, gebrauchte sie die unglückseligen Worte: «Man könnte meinen, ich hindere dich daran.» Zuerst achtete ich nicht auf diese Antwort. Ich ordnete Papiere. Ich liebe diese Beschäftigung, bei der ich die schlimmsten Sorgen vergessen kann. Dann ging ich spazieren. Als ich zurückkam, wartete Madeleine auf mich, um sich zu Tisch zu setzen. Ich sagte ihr, der Tag sei zwar kalt, aber schön. Sie antwortete mir nicht. Sie antwortet mir schon so lange nicht mehr, daß ich dieses Detail gar nicht beachtete. Wir aßen. Als wir beim Kaffee saßen, verlieh die Sonne dem Salon eine zugleich fröhliche und melancholische Note, und wieder spürte ich das Verlangen, für einige Tage die Umgebung zu wechseln. Doch um eine unfreundliche Antwort zu vermeiden, hütete ich mich wohlweislich, meinen Wunsch zu verraten. Ich zündete mir eine Zigarre an, und da Madeleine eben aus dem Zimmer gegangen war, begann ich auf sie zu warten, nur so, denn ich hatte ihr nichts zu sagen. Ich warf einen Blick auf die Morgenzeitungen. Ich nahm noch eine Tasse Kaffee. Unsere Wohnung geht nach Süden, so daß die Sonne immer weiter ins Zimmer vordrang. Trotz meiner Neigung zur Traurigkeit durchflutete mich ein gewisses körperliches Wohlbehagen. Ohne es mir erklären zu können, wartete ich immer noch auf Madeleines Rückkehr. In diesem Augenblick hatte ich plötzlich den Eindruck, daß sie sich nicht nur kurz entfernt hatte, sondern daß sie weggegangen war. Unmöglich zu beschreiben, in welche Wut mich diese Vermutung versetzte. Schlagartig war es mit meiner Heiterkeit vorbei. Ein unvorstellbarer Zorn erfaßte mich. Ich wollte gerade aufspringen, um die Wohnung nach Madeleine zu durchkämmen, als sie wieder erschien, mit der müßigen Haltung von jemandem, der sich zurückgezogen hat, um sich etwas frisch zu machen, und der, statt gleich zurückzukommen, in einem Buch geblättert hat, um seine Abwesenheit auszudehnen. Das genügte schon, damit ich unverzüglich meine Ruhe wiederfand. Ich erhob mich, und als Madeleine sich setzte, verließ ich friedlich den Salon, nicht ohne noch bemerkt zu haben: «Ich komme gleich wieder.» Ich wußte nicht, wie ich mich ablenken sollte. Ich ging in mein Arbeitszimmer und überflog mechanisch die Papiere, die ich am Morgen geordnet hatte. Ich schlug die Vorhänge zurück und beobachtete während einiger Sekunden das Kommen und Gehen der Passanten. Ich war guter Laune und ertappte mich sogar beim Gedanken, daß ich, wie ich mich auf eine Seite des Fensterkreuzes stützte, etwas von jenen jungen Männern hatte, die auf den romantischen Stichen über den Weggang ihrer Verlobten zu trauern scheinen. Nachdem sich der Reiz dieser Vorstellung verflüchtigt hatte, kehrte ich in den Salon zurück. Beim Hinausgehen war mir aufgefallen, daß Madeleine sich so hingesetzt hatte, daß ihre linke Hand aus dem Sessel heraushing und dabei fast den Boden berührte. Bei meiner Rückkehr stach mir als erstes ins Auge, daß dieser Arm noch am selben Platz war. Wieder fühlte ich Wut in mir hochsteigen, so unvernünftig das auch sein mochte. Ich könnte nicht erklären, warum mich diese Reglosigkeit provozierte. Daß Madeleine keine Bewegung machte, erschien mir wie eine Herausforderung, als hätte sie mir dadurch zeigen wollen, wie wenig ich sie kümmerte. Ihre Augen waren geschlossen. Ich betrachtete sie um so erbitterter, als sie das Geräusch, das ich beim Gehen machte, nicht wahrzunehmen schien. Ich hätte eine Vase mitten ins Zimmer, oder noch besser, nach dem Spiegel über dem Kamin werfen können, Madeleine hätte keine Miene verzogen. Ich beherrschte mich nur noch mit Mühe. Immer wieder fiel mein Blick auf ihren leblosen Arm. Doch unvermittelt öffnete sie die Augen, und mit einer anmutigen Geste führte sie die Hand zur Stirn. Ich fand meine Ruhe wieder. Dieser Körper, den ich eben noch gehaßt hatte, brauchte sich nur zu beleben, und schon betete ich ihn wieder an. Ich setzte mich hin. Als ich mich in die Zeitungslektüre vertiefte, erhob sich Madeleine und ging hinaus. Ich las eine ganze Weile, und dann hörte ich, wie die Eingangstür ins Schloß fiel. Diesmal war Madeleine wirklich weggegangen. Um jeden Zweifel zu beseitigen, begab ich mich in unser Zimmer. Tatsächlich, sie hatte das Haus verlassen. Ich muß sagen, daß mich ihre Abwesenheit entgegen meiner Erwartung gleichgültig ließ. Nicht eine Sekunde lang fiel mir ein, wütend zu werden. Ich fand es jetzt ganz natürlich, daß Madeleine ausgegangen war, ohne sich von mir zu verabschieden. Ich begab mich in mein Arbeitszimmer, wo ich bis um vier Uhr blieb. Dann ließ ich mir den Nachmittagskaffee servieren, und da ich nicht wußte, was tun, beschloß ich, einen Freund zu besuchen. Vor seinem Haus jedoch machte ich kehrt. Diese Art Mißgeschick passiert mir oft. In Wahrheit brauche ich zum Leben ein Ziel, mein Tag muß in Abschnitte aufgeteilt sein. Ich nehme mir in gutem Glauben vor, jemanden zu besuchen, und gehe aus dem Haus, als begebe ich mich wirklich zu dem Betreffenden. Auf dem Weg dorthin lege ich mir sogar zurecht, was ich sagen werde. Doch sobald ich am Ort angelangt bin, lasse ich von meinem Vorhaben ab. Das Wesentliche ist für mich nicht, daß ich es ausführe, sondern daß es mich so beschäftigt, als würde ich es ausführen. Ich kehrte also um. Vor einem Blumengeschäft kam mir die Idee, Orchideen zu kaufen, um Madeleine zu zeigen, daß ich ihr nicht mehr grollte. Doch ich erkannte, daß das geschmacklos wäre und meine Frau darin nur Ironie oder Bosheit sähe. Ich gehöre ein wenig zu jenen Leuten, die vor jeder Aufmerksamkeit, die sie andern erweisen, zuerst Überlegungen anstellen und dann erkennen, daß ihre Geste falsch ausgelegt werden könnte. Diese Furcht ist zum Teil auch der Grund dafür, daß ich scheinbar so kalt bin und Freundschaftsbezeigungen verabscheue. Bei meiner Rückkehr fand ich Madeleine in einem lebhaften Gespräch mit einer Modistin vor. Üblicherweise vermeide ich es, bei solchen Unterhaltungen dabeizusein. Um den jungen Mann zu spielen und durch meine Neugier Madeleines Gefallen zu erregen, trat ich dieses Mal jedoch zu den beiden Frauen und tat so, als hörte ich ihnen interessiert zu. Da sagte Madeleine zu meinem großen Erstaunen ganz und gar liebenswürdig: «Laß uns, Louis... Du verstehst nichts von diesen Dingen... Ich komme gleich nach...» Voll Freude ging ich in mein Arbeitszimmer. Würde Madeleine wieder werden wie zuvor? Ich freute mich unbändig über diese Veränderung. Doch die Zeit verstrich. Am Geräusch der Eingangstür erkannte ich, daß die Modistin gegangen war, und Madeleine war noch immer nicht gekommen. Ich wollte sie nicht belästigen und beschloß, mich zu gedulden, doch meine Wut wuchs mit jeder Minute. Am Schluß hielt ich es nicht mehr aus, und ich begab mich in unser Zimmer. Madeleine war dort; sie trug jetzt ein schwarzes Kleid. «Du bist nicht gekommen?» fragte ich sie. «Nein, ich bin hier, wie du siehst.» «Aber du hast doch gesagt, du kämest?» «Und du, sagst du nicht vieles?» Diese Worte erfüllten mich mit Freude. War Madeleine wieder bereit, mit mir zu sprechen? Hatte sie alles vergessen? Ich war glücklich, doch ich hütete mich wohl, es zu zeigen, um meine Frau, der es gefällt, in der kleinsten Zufriedenheit eines Mannes Überheblichkeit zu erblicken, nicht zu verstimmen. «Ich erwartete dich ganz ungeduldig», fuhr ich fort. «Wohl nur, um mir Bosheiten zu sagen.» In einem Punkt sind Madeleine und ich gänzlich verschieden. Wenn ich mich habe gehen lassen, empfinde ich eine tiefe Befangenheit, auf das Thema zurückzukommen, das meine Wut entfacht hat. Früher, wenn ich mich jeweils mit Madeleine versöhnt hatte, war das Unangenehmste daran gewesen, daß sie den Streit immer bis ins kleinste Detail durchging, und dies verstimmte mich, obschon sie es in freundschaftlicher Absicht tat. Genau dazu schickte sie sich an. Meine Freude verflog unversehens, um der Gereiztheit Platz zu machen. «Nein, Louis», fuhr sie fort, «du kannst nicht vorgeben, daß du nur wegen der Orchideen so wütend geworden bist.» «Sprechen wir nicht mehr davon», antwortete ich, ohne auch nur den Namen jener Blumen auszusprechen. «Wovon sollen wir denn heute sprechen, wenn nicht davon?» sagte sie schneidend. Am Schluß einer Versöhnung, wenn man über sich hinauswächst, wenn man alles vergißt und nur noch daran denkt, wieder zu leben, schlägt Madeleine jeweils den gleichen schroffen Ton an, den sie vorher hatte. Obwohl ich das wußte, verletzte mich der letzte Satz. «Aber es gibt eine ganze Reihe von Dingen, über die wir sprechen können», antwortete ich hastig. «Also gut, wenn es so ist, sprechen wir eben gar nicht mehr miteinander», sagte sie, und ihr Ton war noch harscher als zuvor. Madeleine hatte ein hübsches Kleid angezogen, um mir zu gefallen. Sie hatte sich angestrengt, ihre Ressentiments zu vergessen. Sie war bereit, wieder so zu werden wie vorher – und plötzlich gab sie all ihre Vorsätze auf. Sie gehört in Wirklichkeit zu jenen Frauen, die sich weder durch ihre Vorbereitungen noch durch ihre Entscheidungen gebunden fühlen. Sie würde ohne das geringste Bedauern im letzten Moment auf ein Vergnügen verzichten, auch wenn sie seit Wochen an nichts anderes gedacht hat. Erneut übermannte mich die Wut. Doch diesmal lagen die Ursachen tiefer. Es waren der bodenlose Abgrund, der uns trennte, ihr mangelndes Verständnis für mich, und es war diese Unbeständigkeit, die ich nicht begriff. «Wenn das so ist», sagte ich wie von Sinnen, «dann gehe ich.» «Dann geh doch», antwortete sie mir. «Oh nein, ich bleibe.» Ich war außer mir, um so mehr, als sie es jetzt war, die durch mein ungeschicktes Verhalten die Situation bestimmte. Daß sie die Selbstbeherrschung behielt, während ich vor Wut fast erstickte, ließ mich gewalttätig werden. Ich nahm ihre Hand und drückte sie mit ganzer Kraft. Sie stieß einen gellenden Schrei aus, und an ihrem Blick konnte ich ablesen, daß sie die Schwächere war. Ich drückte noch fester zu. Sie ging vor Schmerz in die Knie. Ich ließ sie los. Sie lief davon und rief um Hilfe, als sei ich ein Verbrecher. Als ich wieder allein war, empfand ich eine Art Befreiung: Ich war wieder der Meister. Und während ich um mich herum ein kaum wahrnehmbares Hin und Her, einen stummen Aufruhr hörte, blieb ich, ein bißchen verwirrt und verstört, reglos sitzen, ohne mir genau bewußt zu sein, was geschehen war; im Grunde meines Herzens aber empfand ich tiefe Erleichterung.

Ich habe eine Nachricht von Curti erhalten, in der er mich bat, dringend bei ihm vorbeizukommen. Ich war sehr beunruhigt, als ich mich an die Avenue de la Grande-Armée begab. Es waren kaum zwei Wochen vergangen, seit wir zusammen gegessen hatten, und doch schien er mir völlig verändert. Er empfing mich im Bett. Sein Gesicht war frisch und ausgeruht, aber in seinem abwesenden Blick lag etwas Trauriges. Ein Kopfkissen stützte seinen Rücken. Auf einem kleinen Spieltisch am Kopfende des Bettes standen ein Glas und eine Schachtel Ampullen. «Ich bin vorgestern sehr krank gewesen», sagte er mit müder Stimme. «Ich bin dreimal hintereinander ohnmächtig geworden, und es hat viel länger gedauert als sonst; ich habe geglaubt, es sei aus. Die ganze Nacht über habe ich kaum vierzig Pulsschläge in der Minute gehabt. Jetzt geht es wieder besser. Trotzdem mache ich mir keine Illusionen. Es wird bald zu Ende sein mit mir.» Ich schaute ihn aufmerksamer an. Noch mehr als bei meiner Ankunft fielen mir seine Augen auf. Sie paßten nicht mehr zum Gesicht. Dieses war glatt, wie verjüngt und stellenweise sogar rosig, und es schien nicht, als sei es tot, sondern eher als schlafe es, als ruhe es sich nach einer schrecklichen Anstrengung aus; die Pupillen hingegen waren von einem farblosen Ring umgeben und bewegten sich unruhig hin und her. Ich weiß nicht, warum, aber irgendwie ließen sie mich an zwei Gefangene denken, die versuchen auszubrechen. Zwischen ihnen und dem Gesicht bestand keine Verbindung mehr. Sie schlugen wild hin und her wie Nadeln, und es schien, als suchten sie aus dem ruhigen Fleisch zu entkommen, in das sie eingebettet waren. Sie drückten Ohnmacht aus und waren voller Grauen. Als ich sie betrachtete, spürte ich, wie recht Curti hatte. Ich wollte ihn beruhigen, aber er achtete nicht auf meine Worte. Und es war seltsam, seine Augen erflehten keine Hilfe, klammerten sich an niemanden. Sie bewegten sich nur erstaunt und ängstlich. Man hatte den Eindruck, daß ihnen kein irdisches Schauspiel einen andern Glanz hätte verleihen können. Man erriet, daß sie nicht mehr zum Körper gehören wollten, und wenn die Pupillen in die Augenwinkel abglitten, als wolle er zur Seite schauen, spürte man Curtis Angst. Man hätte meinen können, er versuche mit diesem Blick, sich selbst zu sehen, um sich zu versichern, daß er sich nicht verändert hatte. Ich setzte mich neben das Bett. In diesem Moment trat die Pflegerin, die den Kranken betreute, mit einer Tasse Kräutertee ins Zimmer. Als er die Medizin sah, zeigte er Gleichgültigkeit und sogar Ablehnung, während er gleichzeitig die Hand ausstreckte, um die Tasse zu ergreifen. Als sie leer war (er hatte den Kräutertee mit unendlicher Sorgfalt getrunken), streckte er in einer Geste voller Hingabe und Vertrauen die Hand nach mir aus. «Mein lieber Grandeville, was denken Sie von mir?» Ich antwortete ihm, er mache einen gesunden Eindruck, seine Ohnmachtsanfälle kämen bestimmt von einem kleinen Exzeß und er müsse sich nur Sorge tragen, damit sie nicht wiederkämen. Meine Worte verschafften ihm tiefe Erleichterung. «In der Tat, mein Arzt hat mir das gleiche gesagt. Und jetzt erinnere ich mich auch genau, am Morgen meiner Anfälle eine Anwandlung von Zorn gehabt zu haben.» «Wie das, Monsieur Curti, Sie, eine Anwandlung von Zorn!» «Aber gewiß», antwortete er mit einem kaum merklichen

Lächeln. «Sie kennen nicht mein ganzes Leben.» Diese letzten Worte versetzten mich in maßloses Erstaunen. Daß Curti mir sagen konnte, ich kenne nicht sein ganzes Leben, mir, der ich es so gut zu kennen meinte, schien mir absurd. Ich hätte alles geglaubt, nur das nicht. Dennoch ließ ich mir meine Verblüffung nicht anmerken. «Und bestimmt ist es diese Anwandlung von Zorn, die mir in der Folge so übel mitgespielt hat.» In diesem Augenblick meldete ihm das Zimmermädchen ganz leise Doktor Mariage an. Ich kann gar nicht beschreiben, wie Curtis Gesicht dabei aufleuchtete. Diese Freude schmerzte mich. Sie zeigte mir, wie sehr der Kranke noch am Leben hing. Ich wollte mich zurückziehen, doch Curti bestand darauf, daß ich bleibe, und ich spürte, daß er mich deshalb in seiner Nähe behalten wollte, weil er dachte, der Arzt wage ihm in Anwesenheit eines Dritten nichts Schlimmes zu sagen. Der Doktor kam mit einer leicht besorgten Miene herein. Er maß Curtis Blutdruck und horchte ihn ab, woraufhin er einen beruhigten Ausdruck annahm. Er war ein großer, rotgesichtiger Mann mit blondem Haar im Bürstenschnitt. Es war offensichtlich, daß alles in seinem Benehmen darauf abzielte, den Eindruck von Aufrichtigkeit zu vermitteln. «Ich verberge meinen Kranken nie etwas», schien er zu sagen. Curti ließ ihn nicht aus den Augen, aber der Arzt tat, als merke er es nicht. Er schenkte der kindlichen Angst eines Kranken keinerlei Beachtung. Genau das verlieh seiner beruhigten Miene ihren Wert. Die Kranken spürten dann, daß nicht mehr sie es waren, die zählten; da ihr Flehen und ihre Angst nicht einmal bemerkt wurden, konnte die Ursache für die Ruhe des Arztes nur ihr Zustand sein. Schließlich zog sich Doktor Mariage zurück. Kaum war er gegangen, fragte mich Curti: «Hätten Sie Vertrauen zu diesem Arzt?» Ich bejahte, was ihm sehr zu behagen schien. «Und Madeleine?» fragte er so unvermittelt, daß ich glaubte, er wolle wissen, ob sie ebenfalls Vertrauen habe zu diesem Arzt. «Ich habe ihr noch nie von Doktor Mariage erzählt», sagte ich. «Ich habe Sie nicht das gefragt. Ich möchte wissen, wie es ihr geht, ob sie glücklich ist. Sagen Sie ihr vor allem nicht, was passiert ist. Es würde ihr solchen Kummer bereiten. Es ist noch früh genug, daß sie es erfährt, wenn nichts mehr zu machen ist.» Ich antwortete, zu Hause stehe alles zum besten, und dann glaubte ich beifügen zu müssen, es sei in der Tat besser, sie nicht wegen eines Leidens zu beunruhigen, das schließlich so schnell wieder verschwinden würde, wie es gekommen sei. Trotzdem blieb Curti nachdenklich. Er wußte genau, daß seine Tochter mit mir nicht glücklich ist. Bis jetzt hatte er so getan, als glaube er, wir bilden ein harmonisches Paar. In dieser Minute spürte ich jedoch, daß er es nicht mehr für nötig hielt, mir etwas vorzumachen. Es war wohl der Ernst seines Zustandes, der bewirkte, daß er mir mit einem Mal näherkam; er vermutete, ich wisse ebensogut wie er, daß mich seine Tochter nicht liebt. Er wollte mit mir über sie sprechen, aber nicht so, als wäre ich ihr Ehemann, sondern so, als wäre ich dazu bestimmt, ihn nach seinem Tod zu ersetzen. «Madeleine liebt Sie genau so, wie sie mich liebt», fuhr er fort. «Bestimmt weniger.» Ich spürte seine wachsende Erregung. «Warum weniger? Sie bedeuten ihr viel.» Ich verstand nicht, worauf er hinauswollte. Der erste Eindruck, den er mir vermittelt hatte, war verflogen. Ich befand mich jetzt einem mutigen Mann gegenüber, der den Tod nicht mehr fürchtete und der in einer letzten

Anstrengung versuchte, seine Angelegenheiten zu ordnen, bevor er starb. «Louis, Sie bedeuten ihr viel. Sie sind der erste Mann, den sie wirklich geliebt hat. Sie haben sie immer geführt. Was wäre ohne Ihre Erfahrung, ohne Ihre Nachsicht aus ihr geworden? Hören Sie, Louis, ich kann von einem Moment auf den andern sterben. Versprechen Sie mir, daß Sie sie immer beschützen werden, was auch geschehen mag. Versprechen Sie mir, sie nie zu verlassen, ihr nie Leid zuzufügen und ihr allen Kummer, den sie Ihnen bereiten wird, zu verzeihen. Versprechen Sie mir, mich bei ihr zu ersetzen, wenn ich einmal nicht mehr bin. Sie werden bei ihr an die Stelle des Vaters treten. Das heißt, daß sie für Sie immer wie eine Tochter bleiben wird, was sie auch tun mag. Wenn nötig, bringen Sie Ihre Liebe als Mann zum Schweigen. Ich liebe Madeleine so sehr, daß mir der Gedanke schrecklich ist, Sie seien eines Tages nicht mehr in ihrer Nähe und es gebe keinen Menschen mehr auf dieser Welt, um sie weiterhin zu beschützen, wie ich es getan hätte. Madeleine ist ein Kind. Hören Sie, Louis, versprechen Sie mir, Ihr Vater zu werden, wenn Sie einmal nicht mehr ihr Ehemann sind.» Diese Rede erschütterte mich, da sie mir nur allzu deutlich zeigte, daß mich Madeleine nicht liebte. «Ich verspreche es Ihnen», sagte ich bewegt. «Ich bin Ihnen unendlich dankbar. Ich spüre, daß meine Worte Sie vielleicht verletzen, aber ich versichere Ihnen, man kann sich erlauben, so zu sprechen, wenn man merkt, daß die Nieren, das Herz und die Leber alt und verbraucht sind und daß im eigenen Innern nichts Junges und Gesundes mehr übriggeblieben ist. Das Leben ist kurz. Es ist uns allen bestimmt zu sterben. Und ich glaube, daß es die Rolle der Starken ist, die Schwachen zu beschützen und zu verteidigen, auch dann, wenn diese ihnen keinerlei Dankbarkeit entgegenbringen. Stellen Sie sich vor, was ohne Sie aus Madeleine würde. Sie wäre eine leichte Beute für alle Männer. Sie ist lebenshungrig. Sie weiß nicht, was Liebe ist. Sie allein sind fähig, sie zu führen, ihr jeden Tag, ohne daß sie es merkt, ganz sanft zu zeigen, daß sie sich täuscht, und ich glaube sogar, daß nur Sie meine Tochter genügend lieben, um ihr ihre Illusionen zu nehmen, ohne daß sie zu sehr darunter leidet. Ich bitte Sie, sie mehr zu lieben als eine Ehefrau oder eine Mätresse. Wenn ich nicht auf ganz dumme Weise den größten Teil meines Vermögens verloren hätte, hätte ich für die Zukunft meines Kindes gesorgt. Aber sehen Sie, am meisten fürchte ich, daß sie eines Tages einer Versuchung erliegen könnte, daß Sie sie verlassen werden und sie dann allein in dieser Welt stehen wird. Versprechen Sie mir, daß das nie geschehen wird.» Ich wußte, daß mich Madeleine nicht liebte, aber daß es in den Augen der andern so offensichtlich war, traf mich zutiefst. Es war, als ob bei diesen Worten mein Innerstes in grelles Licht getaucht würde. Einen Moment lang war ich Curti böse, daß er so mit mir sprach. Doch plötzlich sah ich ihn vor mir, wie er war, und mein Groll war verflogen. Was er mir da eröffnet hatte, gab mir die Gewißheit, daß er nur noch einige Tage zu leben hatte. Meine Angst, Madeleine zu verlieren, verschwand. Ich erkannte, daß auch ich sterben würde, genau wie Curti, daß auf dieser Erde nichts zählte außer den edlen Gefühlen und daß man sie im Alltag leben mußte, wollte man vom Tod nicht überrascht werden. Ich nahm Curtis Hand und schloß sie fest in die meine: «Haben Sie keine Angst», sagte ich mit Inbrunst, «Ihre Tochter wird nie

allein sein, und sollte ich ihr auch Abscheu einflößen, ich würde sie weiter beschützen, als ob sie mir die tiefste Liebe entgegenbrächte.«
Noch ganz aufgewühlt von diesem Gelöbnis ging ich nach Hause. Während ich das dringende Bedürfnis verspürte, zu Madeleine freundlich zu sein, hemmte mich gleichzeitig die Erinnerung an das, was vor drei Tagen geschehen war. Es war mir unangenehm, daß ich mich von meinem Zorn hatte hinreißen lassen, Gewalt gegen diese Frau auszuüben, die mir jetzt der Liebe so würdig erschien. Ich war auf dem Weg zu ihr. Nichts ist so bewegend, als einen geliebten Menschen mit andern Augen wiederzusehen, ohne daß dieser etwas ahnt. Jener Mensch glaubt weiterhin, man sei ihm feindlich gesinnt, und sein Gesicht verändert sich nicht. Man betrachtet ihn dann schelmisch wie ein Vater, der vor seinem Kind das mitgebrachte Spielzeug noch versteckt hält. Man zögert den Moment hinaus, in dem man die Veränderung enthüllt, die in einem vorgegangen ist. Man lächelt wie jemand, der eine freudige Überraschung bereithält; man schweigt und hebt die angenehme Neuigkeit für später auf, so süß ist es, das Schmollen zu ertragen, wenn man weiß, daß man die Möglichkeit hat, ihm ein Ende zu setzen. Ich war von tiefer Freude erfüllt, daß Madeleine nicht wußte, wie glücklich ich sie machen würde. Wie weit war sie mit ihrem Hochmut und ihrem mürrischen Gesicht davon entfernt, die unermeßliche Liebe zu ahnen, die ich für sie empfand! Mir schien, als würde alles, was ich ihr angetan hatte, für immer aus ihrem Sinn getilgt werden, sobald ich zu ihr spräche. Curtis Worte hatten mich so aufgewühlt, daß ich mich fragte, wie ich Madeleine hatte unglücklich machen können. Ich sah sie

jetzt in einem ganz anderen Licht, und vom Feind war sie zu einem schwachen Wesen geworden, das meines Schutzes bedurfte. Zu wissen, daß ich ihr diesen Schutz großzügig gewähren würde, zu wissen, was alles ich für sie zu tun bereit war, ohne daß sie davon wußte, erweckte in mir den Eindruck, daß sie trotz ihrer feindseligen Miene für den Rest ihres Lebens an mich gebunden war. Selbstsicher setzte ich mich ins Zimmer, in dem sie sich aufhielt, und schaute sie wortlos an. «Was starrst du mich so an?» fragte sie mich nach einer Weile. «Nur so.» «Machst du dich über mich lustig?» Ich antwortete nicht, und wie der Schönredner, dessen Gründe so überzeugend sind, daß er es sich leisten kann, eine ganze Weile lang so zu tun, als sei er im Unrecht, zündete ich mir eine Zigarette an. Ich fühlte mich so sehr über die kleinen alltäglichen Streitereien erhaben, daß Madeleine hätte machen können, was ihr gerade einfiel, ohne mich damit zu kränken. Ich liebte sie gegen ihren Willen. Ich war bereit, ihr alles zu verzeihen, so sehr schien mir, ich verstehe sie. «Hör zu, Louis, es ist völlig überflüssig, daß du hierbleibst... Ich bitte dich, laß mich allein.» Ich antwortete immer noch nicht. «Ich bitte dich ein letztes Mal, mich allein zu lassen.» Ich wurde mir plötzlich bewußt, daß ich ihr die Veränderung, die sich in mir vollzogen hatte, nicht ankündigen durfte, wenn sie ärgerlich war. Dazu brauchte es eine andere Atmosphäre. «Wenn du nicht in der nächsten Sekunde gehst, gehe ich», fuhr Madeleine fort. Fast hätte ich ihr geantwortet: «Wer hindert dich daran...?», doch ich beherrschte mich. Zu sehr klang noch die Freude in mir nach, als daß ich einer Anwandlung von schlechter Laune nachgegeben hätte. Ich hatte jedoch gar keine Gelegenheit zum Nachdenken.

Kaum war die Sekunde verstrichen, legte Madeleine ihr Buch weg, stand auf und verließ wortlos das Zimmer. Als ich allein war, überkam mich ein äußerst seltsames Gefühl. Während ich weiterhin über dieser Welt schwebte, beschlich mich gleichzeitig eine Art Unzufriedenheit. Ich spürte deutlich, daß ich ihr vollends erliegen würde, wenn ich nicht handelte. Sogleich stand ich auf und ging Madeleine nach. «Aber was hast du denn heute nur?» fragte sie wütend. Obschon ich wenig Lust verspürte, ihr mein Herz bei einer solchen Gelegenheit zu öffnen, begriff ich, daß ich es dieses Mal sofort tun mußte, da es sonst zu spät wäre. «Ich liebe dich, Madeleine», sagte ich bewegt. «Ich liebe dich gegen deinen Willen, trotz allen Kummers, den du mir bereiten magst. Du kannst dich noch so sehr dagegen wehren, ich werde dich immer lieben. Meine Liebe steht über allem. Ich kenne dich so gut, daß du mir die schlimmsten Beleidigungen an den Kopf werfen kannst und ich trotzdem weiß, was du denkst; und siehst du, das allein zählt. Ich weiß, daß du eine edle Seele hast, daß du ein schutzloses kleines Mädchen bist und ohne mich die einsamste Frau auf Erden wärst.» Außer Atem hielt ich inne, mit zitternden Händen und dem verklärten Gesicht eines Menschen, der einen Fehler eingesteht oder nach seiner innersten Gesinnung spricht. Madeleine schaute mich erstaunt an. Und obwohl ich vorgab, über allem zu stehen, wartete ich ängstlich auf ihre Reaktion. Sie bewegte sich nicht. «Aber ich glaube dir, mein armer Junge», sagte sie schließlich, als ob ich sie gegen ihren Willen hätte überzeugen wollen. Von meinem ganzen Eifer hatte sie sich nur eines gemerkt: daß ich versucht hatte, sie zu überzeugen; dabei hatte ich gar kein Ziel verfolgt außer dem, ihr meine Liebe zu gestehen.

23. Dezember

Als ich gegen Abend nach Hause kam, rief mich die Concierge zu sich und händigte mir eine kurze Mitteilung aus. Ich erkannte die Schrift von Curtis Zimmermädchen. Diese meldete mir, ihr Herr wolle mich unbedingt sehen. Ich eilte also zur Avenue de la Grande-Armée. Während mir bei meinem Besuch vor drei Tagen alles einen normalen Eindruck gemacht hatte, hing diesmal bei meiner Ankunft ein Hauch von Unglück in der Luft. In der Vorhalle begegnete ich einem Mann, der zu laufen begann. Vor der Pförtnerloge sah ich, wie die Concierge mit mehreren Personen sprach, obwohl gerade Essenszeit war. Im ersten Stock, wo Curti wohnt, fand ich einen kleinen Zettel an die Tür geheftet, auf dem in der gleichen Schrift wie die Mitteilung, die ich erhalten hatte, zu lesen war: «Bitte leise eintreten». Ich befürchtete, Curti sei schon gestorben. Im Vestibül war niemand. Drei oder vier Überzieher hingen an der Garderobe. Auf der Glastür des Salons zeichneten sich Schatten ab, die sich bewegten. Geflüster drang an mein Ohr. Ich öffnete die Tür einen Spalt breit und bemerkte in einer Gruppe von Männern Sospel. Alle drehten den Kopf nach mir um und schauten mich ernst an. Kaum war ich in den Salon geschlüpft, nahmen sie die Konversation wieder auf. Ich ging auf Sospel zu, den einzigen, den ich unter den Anwesenden kannte. Als ich hinter ihm stand, berührte ich seinen Arm, um seine Aufmerksamkeit auf mich zu lenken, da ich mich wegen der Leute, die ihn umringten, weder neben noch vor ihn hin stellen konnte. Er täuschte Überraschung vor und wandte sich dann sogleich wieder ab, um seinem Nachbarn zuzuhören. Ich muß sagen, daß mich diese Haltung seltsam anmutete; er nahm in Kauf, als gefühllos zu gelten, und war in einem Moment, wo es um das Leben eines Mannes ging, nur um sich selbst besorgt. Ich hatte den Eindruck, daß Sospel mir grundlos seine Abneigung bekunden wollte, um das Außergewöhnliche der Situation noch zu unterstreichen. Niemals hätte er sich unter andern Umständen so verhalten. Man spürte, daß er unter dem Vorwand des Dramas, das sich in einem Nebenzimmer abspielte, vorgab, meine Gegenwart zu ignorieren, sei es nun, um sich wichtig zu machen oder sei es, um mir zu zeigen, wie bewegt er war. In diesem Moment öffnete sich die Tür, und Doktor Mariage erschien. Sogleich ging der Jüngste von uns auf ihn zu. Die beiden wechselten einige Worte und verließen dann zusammen den Raum. Ich beeilte mich, den leeren Platz einzunehmen, aus Angst, daß sich die Gruppe wieder schließe. Da geruhte Sospel, das Wort an mich zu richten: «Curti ist verloren», sagte er unbewegt, während der Nachbar zu meiner Rechten, ein kleiner, schlecht gekleideter Mann mit einem Zwicker auf der Nase, dessen Anwesenheit ich mir nicht erklären konnte, zögernd mit dem Kopf nickte. Diese Äußerung erschütterte mich, obgleich ich die Wahrheit schon geahnt hatte. Doktor Mariage erschien wieder und unterbrach Sospel. Immer noch leise fragte er, ob unter uns ein Monsieur Grandeville sei, das heißt ich selbst, und das, obwohl er mich bemerkt hatte und sich erinnern mußte, daß wir einander vor einigen Tagen vorgestellt worden waren. Ich ging zu ihm hin. «Ich möchte mit Ihnen sprechen», fuhr er fort. Ich folgte ihm. Nachdem wir zwei Zimmer durchquert hatten, die mir riesig erschienen, trat ich in Curtis Schlafzimmer. Ich gewahrte ihn sofort. Er schien zu schlafen. Ein unbeschreibliches Durcheinander herrschte um ihn herum. Die Pflegerin suchte eine Steckdose für einen glänzenden Diathermieapparat. Überall lagen Tücher und Fläschchen herum. Als ich schon glaubte, alles überblickt zu haben, bemerkte ich in der Nähe eines Fensters plötzlich einen Mann, der schrieb und sich dabei einer Heizung als Unterlage bediente. Ich war niedergedrückt. In dieser Totenatmosphäre hatte ich das Gefühl, nicht einen Freund, sondern eine Art Automaten zu verkörpern. In einem Sterbezimmer wurde ich immer von einem ähnlichen Gefühl überfallen. Es verschaffte mir eine gewisse Erleichterung. Dieses unbezwingliche Bedürfnis, für den Sterbenden nichts mehr zu bedeuten, ist wie der Instinkt des gesunden Tieres, das seinen verendenden Artgenossen flieht. Doch das schien mir so erbärmlich, daß ich mich zusammennahm. Plötzlich stand ich vor Curtis Krankenbett. «Sagen Sie ihm, wer Sie sind», sagte der Arzt schroff, dem meine Anwesenheit ganz und gar nicht paßte. Leise nannte ich meinen Namen. Doch Curti rührte sich nicht. Er hatte einen Ohnmachtsanfall hinter sich. Er atmete regelmäßig. Sein ganzes Wesen schien erleichtert, und man hatte den Eindruck, er halte die Augen geschlossen, weil es ihm besser ging. Ich wagte nicht, meinen Namen zu wiederholen. Doktor Mariage erinnerte sich schließlich an mich. Er nahm Curtis Hand und meldete ihm: «Ihr Freund Grandeville, der Freund, den Sie letzthin empfangen haben...» Da hob Curti die Lider, aber statt einen bekannten Blick zu treffen, stießen meine Augen auf den eines Fremden. Dieser Blick vollendete die Veränderung, die sich mit seinem Gesicht vollzogen hatte. Es war eingefallen und zeigte keinen der

Ausdrücke, die mir an ihm vertraut waren. Diese Augen, die mir am Tag zuvor gelblich und stumpf erschienen waren, strahlten jetzt eine unglaubliche Lebhaftigkeit aus. Dennoch sahen sie mich nicht. Sie sahen mich nicht, aber Curti sah mich. «Ich bin froh, daß Sie gekommen sind; sind Sie allein? Wo ist Madeleine?» stammelte er. «Ich möchte Madeleine sehen, sagen Sie ihr, sie soll kommen, schnell… Ich möchte euch beide zusammen sehen. Versprechen Sie mir noch einmal, für sie zu sorgen, sie im Leben zu beschützen. Bald werde ich es nicht mehr tun können.» Er unterbrach sich unvermittelt, suchte mit den Augen den Doktor und fragte dann mit unerwarteter Ruhe: «Wie kommt es, daß Alice noch nicht hier ist?» Diese Frage überraschte mich. Wer war Alice? Doch ich hatte keine Zeit, weiter darüber nachzudenken, da Curti sich wieder an mich wandte: «Louis, ich flehe Sie an, versprechen Sie mir, meine Tochter nie zu verlassen, sie immer zu lieben und mich bei ihr zu ersetzen. Ich bitte Sie, sie mehr zu lieben, als ihr Vater sie geliebt hat. Ich habe nicht getan, was ich hätte tun sollen. Deshalb ist sie nicht gekommen, nicht wahr? Sie grollt mir.» Der Kranke begann zu phantasieren. «Nein, ich habe nicht alles getan, was in meiner Macht stand. Statt zu leben, als sei ich unsterblich, hätte ich an sie denken, für sie arbeiten, hätte überlegen müssen, daß ich eines Tages nicht mehr da sein würde, um sie zu beschützen. Ich war froh über eure Heirat, obgleich ich wußte, daß sie darunter litt. So ein Mann bin ich.» Die Szene war so tragisch, daß der erneute Beweis meines Unglücks und das Gefühl, Curti selbst bedaure, daß Madeleine mich geheiratet hatte, mich nicht einmal schmerzten. Ich sah in Curtis Worten im Gegenteil eine gewisse Größe, wenn er auch nicht anders konnte, als jetzt seine ganze Hoffnung auf den Mann zu setzen, den er für so wenig würdig erachtet hatte, sein Schwiegersohn zu werden. Ich entschuldigte mich und ging in sein Arbeitszimmer, um Madeleine anzurufen. Während ich auf die Verbindung wartete, hörte ich, wie Curti weiter zu mir sprach, als sei ich noch neben ihm, derweil der Doktor ihn zu beruhigen suchte. «Madeleine wird jeden Augenblick hier sein», meldete ich ihm, als ich zurückkam. Er blieb stumm. Man hätte meinen können, er habe meine Rückkehr mit meinem Weggehen verwechselt. Ich sprach weiter, um keine Stille entstehen zu lassen, aber Curti war wieder eingenickt. Ich entfernte mich und begann mich leise mit dem Assistenten des Doktors zu unterhalten. Die Neuigkeit von Curtis Krankheit hatte die Runde gemacht. Türen gingen auf und schlossen sich wieder. Man spürte, daß die Wohnung dieses Mannes ohne Familie und ohne Freunde zu einem öffentlichen Ort geworden war. Da Curti ruhte, hatte ich keinen Grund mehr dazubleiben und hätte wohl in den Salon gehen sollen. Mir schien, als warteten die Männer, die ich bei meiner Ankunft gesehen hatte, ungeduldig auf meine Rückkehr, um meinen Platz einzunehmen. Doch der Gedanke, daß ich neben Madeleine einer der engsten Angehörigen war, veranlaßte mich zu bleiben. Obschon die Wohnung voller Leute war, herrschte Stille. Nur kaum wahrnehmbare Geräusche lagen in der Luft. Der Doktor schaute auf die Uhr. Mit einer Kopfbewegung fragte ich ihn, wie spät es sei. «Sieben Uhr», antwortete er mit normaler Stimme, als ob die Minuten keine Bedeutung mehr hätten. In diesem Augenblick öffnete sich eine Tür und Sospel erschien. Er ging auf den Arzt zu, ohne dabei auch nur einen Blick auf das Bett zu werfen, wo sein alter Freund döste. Leise wechselten sie einige Worte, dann verschwand Sospel durch den Ausgang zu einem Korridor, der zum Vestibül führte. Ich hörte, wie eine Tür zuschlug. Ich wunderte mich gerade, daß Sospel so gefühllos sein konnte, einen solchen Lärm zu machen, während Curti ruhte, als eine junge Frau ins Zimmer trat, begleitet von jenem kleinen Mann, den ich schon erwähnt habe. Ich musterte das Paar aufmerksam. Der Mann hatte die Haltung eines Angestellten, der Rechte geltend zu machen hat. Kaum waren sie da, schauten die Neuankömmlinge den Kranken unverwandt an, und ich weiß nicht, ob ich mich täusche, aber ich hatte den Eindruck, sie wollten, daß Curti sie sehe. Man spürte, daß sie, wie die Freunde beim Tod eines großen Mannes oder der Geliebte beim Tod eines jungen Mädchens, mehr als wir alle einen tragischen Ausgang fürchteten. Wir verharrten mehrere Minuten, ohne zu sprechen. Ich hoffte jeden Augenblick, Madeleine möge erscheinen. Mit der Ruhe eines Menschen, der am Morgen spät erwacht, öffnete Curti plötzlich die Augen. Er schloß sie jedoch sogleich wieder, stieß ein Röcheln aus und setzte sich schließlich auf. Der Doktor wollte ihn dazu bringen, sich wieder hinzulegen, aber er weigerte sich. «Ich fühle mich besser... Ich spüre, daß ich bald aufstehen kann», sagte er schnell. Die Frau, die Alice heißen mußte, machte sich diese Beteuerungen eines Verurteilten zunutze, um sich dem Bett zu nähern, und ohne sich hinzuknien oder zu setzen, schaute sie in ihrer ganzen Größe auf den Kranken herab, wobei sie sich Mühe gab, teilnahmsvoll zu erscheinen. Doch trotz dieses Bestrebens wurde ihr Gesicht von einem tiefen Abscheu entstellt, zu dem sich noch jener abstoßende Ausdruck eines Menschen gesellte, der durch ein vorsichtiges Schweigen hindurch zu sagen scheint: «Ich bin da!» Curti starrte sie unverwandt an. Dann erinnerte er sich plötzlich an sie. Ein Zittern durchlief seine Hände. Die Pflegerin ging hin, um diese wieder zuzudecken, doch es gelang ihr nicht. Mit einer brüsken Bewegung machte sich der Kranke vollends frei und streckte die immer noch zitternden Hände der jungen Frau entgegen, die sich nicht gerührt hatte; nur ihr Begleiter hatte sich ihr mit einer beschützenden und zugleich bedrückten Geste genähert. «Alice, Alice, mein Liebling», stammelte Curti. In diesem Moment drehte sich der Angehörige oder Freund der Unbekannten mit dem sichtbaren Wunsch, uns zu bedeuten, wir störten, nach mir und dann nach dem Doktor um. «Alice, Alice...», wiederholte Curti, während er versuchte, die Hände der Frau zu ergreifen, ohne daß ihm dies jedoch gelang; denn jedesmal, wenn er sie gefunden hatte, ließ er sie alsbald wieder los, um sie anderswo zu suchen. Da erkannte ich die Wahrheit. Curti hatte eine Mätresse. Es auf diese Weise zu erfahren und zu sehen, wie diese Liaison, die so sorgfältig geheimgehalten worden war, vor aller Augen ans Licht kam, ohne daß die Beteiligten noch daran dachten, sie zu verbergen, ließ mir dieses Ende noch tragischer erscheinen. Der Tod eines Menschen ist schon an sich etwas Schreckliches. Wenn dieser Tod aber das Geheimnis des vergangenen Lebens enthüllt, wenn eine Unmenge von Forderungen, Drohungen und Beschwörungen um das Bett des Sterbenden herum auftauchen, der weder die Kraft hat, diese abzuwehren noch die Kraft, auf sie einzugehen, dann spürt man, wie nichtig doch Freude und Kummer sind. Die Geheimnisse geraten in Vergessenheit, und niemand denkt daran, dem Dahingeschiedenen noch etwas vorzuwerfen. Nichts bleibt mehr übrig als die kümmerliche Zerbrechlichkeit unseres Wesens. Und die Enthüllung dieses Liebesverhältnisses, die mich eine Woche zuvor noch mit Bestürzung erfüllt hätte, schien mir ohne Bedeutung. Ich hätte die schönsten oder auch die scheußlichsten Dinge über Curti erfahren können, sie wären an mir abgeglitten. «Alice, Alice…», stammelte er mit immer schwächer werdender Stimme, ohne daß diese Frau – sei es aus Schüchternheit, sei es aus Entsetzen oder aus Gleichgültigkeit – daran dachte, dem Sterbenden die geringste Zärtlichkeit zu bekunden, obschon dieser sich doch an sie wie an das wertvollste Wesen auf dieser Welt klammerte. Man hatte den Eindruck, er verlasse nicht das Leben, sondern Alice, diese gewöhnliche Frau, für die es eine lästige Pflicht zu sein schien, hier anwesend zu sein. Daß dieser Mann am Ende seiner Tage angelangt war ohne eine andere Liebe als die Liebe zu dieser Fremden, brach mir das Herz. Plötzlich fielen seine Hände hinunter. Er rang einen Moment lang nach Atem, während ihn seine Mätresse heimlich beobachtete. Dann richtete er sich wieder auf, und nachdem sein Blick lange im Zimmer umhergeschweift war, rief er meinen Namen. Ich ging zu ihm. Doch es war unglaublich: Statt auf die Seite zu treten, um mir den Weg zum Kranken freizugeben, blieb diese Frau, die seit ihrer Ankunft keine liebende Geste und kein herzliches Wort für ihn übrig gehabt hatte, unbeweglich stehen. «Louis», murmelte Curti, «gehen Sie in mein Arbeitszimmer. Nehmen Sie den Briefumschlag aus der obersten Schublade des Sekretärs und bringen Sie ihn mir.» Ich gehorchte. Als ich zurückkam, lag er zusammengesunken da. Meine Augen begegneten denen der jungen Frau und ihres Begleiters. Ihre Blicke ließen mich nicht los, wagten es aber nicht, bis zum Umschlag hinabzugleiten, den ich in der Hand hielt. Das alles war von einer solchen Schäbigkeit, daß ich das Schriftstück auf das Bett legte, ohne zu warten, bis der Kranke zu sich kam. Im selben Augenblick ging die Tür auf und der Doktor verschwand, während gleichzeitig Sospel eintrat. Dieser hatte kaum einige Schritte getan, als Curti aus seiner Betäubung erwachte. «Louis», sagte er sogleich, ohne mich mit den Augen zu suchen. «Das Schriftstück liegt neben Ihnen», sagte ich schroff, so sehr mißfiel mir das Benehmen dieser Frau. «Geben Sie es mir», bat Curti, der seine Hände darauf gelegt hatte, aber unfähig war, irgend etwas zu ergreifen. Entgegen meiner Erwartung rührte sich Alice nicht. Ich hatte gedacht, da sie neben dem Kranken stehe, gebe sie es ihm selber. Doch mit ihrer Bewegungslosigkeit wollte sie zeigen, daß sie nichts dafür konnte, falls Curti es ihr überreichen sollte. Bevor ich Zeit hatte, der Bitte nachzukommen, steckte die Krankenpflegerin das Papier zwischen die Finger des Kranken. Wie verklärt, als begehe er den wichtigsten Akt seines Lebens, hielt er es ruckartig Alice entgegen. Einen Moment lang zögerte sie, die Hand auszustrecken, dann nahm sie es unvermittelt, faltete es zusammen und reichte es ihrem Begleiter, der es alsbald in eine seiner Taschen steckte. Gleich nach dieser Szene verschwand Sospel wieder, und ich konnte nicht umhin, die Haltung dieses Mannes seltsam zu finden, der dauernd kam und ging, ohne ein einziges Wort zu sagen. «Seien Sie glücklich, Alice», sagte Curti mühsam. «Sie waren mein einziges Glück... Alles, alles, was ich tun konnte, habe ich für Sie getan. Louis, kommen Sie... Wo ist Madeleine? Sie werden sie doch beschützen, da ich nichts für sie habe tun können? Wo ist sie?» Seine letzten Worte versetzten mich in Erstaunen. «Dahin kommt es also, wenn man nicht aufs Sterben vorbereitet ist und einen der Tod überrascht», dachte ich. Dieser Mann, der mir bis anhin als das Pflichtbewußtsein selbst erschienen war, kam mir jetzt, da er keine Kraft mehr hatte und bereit war zum Sterben, willenlos und schwach vor. Gestern noch hatte ich geglaubt, seine ganze Liebe gehöre seiner Tochter. Statt mir sein Herz zu öffnen, hat er alles bis zum letzten Moment geheimgehalten. Seine Schwäche nötigt ihn, aus einem Mann, den er nie gemocht hat, den Beschützer des höchsten Gutes zu machen, das er auf Erden besitzt: Madeleine. Jetzt, da er für immer von dieser Welt scheiden wird, muß er, was die Sorge für sein Kind betrifft, ausgerechnet auf den zählen, den er am meisten verachtet hat. Weil er sich auf mich verließ, hatte er nicht daran gedacht, für die Zukunft seiner Tochter zu sorgen. Er hatte sich meiner bedient wie einer Beziehung, die man im tiefsten Innern haßt und aus der man ohne jeden Skrupel alle erdenklichen Vorteile herausholt. Er hatte mich gewissermaßen zu seinem Verbündeten gemacht. Er hatte sich gesagt: «Louis wird sich um Madeleine kümmern und ich mich um Alice.» Und als mit deren Erscheinen alles ans Licht kam, begriff er, welch unwürdiger Vater er war. Er hatte nur noch einen Gedanken: daß ich mich meiner Pflicht nicht entzog. Plötzlich fühlte er sich mir ausgeliefert; das ist seine Strafe, und genau das verleiht diesem Ende auch seine Tragik. Als ich zusah, wie er uns verließ, wurde mir klar, daß das, was einen Todeskampf so schmerzlich macht, vor allem die hundert verwickelten Situationen sind, die einer zurückläßt, die Freunde, die auf die Versprechen warten, von denen sie glauben, der Sterbende könne sie noch einlösen. Glücklich all jene, die an den Tod gedacht, die ihn erwartet haben und ein Leben ohne Makel hinter sich lassen! Doch wie schmerzlich muß es für die andern sein zu scheiden, wenn sie von ihrem Sterbebett aus ohnmächtig zusehen, wie Leute auf sie zukommen, die sich hassen, Leute, die sie mittellos zurücklassen, Leute, die erfahren haben, daß sie nicht die einzigen sind, die geliebt wurden! Sie wären außerstande, alle Gründe für diese Verwicklungen zu nennen. Je schwächer sie werden, desto klarer tritt das Räderwerk ihres Handelns zutage, desto deutlicher zeichnet sich ihr Privatleben ab, und bald bleibt von ihnen nichts mehr als eine Hülle. Monsieur Curti vermittelte nach der vorangegangenen Szene genau diesen Eindruck von Blöße. Nichts war mehr geblieben von jenem Mann, der sich sein Leben einrichtet, es geheim hält. Schon war er ein Toter.

Und während ich ihn mit unendlichem Mitleid und unendlicher Traurigkeit betrachtete, kam Madeleine herein. Beim Anblick all der Leute begriff sie sofort, was los war. Wie von Sinnen warf sie sich auf das Fußende des Bettes und begann zu schluchzen. Erst jetzt wurde Monsieur Curti ihrer gewahr und legte mühsam die Hand auf den Kopf seines Kindes. Sie hob die Augen. Sie wußte von nichts, und für sie war ihr Vater noch immer der einzige Mensch, der seine Tochter über alles liebte und an den sie sich erleichtert wandte, wenn die Zukunft sie ängstigte. Sie sprach in abgehackten Sätzen zu ihm, als könne er sie verstehen: «Was ist los, Vater? So antworte mir doch! Ich flehe dich an, sag etwas!» Alice war beiseite getreten und beobachtete die Szene scheinbar gleichgültig. Monsieur Curti erkannte schon niemanden mehr. Er bemühte sich jedoch um Würde, wohl um die Leute, die ihn umgaben, mit diesem einzigen Mittel, das ihm geblieben war, auf die gleiche Distanz zu halten wie vorher.

27. Dezember

Seit dem Tod ihres Vaters hat Madeleine nur drei- oder viermal das Wort an mich gerichtet. Sie hat praktisch ununterbrochen geweint. Heute schien sie zum ersten Mal zu begreifen, was geschehen ist. Sie fragte mich, wer die Frau an Monsieur Curtis Sterbebett gewesen sei. «Eine Freundin, der dein Vater sehr zugetan war», antwortete ich. Obwohl ich mich davor fürchtete, ihr beizubringen, daß dieser der Fremden alles hinterlassen hatte, was im Rahmen des Gesetzes möglich war, sagte ich es ihr, um die Nachricht nicht zu lange hinauszuschieben. Zu meiner großen Überraschung schien sie darüber nicht traurig zu sein.

Ich habe lange an Madeleine gedacht. Dabei sollte ich bedenken, daß sie keinerlei Zuneigung mehr für mich empfindet. Ich allein kann sie verstehen, Nachsicht üben, sie beschützen. Doch statt dies zu tun, benehme ich mich wie jeder beliebige Mann jeder beliebigen Frau gegenüber. Ich, der Stärkere, falle über sie, die Schutzlose, her. Ich habe dabei deutlich das Gefühl, gemein zu handeln, und trotzdem kann ich mich nicht beherrschen. Danach verfolgt mich das schlechte Gewissen. Ich möchte sie um Verzeihung bitten, aber eine solche Abweichung von meinen Gewohnheiten würde sie mehr erstaunen als berühren. Ich bin also dazu verdammt, sie zu quälen, und habe keine Möglichkeit, anders zu handeln. Es gibt Momente, in denen ich überlege, wie ich ihr meine Liebe beweisen könnte. So habe ich heute versucht, ihr ein wenig Trost zu spenden, indem ich mit größter Zuversicht von der Zukunft sprach. Ich sagte ihr, wir durchqueren zwar eine schwierige Phase, doch wir seien jung und es werde der Tag kommen, an dem wir beide glücklich sein werden. Sie schaute mich mit einer solch aufrichtigen Abneigung an, daß ich zutiefst betrübt war. Alles in ihr schrie mir zu, ich wisse nicht, was ich sage, ich sei ein armer, inkonsequenter Irrer. Spricht man von morgen, bildet sie sich ein, man werde von einem Hintergedanken geleitet. Wie für die jungen Leute, so ist die Zukunft auch für sie das, was außerhalb der vertrauten Welt geschehen wird; ein Elysium, zu dem nur sie allein Zugang haben wird, und sie findet es wohl vermessen von mir, mir dort einen Platz zu reservieren. Wie fern muß ich ihr in ihren Augen erscheinen, daß ich im Leben keine anderen Freuden mehr erwarte als jene, die ich schon besitze! Und doch, könnte ich ihr einen größeren Beweis meiner Zuneigung liefern? Ich habe beschlossen, nie mehr mit ihr über die Zukunft zu sprechen, doch was wird aus ihr werden, wenn sie mich einmal verloren hat, wenn sie verlassen und ohne Erfahrung in dieser Welt stehen wird und sich gegen alle Avancen und unmißverständlichen Angebote wird wehren müssen, deren eigennützige Beweggründe sie nicht einmal vermuten und an die sie mit der ganzen Kraft ihrer Jugend glauben wird? Am Tag, an dem sie mir recht geben wird, an dem sie entdecken wird, wie groß meine Liebe zu ihr war, wird es zu spät sein. Sie wird dann wer weiß wie vielen Männern angehört haben, und jedem von ihnen wird sie ein Stück ihrer selbst gelassen haben. Ich stelle mir ihr Leben vor, ohne Zuneigung, ohne Heim, ohne Geld vielleicht. Wie wird sie darunter leiden, alt zu sein, meine arme Madeleine, nicht über die Mittel zu verfügen, ihre Falten unter dem Reichtum zu kaschieren, den Zeugen ihrer Schönheit nicht neben sich zu haben, um dieser gemeinsam nachtrauern zu können! Ich sehe sie, wie sie plötzlich sorgfältig umgeht mit ihrem Eigentum, sie, die es heute geringschätzt. Ich sehe sie, wie sie an allem hängt, was sie besitzt, wie sie nicht wagt, ein neues Kleid anzuziehen aus Angst, es zu beschmutzen. Sie wird keinerlei Unannehmlichkeiten mehr ertragen. Die kleine Küche, in der sie selbst das Essen für sich zubereiten wird, wird von strahlender Sauberkeit sein. Ein frivoler Zug wird sich an ihr entwickeln, etwas von einer Frau, die auf sich selbst gestellt ist. Bis jetzt habe ich alles getan, um diese Neigung zu bekämpfen, die bei allen Frauen, deren Leben nicht von einem Mann erfüllt ist, mit der Zeit überhand nimmt. Als wir eines Tages mit Hélène ausgingen, sagte diese plötzlich, während sie auf einen Passanten zeigte: «Seht den Herrn dort, das ist mein Freund.» Und mit Feuereifer verwandelte sich Madeleine in eine Ratgeberin: «Gehen Sie nur... Gehen Sie, Hélène! Lassen Sie sich durch uns nicht aufhalten. Wir werden auf Sie warten.» War das nicht schon ein Vorzeichen gewesen? Ich allein verhindere, daß diese Art geheimes Einverständnis zwischen Frauen, das so häßlich, so gewöhnlich ist, sich durchsetzt. Ja, ich sehe sie weiter, wie sie, die heute völlig unbekümmert lebt, Adressen ausfindig macht, versucht, sich für wenig Geld zu kleiden, mit den Verkäuferinnen zankt, schlicht, wie sie ein schäbiges Leben führt. Ich sehe, wie sie, die Frauen nicht mag und die ihnen ohne Skrupel den Rücken zukehrt, sich beherrscht, wie sie sich Mühe gibt, niemanden mehr zu kränken, wie sie versucht, sich den andern anzugleichen. Was wird dann noch von der Frau übrigbleiben, die ich gekannt habe? Ihre ganze Frische, ihre ganze Unschuld, all ihre außergewöhnlichen Qualitäten werden verschwunden sein. Aus ihr wird eine arme, verbitterte Frau ohne Liebe geworden sein, die sich mit schmucken Nippsachen umgibt. Man wird spüren, daß sie enttäuscht worden ist. Und doch ist es heute noch nicht zu spät. Unsere Ehe hat nicht ernstlich Schaden gelitten. Madeleine braucht nur einzuwilligen, an meiner Seite zu bleiben, und keines der Übel, die ich für sie befürchte, wird sie treffen. Aber sie weiß nicht einmal um die Existenz dieser Übel. Wenn ich sie ihr beschriebe, sie verstünde nicht. Sie bildet sich im Gegenteil ein, das Leben sei kümmerlich, das sie neben mir führt. Was können wir tun, wenn der Mensch, den wir lieben, sich weigert, unsere Erfahrung anzuerkennen? Es bleibt uns die Hoffnung, daß er sich gedulden wird, daß er nicht den Mut finden wird, mit uns zu brechen, daß er sich langsam an uns gewöhnen wird. Der Leidensweg wird nur in seiner Einbildung bestehen und wäre auf jeden Fall besser als moralische Mittelmäßigkeit. Deshalb vermeide ich auch eine Aussprache. Wenn ich zu Madeleine sagen würde: «Du bist frei. Ich werde für deine Ausgaben aufkommen, und du kannst dich amüsieren und tun, was dir beliebt», nähme sie mit Freuden an, und vermutlich würde sie sogar auf meine materielle Hilfe verzichten. Aber ich darf es nicht tun, und sollte sie auch unter meiner Passivität leiden. In meiner Gesellschaft ist sie immerhin sicher. Was aber wird geschehen, wenn ich einmal nicht mehr für sie sorge? Ihr Vater hatte die Gefahr erkannt, als er mich auf seinem Sterbebett anflehte, sie nie im Stich zu lassen.

4. Januar

Der heutige Tag war nicht besser. Madeleine ging jeder Gelegenheit, mit mir zu sprechen, aus dem Weg. Dafür stattete mir Sospel einen Besuch ab. Seiner Beschreibung nach war Curti auf seinem Totenbett schrecklich anzusehen. Es gibt Leute, die an makaberen Details Gefallen finden. Sie beschreiben einem den Leichnam und vergessen auch nicht zu erwähnen, der Bart sei gewachsen oder das Gesicht auf eine Seite verzerrt gewesen. Nicht einen Augenblick denken sie an das Drama, das der Tod eines Menschen darstellt. Sie interessieren sich nur für die Gesten des Sterbenden, für seine Grimassen, seinen Todeskampf. Ich dachte auch an Spigelman und hätte ihn beinahe aufgesucht, um den schlechten Eindruck auszumerzen, den er bei seinem letzten Besuch von Madeleine und mir erhalten hatte. Doch ich erkannte, daß ich durch voreiliges Handeln diesen Eindruck nur noch verschlimmern würde. Ich bin übrigens in einem solchen Zustand, daß es besser ist, wenn ich nicht ausgehe.

6. Januar

Immer, wenn ich eine Frau liebte, war mir der Gedanke eine Qual, sie würde eines Tages einem andern gehören. Diese Aussicht machte meine Liebe unruhig, da meine Zuneigung nicht für ein ganzes Leben ausreichte und ein Bruch unvermeidlich war; denn ich wußte genau, daß er durch meine Schuld zustande käme. Ich litt also im voraus einer Sache wegen, die letztlich nichts als die Konsequenz meines Handelns sein würde, ohne eine Sekunde lang daran zu denken, dieses Leiden zu beenden, indem ich mich zur Treue zwang. Ich litt und machte die betreffenden Frauen unglücklich, suchte Streit mit ihnen, ließ sie schwören, daß sie nur mir gehören würden, was auch geschehen mochte. Denn während dieser Verhältnisse, die durch mich selbst zum Scheitern verurteilt waren, gab ich mich hin, als würden sie ewig währen, und als Gegenleistung verlangte ich die gleiche Liebe; gleich nicht wie meine tatsächliche Liebe, sondern wie jene, die ich zu empfinden vorgab. Madeleine ist die einzige Frau, die ich ohne den Hintergedanken geliebt habe, daß einst ein anderer sie in seine Arme schlösse. Wenn ich ihr nahe war, war es für mich immer eine unendliche Erleichterung zu denken, daß sie nur einen einzigen Mann kennen würde, nämlich mich, da ich sie so sehr liebte, daß ich ihretwegen auf alle Liebesabenteuer verzichtet hatte. Es war mir aber nie der Gedanke gekommen, daß auch die Frau, die ich wirklich lieben würde, einst einem andern angehören könnte. In dieser Hinsicht war ich beruhigt. Wenn ich Madeleine betrachtete, hatte ich ein angenehmes Gefühl von Sicherheit, von uneingeschränktem Besitz. Sie war mein, diese Frau, mein für immer, da ich entschlossen war, sie zur Gefährtin meiner Existenz zu machen. Doch jetzt verspüre ich Madeleine gegenüber eine noch größere Unruhe als einst bei den andern Frauen. Damals gab es trotz meiner Eifersucht irgendwo eine leise Stimme, die mir sagte, die Ursache meines Leidens sei ich selbst. Jetzt aber schweigt jene Stimme. Das Leid wird nicht mehr von mir verursacht, ich bin nicht länger Herr über mein Glück. Mein Schicksal liegt in andern Händen als den meinen, und das gerade jetzt, wo ich langsam älter werde. Ist das etwa der erste Hinweis darauf, wie flüchtig das Leben ist? Während ich einst mitten in meinen schlimmsten Wutausbrüchen spürte, daß alles einzig von mir abhing, merke ich jetzt, daß ich nur noch ein Spielzeug in den Händen eines anderen bin. Ich glaube, das ist das sicherste Zeichen, an dem man das nahende Alter erkennt. Wenn wir unser Leben lang trotz allem für unsere Freuden und Leiden selbst verantwortlich waren und plötzlich merken, daß uns dieses Vorrecht entzogen worden ist, beschleicht uns ein eigenartiges Gefühl. Andere sind Herr über unser Schicksal. Mögen wir noch so vertrauensvoll sein, mögen wir unsere Gefährtin auch gewählt haben, als wir noch jung waren, mit einem Mal stellen wir fest, daß es eine Art irdische Gerechtigkeit gibt. Zuerst kämpfen wir noch mit gleichen Waffen, doch allmählich werden wir schwächer. Das hat mir Madeleine eben zum ersten Mal gezeigt. Wenn mich früher eine Frau nicht geliebt hätte, wenn ich ihretwegen gelitten hätte, wie ich gegenwärtig wegen Madeleine leide, hätte unser Verhältnis nicht lange gedauert. Ich hätte es sehr rasch beendet. Doch jetzt nehme ich alles hin, ertrage alles. Der Gedanke, daß Madeleine eines Tages einem andern Mann gehören wird, läßt mir keine Ruhe und überfällt mich in den unerwartetsten Momenten. Ich kenne kein schmerzlicheres Gefühl. Noch vor einigen Monaten warf ich Madeleine nur die Tändeleien ihrer Jugend vor. Welch kindliche Sorge scheint mir heute diese späte Eifersucht trotz allem, was ich ihretwegen erduldet habe, im Vergleich zu dem, was ich befürchte!

7. Januar

Die Tage verstreichen. Eine immer größere Traurigkeit erfüllt mich. Ich habe den Eindruck, als sei jede Woche, die vergeht, irgendeinem Unglück abgetrotzt. Wie betrüblich ist es zu leben, wie Madeleine und ich leben! Wir sind an einem Punkt angelangt, wo wir aus Angst vor einer schrecklichen Szene nur noch höfliche Konversation betreiben; ich aus Angst, eine Szene zu machen, Madeleine aus Angst, sich verteidigen zu müssen. Heute morgen ging sie einkaufen. Ich blieb allein zu Hause. Da plötzlich entdeckte ich, daß nichts mehr von Bedeutung, daß alles fremd war. Im Versuch, etwas von unserer Intimität wiederzufinden, begab ich mich in unser Zimmer. Mir schien, als habe das, was seit meiner Heirat meinen Lebensbereich dargestellt hatte, nichts mehr mit mir zu tun. Nicht ich war es, der in diesem Bett schlief, nicht ich schaute mich in diesem Spiegel an. Ich floh in ein angrenzendes Zimmer. Dort erwartete mich dieselbe Einsamkeit. Alles sah plötzlich alt und abgenützt aus. Alles schien dazu bestimmt, eines Tages in alle Winde verstreut zu werden. Andere würden die nötigen Reparaturen ausführen. Alles war hoffnungslos unbeweglich, fern und feindlich. Man lebt oft während Jahren, ohne überhaupt zu wissen, daß man lebt, und plötzlich merkt man aufgrund eines Zeichens, eines Ereignisses, daß man sterblich ist. Vielleicht sind es Hinweise des Himmels, die uns den Tod weniger schrecklich erscheinen lassen sollen. Nichts hatte sich in unserer Existenz verändert, und doch ging von den Dingen ein derartiger Hinweis aus. Durch die Zimmer schien es unablässig zu raunen, die vergangenen Jahre seien unwiederbringlich vorbei und ein anderes, jedoch weniger schönes Leben beginne. In dieser verlassenen Wohnung hatte ich das Gefühl, einen Aufstieg beendet zu haben und mich auf dem Gipfel auszuruhen, bevor ich mich an den Abstieg machte. Denn trotz meiner Niedergeschlagenheit umgab mich so etwas wie eine momentane Ruhe. Wir wohnten noch da, Madeleine und ich, und ich war weiterhin von unserem gemeinsamen Lebensraum umgeben. Und daß nichts dessen Auflösung andeutete, daß alles wie für die Ewigkeit gemacht schien – dies war es, was mir diese Ruhe verlieh, die so süß und doch jener so ähnlich war, die einem Gewitter vorangeht.

Bei Madeleines Rückkehr verflüchtigte sich dieser schmerzliche Eindruck. Sofort brachte sie Leben ins Haus; sie ging geschäftig hin und her, gab Anweisungen und fragte, ob jemand angerufen habe. Denn obschon Madeleine sich für außergewöhnlich sensibel hält, entgehen ihr diese nicht greifbaren Dinge. Sie weiß, daß der Tag nicht mehr fern ist, an dem diese Wohnung nur noch eine Erinnerung sein wird. Dennoch lebt sie weiterhin genau so wie vorher. Wenn sie morgen diesen Ort für immer verlassen müßte, wäre sie sogleich vom Wunsch beseelt, nichts zu vergessen, alles schön ordentlich zu hinterlassen. Und wenn sie mitten in dieser Wohnung auf Zeit ihren Träumen nachhängt, errät man, daß sie ihr nicht einen Augenblick lang nachtrauern wird; von ihr Bedauern zu verlangen wäre, als wolle man, daß sie eine Rose einem Blumenbeet vorziehe, so groß ist ihre Vorstellungskraft und so schön erscheint ihr das, was nachfolgen wird. Es gibt Leute, die die Objekte lieben, die sie besitzen, auch wenn diese gewöhnlich sind. Ein Nippgegenstand, ein Möbel oder ein Buch, Dinge, die für sie jahrelang wie ein Gefährte, ein Zuschauer ihres Lebens waren, sind ihnen lieber als deren Dubletten, und seien diese auch noch so wertvoll. Doch für Madeleine sind das keine Gründe, an den Dingen zu hängen. Was in ihren Augen zählt, sind Raffinesse, Seltenheit und der

Preis. Besäße sie seit ihrer Kindheit einen Ring, den sie nie abgelegt hätte, und bäte man sie, ihn gegen einen andern einzutauschen, würde sie keine Sekunde lang zögern, wenn dieser andere schöner wäre. Keine Sekunde lang dächte sie daran, daß der Ring, der jahrelang ihre Haut berührt hat, vielleicht kostbarer sei als der andere.

11. Januar

Das Häßliche an unserer Natur ist, daß wir mitten im größten Schmerz fähig sind, kaltblütig die nachteiligen Folgen einer Trennung abzuwägen. Vielleicht kommt es daher, daß auch in der größten Verbundenheit jeder ein eigenständiges Wesen bleibt. Es gibt trotz allem Dinge, die nur uns gehören. Da ist die Gesundheit. Da sind die tausend kleinen Unterschiede im Denken, die fortwährend auftauchen und die uns, trotz unserer Bemühungen, mit dem geliebten Menschen zu verschmelzen, ohne unser Wissen das Gefühl des Alleinseins vermitteln. Mitten in der größten Verzweiflung, im tiefsten Schmerz, kann ich mir eine Zigarette anzünden, an eine Verabredung denken, dem Gang meiner Geschäfte nachsinnen, mich an die Essenszeit erinnern. Das ist mein wahres Ich, das ich vernachlässigt habe und das mir seine Existenz wieder in Erinnerung bringt. Und merkwürdigerweise geschieht es bisweilen, daß es plötzlich jenes andere Ich vertreibt, das nur für die andern lebte. Das ist heute eingetreten. Ich begann ruhig an mein zukünftiges Leben zu denken, gerade so, als würde ich einmal nicht unter dem Verlust von Madeleine leiden. Meine Gedanken beschäftigten sich nicht mehr mit meiner Frau, sondern mit dem, was ohne sie aus mir würde. Vor meiner Heirat hatte ich keine feste Beziehung gehabt, und wenn es sich ergab, nahm ich manchmal eine Unbekannte zu mir heim. Das Verlangen war stärker als ich, obwohl ich nach jeder dieser Eskapaden in panische Angst geriet. Die Ärzte wissen aus Erfahrung, daß die Phobie vor einer gewissen Krankheit unglaubliche Formen annehmen kann. Wie oft habe ich sie sagen gehört, daß kerngesunde Leute zu ihnen kämen, weil sie eines «unbedeutenden» oder «eingebildeten Wehwehchens» wegen (ich gebrauche ihre Worte) völlig den Kopf verloren hätten! Ich glich jenen Feiglingen. Während der ganzen Inkubationszeit – und Gott hat gewollt, daß sie lang ist – zitterte ich davor, mir jene Krankheit zugezogen zu haben. Doch kaum war ich außer Gefahr, konnte ich nicht anders, als mich ihr erneut auszusetzen, und gleich darauf packte mich die gleiche schreckliche Angst. Ich muß gestehen, daß die Ehe für mich eine große Erleichterung bedeutete, indem sie mich von jener Phobie befreite. Ich dankte Gott, daß er mich unversehrt bis zu Madeleine geführt hatte, und wenn ich während all der vergangenen Jahre bisweilen an die Ängste zurückdachte, die ich einst ausgestanden hatte, lächelte ich beim Gedanken, daß es damit vorbei war und sie nie mehr wiederkehren würden. Heute ist mir nun aber klar geworden, daß mich wieder die gleichen Gefahren erwarteten, wenn mich Madeleine verließe. Wieder würden mich jene vergessenen Schrecken heimsuchen. Da hatte ich das schmerzliche Gefühl, das

einen überfällt, wenn man glaubt, einem Übel entronnen zu sein, und plötzlich merkt, daß man ihm wieder ausgeliefert ist, genau wie zuvor. Ohne noch an Madeleine und an den Kummer zu denken, den ich empfinden würde, wenn sie nicht mehr da wäre, begann ich zu überlegen, was zu tun sei, um nicht mehr in die entsetzlichen Zustände von einst zu verfallen, und ich tat es ganz nüchtern, als liebte ich Madeleine nicht. Ich schwor mir, mich nur mit Frauen einzulassen, die ich kennen würde und bei denen ich sicher wäre, und ich schwor mir auch, nicht mehr so leichtfertig zu handeln wie in der Vergangenheit; und dann kam mir der noch kläglichere Gedanke, ich könnte mich dieser Art von Verzicht bedienen, um Madeleine zu sagen, daß mich meine Liebe zu ihr immer daran hindern würde, wieder so zu leben wie in meiner Jugend, auch wenn sie mich verlassen sollte. Hätte sie mir in diesem Moment angekündigt, daß sie für immer fortgehe, hätte ich auf der Stelle die wahren Gründe für meine zukünftige Enthaltsamkeit vergessen und ihr mit der größten Aufrichtigkeit versichert, ich wolle mich ihretwegen kasteien und nie wieder würde mich eine Frau in Versuchung führen, da ich die Frau, die ich liebe, verloren habe.
Ich habe also heute beschlossen, mich nicht überraschen zu lassen und in großen Zügen schon das Leben zu umreißen, das ich führen würde, wenn Madeleine fort wäre. Ich sah mich würdig und zurückgezogen leben. Ich fragte mich einen Moment lang, ob ich meine Dienstboten behalten sollte oder ob es nicht besser wäre, neue einzustellen, die mein Unglück nicht miterlebt hatten. Und ich legte mir sogar ein Verhalten zurecht: Ich würde meine Mahlzeiten alleine einnehmen, ich würde

nie ein unfreundliches Wort zu dem Zimmermädchen sagen, selten ausgehen, ungeheuer viel lesen, und auf meinem Gesicht läge immer ein abwesender Ausdruck. Das Seltsamste ist, daß allein die Vorstellung von dieser Haltung mich aufrichtete. Ich bildete mir ein, sie besitze sogar eine gewisse Größe, und ich begann die Freiheit und die Traurigkeit, in denen ich leben würde, zu verklären, ihnen Würde zu verleihen, damit sie sich vorteilhaft von der Gegenwart abhöben. Wenn ich an die Stunde denke, die ich auf solche Weise zugebracht habe, steigt mir die Schamröte ins Gesicht. Man wird mir diesen schwachen Moment jedoch verzeihen, wenn man weiß, wie wenig von diesen Hirngespinsten übrigblieb, als Madeleine zurückkam. Als ich sie anschaute, schwanden all meine lächerlichen Pläne dahin, und plötzlich spürte ich, wie sehr ich sie liebte und wie jämmerlich sich das, was ich mir als meine Zukunft ausgemalt hatte, neben dem Glück ausnahm, das sie mir schenkte. Mir graut vor der Einsamkeit. Ich brauche immer jemanden in meiner Nähe. Ich muß mich hingeben können, und man möge mir verzeihen, wenn das, was ich jetzt schreibe, vielleicht grotesk erscheint, aber wie Madeleine in ihrer Schönheit und Vertrautheit vor mir stand, dachte ich, daß ich als Beweis meiner Zuneigung fähig gewesen wäre, den Gefahren, von denen ich eben gesprochen habe, gegenüberzutreten, wenn sie es verlangt hätte. Ich war ihr wieder ganz ergeben. Ich hatte sogar meine kurze Abschweifung vergessen, denn nichts geht mir so schnell aus dem Sinn wie die Überlegungen, die ich in der Einsamkeit anstelle.

Wo sind die Zeiten, als Madeleine eifersüchtig war auf mich, oder zumindest leicht verletzbar? Ich erinnere mich an folgenden Vorfall, der sich vor gut drei Jahren zugetragen hat. Wir aßen abends in einem Restaurant, als ich, ohne mir etwas dabei zu denken, eine junge Frau anschaute, die eben angekommen war und die Madeleine von ihrem Platz aus nicht sehen konnte. Als die Frau einige Minuten später ihr Gesichtsfeld durchquerte, sagte Madeleine unvermittelt: «Mach, was du willst, wenn ich nicht da bin, aber mach mich nicht lächerlich, wenn ich dich begleite.» Für Madeleine zählt nicht nur, was augenscheinlich ist. Für sie existieren gewisse Dinge, auch wenn sie diese nicht gesehen hat. Sie war fest überzeugt, daß ich die junge Frau bemerkt hatte; sie war sich dessen sogar noch gewisser, als wenn sie einen Blick von mir aufgefangen hätte. Ohne sich um Beweise zu kümmern, warf sie mir mein Verhalten vor, als hätte sie mich auf frischer Tat ertappt. Sie duldete nicht einmal, daß ich mich rechtfertigte, so daß ich mich mit zerknirschter Miene beugte, gerade so, als hätte sie mich tatsächlich gesehen. Nun, heute befand ich mich in einer ähnlichen Situation. Wir begegneten einer hübschen Frau, die ich schon nicht mehr anschaute, als Madeleine ihrer gewahr wurde. Zitternd vor Hoffnung wartete ich auf einen Vorwurf. Doch sie sagte kein Wort, und sie schien nicht einmal zu ahnen, was geschehen war.

23. Januar

Bei einer ersten Begegnung behandelte Madeleine die Leute immer kühl. Ich liebte diese Haltung. Nun hat mir aber heute ein Freund von Sospel einen Besuch abgestattet, und mir schien, Madeleine habe sich ihm gegenüber freundlicher gezeigt, als es sonst ihre Art ist. Da ich schon von Madeleine spreche: Ich habe bemerkt, daß sie weniger großzügig ist als bis anhin. Sie empfindet nicht mehr das Bedürfnis, einzuladen, zu geben. Man könnte meinen, sie sei sich plötzlich des Geldwertes bewußt geworden. Ihre Einstellung zum Leben scheint tiefgründiger geworden zu sein. Sie will nicht länger befehlen, und sie will auch nicht mehr ihrer Schönheit wegen geliebt werden oder die Dinge ihren Wünschen unterordnen. Sie ist besorgt. Sie wird nicht mehr wütend, wenn sie ein Vorhaben wegen Bekannten, die ihr gleichgültig sind, ändern muß. Sie nimmt die kleinen Ärgernisse des täglichen Lebens geduldiger hin, während sie einst über die geringste Unannehmlichkeit irritiert war. Sie gibt nicht länger vor, die besten Jahre ihres Lebens zu verschwenden. Sie sagt von ihren Freundinnen nicht mehr, sie seien Intrigantinnen. Vorher wünschte sie sich immer kostspielige Geschenke, und bevor sie diese erhalten hatte, wünschte sie sich schon andere, noch kostspieligere. Jetzt stellt sie eine Kleinigkeit zufrieden.

Wenn mich die Mutlosigkeit überfällt, kommt es mir vor, als zähle nichts auf dieser Welt, als enden die edelsten wie die häßlichsten Gefühle auf die gleiche Art. Früher rief ich mir in solchen Momenten den Ausspruch in Erinnerung: «Der Tag wird kommen, an dem sich alles ändern wird.» Er fiel mir auch jetzt wieder ein, doch er war nicht länger eine Verheißung, sondern mir schien, als könne er sich augenblicklich verwirklichen, wenn ich es wollte. «Um glücklich zu sein, muß mich das Jetzt und Heute glücklich machen», dachte ich. Ich durfte nichts mehr aufschieben, und folglich mußte mein Glück jetzt gleich beginnen. Zu oft hat mich ein guter Vorsatz während einiger Stunden beflügelt, als daß mir das jetzt noch genügte. Ich kann die schönsten Gelöbnisse machen, etwas fehlt mir trotzdem. Deshalb wollte ich, daß der sehnlichst erwartete Tag heute sei. Ich bin so reizbar, daß ich aufwache, sobald ich etwas Ungewohntes spüre. Ich hätte diese Überlegungen schon seit langem anstellen können, schon lange tun können, was ich heute getan habe, denn es ist so einfach, sich zu sagen, man sei von einer bestimmten Stunde an glücklich. Dennoch empfand ich dank dieses schlichten Entschlusses plötzlich eine unsägliche Erleichterung, als hätte ich endlich den Schlüssel zum Glück gefunden. Heute würde ich also glücklich sein. Bis anhin hatte ich nur darauf gewartet, aber jetzt hatte ich endlich begriffen, daß ich keine Minute länger warten durfte, daß ich, wenn ich glücklich sein wollte, es augenblicklich sein mußte. «Ich bin glücklich, ich bin glücklich», wiederholte ich mir mehrere Male. Doch fast sogleich begann etwas in meinem Kopf,

Verwirrung zu stiften. Es war mein Leben, das sich meinen Gedanken in den Weg stellte. Sosehr ich mir auch einredete, ich sei glücklich, ich dachte dennoch an meine unzähligen Sorgen, an Madeleine, an die Leute um mich herum, die mir lästig sind und die ich doch nicht entbehren kann, an mein Vermögen, das jedes Jahr kleiner wird, an meine Gesundheit, an alles, was ich tun wollte und nicht getan habe und das statt dessen andere getan haben. Und trotz meiner Anstrengung beschlich mich der Gedanke, der Moment sei schlecht gewählt. Doch ich trieb mein Räsonnement noch weiter und überzeugte mich, daß man, um glücklich zu sein, fähig sein müsse, es auch unter den widrigsten Umständen zu sein. Es gab keinen Grund, daß die Unannehmlichkeiten später verschwänden, und wenn ich nicht augenblicklich reagierte, gäbe es immer einen Anlaß, der mich daran hindern würde, so wie auch der Müßiggänger immer eine Entschuldigung für seine Trägheit findet. Ich sagte mir also, daß ich trotz allem mit meinem Los zufrieden sein müsse, da ich sonst mein ganzes Leben lang litte.

Dieser gute Vorsatz dauerte jedoch nur bis zum Mittag. Eine Kleinigkeit, und schon verlor ich etwas von meiner Überzeugung. Sogleich überkam mich eine Art Zorn, ein Zorn gemischt mit Ekel. Ich war also unfähig, mich an die Regeln zu halten. Ich war also dem Wirrwarr meines Denkens ausgeliefert. Ich rief nun irgendeine Katastrophe herbei, die mich ins Leben geschleudert und mich dazu gebracht hätte, all meine Gedanken zu vergessen. Feuer, der Ruin, unverhoffter Reichtum – irgend etwas wäre mir willkommen gewesen, wenn es mich nur von mir selbst abgelenkt hätte, so sehr flößte mir jetzt meine Schwäche Abscheu ein. Ich war also nichts als eine Wetterfahne, die ein einfacher Stimmungswandel wild flattern ließ. Ich konnte mit meiner ganzen Klarsicht, mit meiner ganzen Kraft einen Entschluß fassen, von dessen Notwendigkeit ich so fest überzeugt war, daß ich alles auf den Kopf stellte, um ihn in die Tat umzusetzen, und es genügte ein Tag, es genügten einige Stunden, und alles löste sich in Nichts auf. Nein, das war unmöglich. Es konnte nicht so weitergehen. Ich mußte wollen können. Es ging um mich selbst, um mein Glück, meine Zukunft. Wie litt ich, als ich, nachdem mein Wille geschwunden war, trotzdem wollen wollte! Ich verbrachte schreckliche Minuten der Niedergeschlagenheit. Ich hatte das Gefühl, eine Jammergestalt zu sein, und das Erschreckende war, daß dieses Gefühl, statt mich anzuspornen, mich noch mehr niederdrückte. Ich habe beobachtet, daß die andern gerade in diesen Momenten der Verzweiflung die Kraft finden zu reagieren. Bei mir geschieht genau das Gegenteil. Ich spüre, wie ich mich immer tiefer verstricke. Alles, was ich mir gewünscht habe, erscheint mir als reine Tollheit. Ich finde nicht mehr den Mut, mich zu bewegen, und noch weniger, mich zu verteidigen. Ich werde zu einem erbärmlichen Wrack.

Ich befand mich in dieser Stimmung – wenn man dem so sagen kann –, als Madeleine in mein Arbeitszimmer kam. Ein dunkler Ekel vor dem Leben versetzte mich in eine Art Stumpfsinn. Nichts und niemand interessierte mich. Hätte mich ein Irrer bei der Hand genommen, um mich in einen schlammigen Tümpel zu führen, in dem es von Kröten wimmelte, ich hätte keinen Widerstand geleistet. Ich war nicht einmal fähig zu sprechen, meine Hände zu gebrauchen oder mein Gesicht zu berühren, und doch war ich noch vor kaum einer Stunde auf und ab gegangen und hatte vor Lebenslust und Freude gesprüht beim Gedanken, daß ich endlich das Mittel zum Glücklichsein entdeckt hatte. Während der ganzen Zeit hatte mich trotz meiner vergangenen Erfahrungen nicht der geringste Zweifel beschlichen. Es war wirklich so, als hätte in jener Minute etwas begonnen, das nichts in der Welt hätte zerstören können. Und nun, da ich Madeleine gegenüberstand, war alles verflogen, blieb nichts mehr davon übrig, war ich nur noch der Mann, der ich immer war, als hätte der unbeugsame Wille von vorhin nie existiert. Ich wußte nicht mehr, was ich sagen sollte. Ich war erstaunt, daß Madeleine nichts bemerkte, so sehr hatte ich noch kurz zuvor frohlockt. Daß sie meine Qual nicht einmal erahnte, daß ich für sie der gleiche Mensch blieb, ob ich mich nun selbst haßte oder mich bewunderte, zeigte mir, wie wenig der, der ich in ihren Augen war, es verdiente, geliebt zu werden. Der Mensch, den ich für sie darstellte, stand vor mir, und an ihn dachte ich, als ich ihr auf ihre Mitteilung, sie gehe aus, antwortete: «Wenn du willst, brauchst du nicht mehr zurückzukommen, nie mehr zurückzukommen. Wenn du willst, bist du frei… frei…» Madeleines Gesicht drückte bei diesen Worten ungläubiges Staunen aus. «Aber was hast du denn?» «Ich habe nichts. Ich möchte dir nur sagen, daß du deine Freiheit wiedererlangen kannst, wenn du es wünschst.» Ich hatte bei diesen Worten das Gefühl, mich selbst zu schlagen, mich an mir selbst zu rächen, vom Gewicht des Ekels, den ich vor mir selbst empfand, erdrückt zu werden, und seltsamerweise schien mir gleichzeitig, als entbehre meine Haltung nicht einer gewissen Würde. «Sagst du das im Ernst?» fragte Madeleine. Diese Frage verwirrte mich einen Moment lang. Es gab also zwei Arten, die Dinge zu sagen: ernst oder nicht ernst, und ich hatte die erste Art gewählt. Ohne daß ich mir erklären konnte warum, erschien mir plötzlich alles, was ich eben gesagt hatte, herabgemindert. Wie in einem Traum, in dem unser ganzes Schicksal von einer Antwort abhängt, wurde ich ohne Grund plötzlich vorsichtig. Ich schwieg einige Sekunden lang. Dann sagte ich: «Im vollen Ernst.» «Wirklich! Du sprichst im Ernst?» fragte sie noch einmal. «Ich spreche im Ernst», wiederholte ich. Dabei verspürte ich jäh die gleiche Furcht, wie wenn man die Fragen: «Ist das wahr? Ist das wirklich wahr? Sie behaupten also, daß es wahr ist? Zum letzten Mal, Sie beschwören, daß es wahr ist?» – wenn man diese Fragen also immer bejaht, gleichzeitig aber vage wer weiß welche Konsequenzen befürchtet. Plötzlich spürte ich, daß es nicht mehr genügte, nur zu antworten, daß dies den Anschein erweckt hätte, als ob ich aus einer Laune heraus gehandelt habe, und so fügte ich hinzu: «Ich wiederhole dir, meine liebe Madeleine, daß du frei bist, wenn du es möchtest. Ich spüre genau, daß du mit mir nicht glücklich bist, daß dir meine Gegenwart unerträglich ist. Ich weiß genau, daß du für anderes geschaffen bist. Ich habe jetzt meinen Entschluß gefaßt. Ich will deinem Glück nicht länger im Wege stehen. Ich möchte dir sagen, daß du frei bist und daß ich dich nicht daran hindern werde, nach Belieben über dein Schicksal zu bestimmen, wenn du das willst.» Ich war überzeugt, daß sich Madeleine freute, mich so sprechen zu hören, und dennoch fuhr ich fort. Doch wie groß war mein Erstaunen, als ich feststellte, daß meine Worte sie in tiefe Traurigkeit versetzten! Sie, die bis zum heutigen Tag nur eines zu ersehnen schien, ihre Freiheit nämlich, fürchtete sich jetzt davor. Je länger ich auf meinem Angebot beharrte, desto gebieterischer tat ich es (es passiert mir in Diskussionen fortwährend, daß ich das Gesagte zurücknehme, so daß ich am Schluß Dinge behaupte, die ich vorher nur angedeutet habe). War mein Ton zu Beginn noch flehend gewesen, so verwandelte er sich jetzt angesichts ihrer Verwirrung geradezu in einen Befehl, und ich sagte ihr, mein Entschluß stehe fest und sei unwiderruflich. Ich tat, als bemerke ich nicht, welche Wirkung meine Worte auf Madeleine hatten. Sie fragte nicht mehr, ob ich im Ernst spreche. An ihrem Gesichtsausdruck erkannte ich, daß sie Angst hatte vor dem Unbekannten, daß sie schrecklich litt bei dem Gedanken, ich wolle nichts mehr von ihr wissen und sie werde ganz allein sein auf dieser Welt. Trotzdem fuhr ich ohne das leiseste Schuldgefühl fort. Daß sie meinetwegen litt, brachte mir Erleichterung. Als ich sie ansah, erriet ich, wie schwach sie war. Oh nein! Nicht die Angst, mich zu verlieren, versetzte sie in diesen Zustand, sondern die Furcht, allein und schutzlos zu sein und mit wenig Geld dazustehen. Denn Madeleine hat eine kaum vorstellbare Angst vor allem, was unergründlich oder unvorhersehbar ist. Der Gedanke, einem andern Mann als mir anzugehören, ist ihr unerträglich. Sie liebt mich nicht, aber sie wäre außerstande, mich zu betrügen. Und erbarmungslos wiederholte ich ihr immer wieder, daß wir uns trennen müßten. Madeleine antwortete nicht, während ich sprach, und sie schien mich nicht einmal zu hören. Doch allmählich verzerrten sich ihre Züge. Ich las auf ihrem Gesicht alles, was sie dachte. Mit dem Entsetzen eines Kindes, das man mitten in der Nacht im Stich läßt, dachte die Unglückliche, daß niemand sie mehr beschützen würde, daß von allen Seiten Männer auf sie zukommen und sie zur Flucht zwingen würden, und sie stellte sich vor, wie sie ihnen im gleichen Moment, in dem sie erschöpft zu Boden fiele, ausgeliefert wäre. Ich fühlte, daß sie verzweifelt bei mir Zuflucht suchte. Ihre Augen nahmen einen flehenden Ausdruck an. Sie ist so zart und fein, daß der Gedanken es mit dem Unbekannten, mit der Menge aufnehmen zu müssen, sie völlig aus der Fassung bringt. Wie manches Mal hörte ich sie sagen, daß Unbekannte sie anekeln, und seien sie auch schön und jung! Mich zu verlieren, würde für Madeleine, die keine Freunde hat, bedeuten, alles zu verlieren, was sie mit dem Leben verbindet. Dennoch fuhr ich grausam fort, ihr zu befehlen, sie müsse mich verlassen und ein neues Leben beginnen, und ich tat es mit jener Zuversicht, die uns eigen ist, wenn wir wissen, das uns niemand beim Wort nehmen kann. Während ich sprach, ließ Madeleine sich plötzlich in einen Sessel fallen und stammelte: «Wie böse du doch bist!… Wie böse du doch bist!…» Es ist immer einfach, im nachhinein, wenn man sich selbst beurteilt, zu sagen: «Ich hätte dieses oder jenes tun sollen.» Doch im betreffenden Moment und ohne Distanz zum Geschehen sieht man nichts. Ich habe das oft im Theater beobachtet. In einer Szene, in der ein Mann grausam handelte, konnte ich mich aufrichtig empören. Und doch war ich vielleicht jetzt noch schuldiger als jene Figur, da ich hart war und gleichzeitig dachte, ich wäre es an der Stelle eines andern nicht gewesen. Ich hatte gleichwohl eine Entschuldigung, die nur ich allein kannte und von der die Zuschauer nichts wußten, eine Entschuldigung, die mir erlaubte, noch hundertmal grausamer zu sein. Diese Entschuldigung war, daß ich wußte, bei einem wirklich großen Schmerz würde meine Bosheit verschwinden. Ich hatte das Gefühl, daß es in meiner Macht stand, dem Leiden Madeleines von einem Moment auf den andern ein Ende zu setzen. Doch heute, vielleicht wegen des tiefen Ekels, den ich vor mir empfand, schien mir immer, der Augenblick sei noch nicht gekommen, Madeleine leide noch nicht genug, es sei in einigen Minuten noch früh genug. Zum ersten Mal hatte ich jedoch im tiefsten Innern Angst, das Maß überschritten zu haben. Das ist mir noch nie passiert. Ich stelle mir vor, wie schrecklich es für einen Mann sein muß, der mit dem gleichen Hintergedanken eine Frau malträtiert, wenn er den Moment überschritten hat, in dem er hätte aufhören müssen, und seine Frau sich plötzlich zu einem Fenster hinaus stürzt und sich tötet. Er quälte sie mit der Gewißheit, daß er im richtigen Moment aufhören, ihr Verzeihen erlangen und sie danach glücklich machen würde, und nun wird er es eines Irrtums wegen nie mehr tun können. Sein ganzes Leben lang wird er sich Vorwürfe machen, den Tod des am meisten geliebten Wesens verursacht zu haben. Heute, ich weiß nicht warum, schien mir der Moment noch nicht gekommen. Madeleine konnte noch so bedrückt sein, konnte noch so große Angst haben beim Gedanken, mich zu verlieren, ich empfand gleichwohl nicht das Bedürfnis, sie zu beruhigen. Ich fuhr im Gegenteil fort, auf sie einzureden, und ging sogar so weit, ihr zu sagen, zwischen uns sei alles aus, ich habe genug ertragen und ich stürbe lieber, als meine Worte zurückzunehmen. Plötzlich brach Madeleine in Tränen aus. Eine Sekunde lang hatte ich den Eindruck, die Entschuldigung, die ich mir fabriziert hatte, sei hinfällig geworden und ich sollte einlenken, wie ich es sonst jeweils tat. Etwas Schlechtes in mir hinderte mich jedoch daran. Mir schien, als genüge das alles noch nicht, als müsse ich weitermachen, und dies um so mehr, als die Fenster geschlossen waren, ich in Madeleines Nähe war und sie jeden Augenblick in meine Arme schließen konnte. Sie weinte, bat mich jedoch nicht um Verzeihung. Dieser Stolz machte mich rasend. «Ich werde weitermachen», dachte ich, «bis du mich anflehst, dich zu behalten.» In diesem Augenblick schaute sie mich mit so demütigen Augen an, daß ich ihre inständige Bitte spürte, sie in Frieden zu lassen. Doch das rührte mich nicht. Ich hatte jetzt deutlich den Eindruck, daß ich, was immer geschähe, nicht würde aufhören können. All das Häßliche, das im Grunde meiner Seele schlummern mag, hatte die Oberhand gewonnen. In meinem Zorn gegen mich selbst empfand ich wohl einen gewissen Trost, so zu handeln. Ich wollte es zu Ende führen, um zu sehen, was geschehen würde, und sollte ich dabei auch alles verlieren. Mein Wille trieb mich in diesem Moment hin zum Schlechten in mir. So wie er mich vorhin in die Gefilde des Glücks erhoben hatte, hielt er jetzt meinen Zorn aufrecht. Zu oft hatte ich aufgegeben. Das war jetzt vorbei. Ich empfand eine tiefe Befriedigung, mich meinen Instinkten zu überlassen. Mir schien, ein neues Leben begänne, ich würde aus meiner Haut schlüpfen und ein anderer werden, wenn ich nur die Kraft hätte weiterzumachen, die Kraft, mit gleichbleibender Energie eine einzige Sache zu wollen, mochte diese auch häßlich sein.

25. Januar

Letzte Nacht schlief ich in meinem Arbeitszimmer, wo ich mir das Bett hatte herrichten lassen. Zum ersten Mal habe ich auf meinem Standpunkt beharrt. Gestern, am Schluß der Szene, als ich mich gerade fragte, ob ich nicht zu weit gegangen sei, faßte sich Madeleine unvermittelt wieder. Innerhalb einer Sekunde hörte sie auf zu schluchzen. Ich habe diese Fähigkeit meiner Frau, abrupt mit Weinen innezuhalten, schon wiederholt beobachtet. Sie erhob sich, und als sie an mir vorbeiging – nicht stolz oder mit einem rachsüchtigen Ausdruck, sondern so, als sei nicht ich der Urheber ihres Kummers, als sei alles aus zwischen uns –, war ihr Gesicht unter den Tränen gefaßt. Sie begab sich in ihren Waschraum, und ich erriet am Geräusch, das etwas macht, wenn man es auf die Glasplatte oberhalb des Waschbeckens stellt, daß sie ihr Gesicht wieder herrichtete. Das schürte meinen Zorn nur noch mehr. Wütend ging ich wieder in mein Arbeitszimmer. Ich wollte sie nicht mehr sehen und ging ihr sorgfältig aus dem Weg. Doch in der Nacht, als ich auf meinem Liegesofa vor mich hin dämmerte und mich allmählich beruhigte, wurde mir plötzlich bewußt, daß ich ungerecht gewesen war. Gewissensbisse packten mich. Einen Augenblick lang erwog ich, zu ihr zu gehen und sie um Verzeihung zu bitten, aber das Gefühl, daß sie nicht empfänglich sein werde für meine Reue, ließ mich bewegungslos liegenbleiben. Wenn man Madeleine nach einem Streit nicht auf der Stelle um Verzeihung bittet, hat man nachher einen Menschen vor sich, der sich nicht einmal mehr auf den Kummer zu besinnen scheint, den man ihm bereitet hat, einen Menschen aus Stein, der allem, was von außen kommt, gleichgültig gegenübersteht. Diese hinterhältige Art, Krieg zu führen, ist mir so unerträglich, daß ich am Morgen beschloß, an ihre Zimmertür zu klopfen. Kaum stand sie vor mir, fragte ich sie: «Madeleine, hast du vergessen?» Als sie antwortete, lag zu meinem großen Erstaunen keine Härte, sondern eher Traurigkeit in ihrer Stimme: «Ich habe die ganze Nacht nachgedacht, Louis. Ich begreife jetzt, daß du recht hast. Irgendwann hätten wir den Entschluß sowieso fassen müssen. Warum es nicht gleich tun. Wir werden uns scheiden lassen. Du wirst deine Freiheit wiedererlangen und ich die meine.» Diese Worte, die sie mit sanfter Stimme gesprochen hatte, wie nach langem Überlegen, ließen mich erzittern. Denn wenn Madeleine mich fürchtet, wenn ich in Zorn gerate, fürchte ich sie, wenn sie ruhig ist. «Hast du denn nicht verstanden, daß das alles gar nicht ernst gemeint war?» «Vielleicht, aber es ist trotzdem die Wahrheit.» Madeleine wunderte sich erstaunlicherweise nicht, daß ich behaupten konnte, die gestrigen Schreie seien ein Scherz gewesen. Wie ich schon angedeutet habe, mißt sie meinen Worten nicht die geringste Bedeutung bei. Keine Sekunde lang kam ihr der Gedanke, mir meine Härte vorzuwerfen. Für sie zählen die Folgen der Dinge, nicht deren Ursachen. Was kümmerten sie meine Erklärungen, da ja doch alles beim alten blieb! «Louis, wir müssen uns trennen, das ist die vernünftigste Lösung.» Mit keinem Wort erwähnte sie, was geschehen war. Es existierte übrigens für sie auch gar nicht mehr, und ich fühlte das so deutlich, daß ich plötzlich nicht mehr den geringsten Wunsch verspürte, sie um Verzeihung zu bitten. Sie hätte bestimmt nicht verstanden, warum ich es getan hätte, und hätte gemeint, ich mache ihr etwas vor. Und doch gehöre ich zu jenen Männern, die ihre Fehler gern bereuen und gern Bedauern zeigen, um hernach neu aufzuleben. Jedes Mal, wenn ich mit Madeleine dieser Neigung nachgeben wollte, hinderte mich ihre Kälte daran. Sie versteht nicht, nach welch reiner Freude ich strebe. Nur schon der Ansatz eines solchen Versuchs erfüllt sie mit Entsetzen, als wäre ich ein Ungeheuer. Doch das alles ist nichts. Erschreckend ist vielmehr, daß ich keinerlei Mittel mehr habe, sie zurückzuhalten, da mein Herz machtlos ist. Ich konnte allenfalls über ihre Worte hinweggehen und sie mit Gewalt halten. Doch mit welchem Erstaunen hätte sie den Mann betrachtet, der ihr am Tag zuvor befohlen hatte zu gehen, um heute seine Worte zurückzunehmen! Sie hätte mich bestimmt einen Irren geheißen. Ich setzte mich jedoch darüber hinweg und sagte: «Ich will nicht, daß du gehst. Ich liebe dich zu sehr, um dich gehen zu lassen.» Entgegen meiner Erwartung zeigte sie keine Überraschung. «Da du es doch selbst so willst!» Madeleine kam nicht der Gedanke, ich könnte nicht mehr wollen, was ich zuvor gewollt hatte. War ihr verblüffter Blick vorher ausgeblieben, so würde er mich zweifellos jetzt gleich treffen. «Aber ich habe meine Meinung geändert!» Ich hatte mich nicht getäuscht. Kaum hatte ich die Worte ausgesprochen, als Madeleine einen erstaunten Ausdruck annahm, wenn auch weniger erstaunt als erwartet. Es war deutlich, daß sie beschlossen hatte, mich nicht zu verstehen, und daß sie bei ihren nächtlichen Überlegungen zum Schluß gelangt war, sie würde tun, was ihr beliebe, ohne Rücksicht auf mich zu nehmen. Es ist schmerzlich, in solchen Situationen sehen zu müssen, wie unser Gegner das Großzügige in uns verkennt, und zwar einzig deshalb, um nicht von Skrupeln aufgehalten zu werden. Ich war frei, zu sagen oder zu denken, was ich wollte; nichts war mehr von Bedeutung. Ein Entschluß war gefaßt, und er blieb bestehen, was immer ich auch tat. Madeleine dachte wohl, man käme nie zu einem Ende, wenn man mir zuhörte, und man dürfe meine verdrehten Äußerungen nicht länger diskutieren, wenn man zu einem Ergebnis gelangen wollte. Ich war beklommen und wußte nicht, wie ich meiner Person wieder ein bißchen Würde verleihen sollte. «Es ist besser, wir machen sofort Schluß», fuhr sie fort, «wie es ja übrigens dein Wunsch ist.» «Aber es ist gar nicht mehr mein Wunsch.» Ich wußte nicht, mit welchem Argument ich sie erweichen sollte. Wenn ich bis anhin meine Worte widerrufen hatte, hatte ich es jeweils mit den Allüren eines jungen Mannes getan, der soviel Anmut in seinen Meinungsumschwung legt, daß er sich alles erlauben kann. Doch ich spürte, daß dieses Mal eine solche Kinderei nicht verfangen würde. Plötzlich sagte ich grob: «Du wirst mir gehorchen. Wenn ich nicht will, daß du gehst, wirst du auch nicht gehen.» Diese Worte machten auf Madeleine keinerlei Eindruck. «Werd doch nicht böse», sagte sie nur, «du hast es ja so gewollt.» Für sie, die sich gewöhnlich so wenig um meine Worte kümmert, schien das, was ich gesagt hatte, endgültig zu sein. Gereizt wies ich sie darauf hin: «Aber überhaupt nicht!» Eine lange Diskussion folgte, während der ich versuchte, ihr das Geständnis zu entlocken, daß sie meine Drohungen nie ernst genommen habe und daß, wenn sie es jetzt tat, sie im Grunde den Wunsch hege, mich zu verlassen. Diese Unterstellung machte sie ihrerseits wütend. «Hast du oder habe ich zuerst von dieser Trennung gesprochen?» fragte sie schroff. Ich antwortete, sie sei es gewesen, so unsinnig das scheinen mag. Denn ich habe die Eigenheit, die Wahrheit zu leugnen, wenn ich mich im Beisein einer Frau als der Stärkere fühle. «Wie das, ich?» sagte sie völlig verdutzt. «Aber ja, du warst es.» Ich hoffte, ihr damit ein Lächeln zu entlocken, wie es sonst immer geschah, ein Lächeln, mit dem sie mir sagte: «Du bist ein Ungeheuer an Unbedachtsamkeit!» Das hätte mich erleichtert, da in solchen Feststellungen immer etwas von Verliebtheit steckt. Ich hatte Madeleine oft auf diese Art entwaffnet, denn wenn ich so offensichtlich unaufrichtig war, merkte sie, daß sie die Schwächere war, weil sie mich nicht zur Vernunft bringen konnte, und das genügte, um ihre Zuneigung neu zu entfachen. An diesem Tag aber rief meine Unaufrichtigkeit keine Bemerkung hervor, die uns hätte versöhnen können. Und doch spürte ich, daß Madeleine eine solche auf der Zunge lag, die auszusprechen sie sich eben darum hütete, weil sie eine Annäherung erlaubt hätte. So wie sie mich nicht «Liebling» nannte, wenn sie schmollte, nannte sie mich auch jetzt nicht ein Ungeheuer. «Was!» wiederholte sie, «du hast die Kühnheit zu behaupten, ich hätte zuerst gesagt, ich wolle meine Freiheit wieder?» Denn von allen Ungerechtigkeiten verletzt sie vielleicht die Unaufrichtigkeit am meisten. Diese mag noch so offensichtlich sein, Madeleine empört sich, als würde nur sie sie bemerken. Doch während es früher nie lange gedauert hatte, bis sie über ihren Eifer lächelte, mit dem sie die Wahrheit verteidigte, wollte sie es diesmal nicht auf sich beruhen lassen. «Das wagst du zu behaupten?» «Ich wage es», antwortete ich, in der Hoffnung, die Unwahrscheinlichkeit dieser Antwort würde sie entwaffnen. In diesem Moment zeigte sie mir, wie sehr ich mich irrte. «Nun, mein Lieber, das war das letzte Mal, daß du dich auf meine Kosten amüsiert hast.» Bei dieser Feststellung erstarrte ich. Daß meine Unaufrichtigkeit so wenig Wirkung zeitigte, ließ keinen Zweifel zu: Madeleines nächtliche Entscheidungen hatten den Widrigkeiten eines langen Tages standgehalten. Einen Moment lang blieb ich stumm. Dann sagte ich, als Eingeständnis, daß ich im Unrecht sei: «Du hast recht, Madeleine. In der Tat, ich bin es, der als erster davon gesprochen hat. Verzeih mir. Ich habe dir eine Art Falle gestellt. Ich wollte wissen, was du sagen würdest, wenn ich dir einen solchen Vorschlag machte.» Bevor sie mir antwortete, schaute sie mich einen Augenblick lang erstaunt an: «Dann bist du ein niederträchtiger Schauspieler!» Kaum hatte sie mich mit diesem ungeschickten Schimpfwort bedacht, durchflutete mich ein süßes Wohlgefühl. Ich wußte jetzt, daß ihr Zorn bald verebben würde. Ich konnte jedoch nicht umhin, sie zum Äußersten zu treiben. «Nein, ich bin kein niederträchtiger Schauspieler!» «Du bist sogar noch schlimmer als das. Ich glaube, keine Frau würde einen Mann wie dich ertragen.» Ich verbarg meine Freude hinter einer zerknirschten Miene. Undeutlich spürte ich, daß ich wieder zum Stärkeren wurde. Ich hegte die Hoffnung, sie möge mich noch mehr beschimpfen, sich noch mehr ereifern, noch heftiger werden. Sie ging in Erfüllung. Während Madeleine sprach und mir vorwarf, eine solche Komödie gespielt zu haben, war sie immer weniger fähig, eine Scheidung ins Auge zu fassen. Was ich mehr als alles andere fürchte, ist die Kälte, die einen reiflich überlegten Entschluß verbirgt. Eine solche Lebhaftigkeit, eine solche Erregung aber versetzte mich in einen Freudentaumel. Ich sah darin nicht etwa einen Ausdruck von Liebe; doch je mehr sich Madeleine ereifert, desto schwächer wird sie. Sie erhebt die Stimme, verkrampft sich und beginnt schließlich zu weinen. Wie ich es erwartet hatte, brach sie plötzlich in Tränen aus. Sanft näherte ich mich ihr. Sie stieß mich kraftlos zurück. Dieses Schluchzen verdrängt jedes Rachebedürfnis. In ihr entsteht so etwas wie Gefügigkeit dem Mann gegenüber, vor dessen Augen sie sich hat gehen lassen. Sie, die so stolz ist und die unfähig wäre, vor einem Bruder zu weinen, scheint zu denken, daß ich für sie etwas anderes bin als ein Bruder, da sie es vor mir getan hat. Plötzlich war ich ihr Mann geworden. Und am Tag, an dem sie mich verlassen wird, wird bestimmt keine Träne ihr Auge netzen, wird sie ihre Ruhe bewahren und sich bis zum Schluß in der Gewalt haben.

26. Januar

Seit gestern spricht Madeleine kaum noch mit mir. Nicht etwa, daß sie mir grollen würde, aber ich merke genau, daß sie keinerlei Verlangen verspürt, es zu tun. Gleich nach dem Mittagessen geht sie aus dem Haus und kehrt erst am Abend wieder. Und es ist seltsam: Ich sehe nicht mehr wie vorher die Notwendigkeit, als erster einzulenken. Ich warte, bis sie ihr Verhalten ändert, ohne daß ich irgendwelche Versuche unternähme, dem nachzuhelfen. Dabei liegt das Unrecht bei mir. Ich erinnere mich ganz genau, was passiert ist. Ich bin die Ursache von allem, und das verüble ich ihr. Eine solche Unbesonnenheit ist bei mir nichts Außergewöhnliches. Schon immer war da eine Art Eigenliebe in mir, die mich daran hinderte, meine Fehler zuzugeben. Wenn ich mich schuldig fühlte, stand ich nicht etwa dazu, sondern versteifte mich vielmehr darauf, bei den andern schlimmere Fehler zu entdecken. Daß Madeleine in verschiedenen Punkten recht hatte, war mir völlig gleichgültig. Sie hatte trotzdem unrecht. Wie oft hatte ich, wenn ich angesichts der Tatsachen hatte anerkennen müssen, daß mich meine Einbildung getäuscht hatte, plötzlich etwas anderes vorgeschoben und all meine vorigen Argumente zugunsten von neuen aufgegeben! Madeleine merkte nie, daß ich nur einen Vorwand für meine schlechte Laune suchte, und sie rechtfertigte sich mit dem gleichen Feuereifer für den zweiten Vorwurf. Wenn auch dieser zweite Vorwurf sich als nichtig erwies und ich zu einem dritten griff, kam ihr nie der Gedanke, mich anzuschreien: «Was willst du denn eigentlich von mir?», wie ich das getan hätte. Ganze Abende lang hörte sie sich all meine Extravaganzen an und diskutierte sie bis ins kleinste Detail, so daß ich, der Sache überdrüssig, ihr schließlich zugestand, sie sei vollkommen. Nachdem ich ihr zwanzig Sachen vorgeworfen hatte, deren Unsinnigkeit sie mir nacheinander vor Augen geführt hatte, antwortete sie mir: «Aber nein, ich bin nicht vollkommen, es ist nur so, daß du dich täuschst.» Sie gestand ein, nicht vollkommen zu sein, aber immer täuschte ich mich.

Ich habe plötzlich erkannt, daß der Grund meines Jähzorns dieser letzten Tage darin liegt, daß Madeleine daran gedacht hat, wegzugehen, daß meine Worte, statt sie nachdenklich zu stimmen, sie dazu gebracht haben, eine Trennung als reale Möglichkeit in Betracht zu ziehen. Das ist es, was mich ohne ihr Wissen seit einer Woche quält und womit ich mich nicht abfinden kann. Ich spüre eine dumpfe Wut darüber, daß sie sich gegen meinen Großmut nicht aufgelehnt hat. Doch ich bin ungerecht, denn im Grunde hatte sie recht. Wie kann ein Mann, der, nicht ohne die Konsequenzen seiner Entscheidung vorher abgewogen zu haben, eine Frau anfleht, in ihrem eigenen Interesse die Freiheit wiederzuerlangen, die er ihr genommen hat, der aber davor zittert, sie könnte nicht ablehnen, so sehr ist er überzeugt, daß sie erst glücklich sein wird, wenn sie einmal allein sein wird – wie kann der gleiche Mann dieser Frau übelnehmen, daß sie seinen Bitten nachgegeben hat? Meine Inbrunst, mein verkrampfter Ausdruck, als ich ihr zu gehorchen befahl, haben bewirkt, daß meine Frau eingewilligt hat. Und heute werfe ich ihr vor, allem, um was ich sie aus Liebe gebeten hatte, zugestimmt zu haben. Ich verdiene eine solche Frau nicht. Ein Mann wie ich ist dafür geschaffen, allein zu leben, ohne Zuneigung, ohne Freunde. Obschon Gott allein weiß, wie sehr mein Herz danach lechzt zu lieben. Ich bin ungerecht. Im Grunde weiß ich gar nicht, was ich will. Mit ganzer Kraft wünsche ich mir Madeleines Glück, sollte ich auch davon ausgeschlossen sein, und während ich das wünsche, mit meiner ganzen Kraft, mit allen Kräften, die ich in mir finden kann, verzeihe ich ihr gleichzeitig nicht, daß sie auf meinen Vorschlag eingegangen ist.

Ich habe heute beschlossen, daß Madeleine tun wird, was ihr gefällt. Ich will keine Kette für sie sein. Soll sie glücklich werden! Ich stelle ihr Glück über das meine, und sollte ich sie auch verlieren. Da sie mich nicht liebt, da sie in meiner Gesellschaft leidet – soll sie ihr Leben anderswo leben! Dieses Mal werde ich mich nicht überraschen lassen von den egoistischen Gefühlen, die folgen könnten. Ich werde mich gegen sie wehren, mein Leben neu einrichten. Ich werde aus der Einsamkeit und dem Verzicht neue Kräfte schöpfen. So habe ich denn Madeleine beim Mittagessen meine Absicht eröffnet. Ich teilte ihr mit, daß es nach reiflicher Überlegung besser sei, wenn wir uns trennten; dabei empfand ich jedoch eine gewisse Befangenheit, da sie bei der Erinnerung an das, was vor einigen Tagen auf den gleichen Diskurs gefolgt war, sehr gut hätte in Lachen ausbrechen können. Nichts dergleichen geschah. Madeleine mißt den krassesten Widersprüchen nicht die geringste Bedeutung bei. Ich könnte behaupten, ich hasse Austern, und kurz darauf welche bestellen, sie würde nichts bemerken. Letzte Woche hatte ich ihr vorgeworfen, sie wolle mich verlassen, nachdem ich sie darum gebeten hatte, und heute fange ich damit von vorne an. Doch für Madeleine beginnt das Leben jeden Tag neu. Die Vergangenheit existiert nicht. Es war, als gebe ich ihr zum ersten Mal ihre Freiheit zurück. Dennoch hatte ich das Gefühl, sie hege Argwohn; nicht aus Vorsicht etwa, sondern ganz instinktiv. Ihre Erinnerungen waren ausgeschaltet. Allein der Eindruck, den die letzte Szene bei ihr hinterlassen hatte, hielt ihre Wachsamkeit aufrecht. Etwas, das nichts mit Erfahrung zu tun hatte, hinderte sie daran, meine Worte ernst zu nehmen. Als sie nach dem Essen ausging, empfand ich eine gewisse Freude. Ich hatte gesehen, wie groß meine Macht über sie war, und genau da beginnt meine Ungerechtigkeit wieder. Denn während es vor einigen Tagen, als ich ihre Freiheit zum ersten Mal erwähnt hatte, zu einem Drama gekommen war, hatte sich diesmal die gleiche Szene abgespielt, als handle es sich um etwas ganz Normales, dem man keine Beachtung mehr schenkt. Offensichtlich ist es das Los all meiner Gedanken, so zu enden. Am Anfang bringen sie Madeleine völlig aus der Fassung, und dann spricht sie von ihnen wie von bedeutungslosen Dingen. Sie scheint zu glauben, es sei eine Manie von mir, mich zu wiederholen. Was ihr beim ersten Mal Tränen entlockt hat, läßt sie beim zweiten Mal kalt. Da ertappte ich mich dabei, wie ich nach etwas Neuem suchte, um sie zu rühren. Denn wenn sie mich so leichtfertig als Sonderling bezeichnet, geschieht das infolge der Macht, die ich ohne ihr Wissen über sie ausübe. Ja, sobald sie weg war, dachte ich daran, etwas Neues zu finden. Daß ich ihr ihre Freiheit zurückgab, machte ihr überhaupt keinen Eindruck mehr. Doch plötzlich wurde mir klar, daß ich noch weiter entfernt war von ihr als zuvor, daß ich so oft geredet, mir widersprochen und unbedacht gehandelt hatte, daß sie mich für einen Kranken hielt. Ich begriff, daß ich sie verlieren würde, daß mein Glück nicht einmal mehr von mir selbst abhing, daß all meine Bemühungen nutzlos waren. Sie billigte mir nicht mehr die geringste Glaubwürdigkeit zu, und das entmutigte mich vollends. All meine Gedanken erschienen mir lächerlich. Ich wußte nicht mehr, wie ich Madeleine zurückhalten sollte. Was ich beim Mittagessen gesagt habe, hat sie nur noch in ihrer Gewißheit bestärkt, daß es unmöglich sei, mit mir zusammenzuleben. Ich hätte freundlich sein wollen, um sie all das vergessen zu lassen. Aber es braucht Zeit, um freundlich zu sein, um Verzeihung zu erlangen. Mein Herz floß über vor Zärtlichkeit, und ich hatte keine Zeit, es ihr zu zeigen. Wenn ich mich plötzlich geändert hätte, hätte sich das nur gegen mich gerichtet. Ich mußte den verlorenen Boden Schritt um Schritt zurückerobern, ohne daß Madeleine es bemerkte. Und eine schreckliche Angst überkam mich, mir könnte diese Zeit fehlen. Denn ich wollte langsam vorgehen. Im Grunde ist mein Verderben die Eile, die Eile, meine Gefühle zu zeigen, die Eile, zu gefallen, geliebt zu werden, zu lieben. Ich will alles sofort tun. Und dabei hätte es gerade jetzt viel Zartheit und Umsicht gebraucht.

29. Januar

Haben Sie schon bemerkt, wie sehr eine gute Nachricht einen von dem entfernt, was man vorher war? In meiner gegenwärtigen Unruhe habe ich mich dabei überrascht, wie ich mit ganzer Kraft ein glückliches Ereignis herbeiwünschte, das den gebrochenen Mann, der ich bin, auslöschen würde. Ich hätte es seit Monaten erwartet, dieses Ereignis, und heute träte es ein. Welche Erlösung!

1. Februar

Heute morgen habe ich, wie schon seit mehreren Tagen, Madeleine lange bedrängt, ihre Freiheit wiederzuerlangen; ich tat es bald mit einer Duldermiene, bald mit herrischer Stimme, aber immer mit der Drohung im Blick, mich zu erzürnen, falls sie mich beim Wort nähme. Ich ließ nicht locker, genau wie jene eifersüchtigen Ehemänner, die ihrer Frau noch Jahre später einen unschuldigen Flirt vorwerfen. Da richtete sich Madeleine unvermittelt auf, schaute mir geradewegs in die Augen und sagte ohne zu zittern: «Hör zu Louis, ich möchte dir etwas gestehen. Was ich dir sagen werde, hat nichts mit deinen ewigen Drohungen zu tun. Glaube nicht, ich habe diesen Entschluß des Kummers wegen gefaßt, den du mir jeden Tag bereitest. Ich vergesse alles, was du mir angetan hast, und vergiß es auch du. Was ich dir sagen möchte, muß ich außerhalb dieser schäbigen Szenen tun können. Ich liebe jemanden. Bis jetzt habe ich mich gefragt, ob ich mit diesem andern ein neues Leben beginnen solle. Nach langem Nachdenken und ohne daß deine Art zu handeln mich auch nur eine Sekunde lang beeinflußt hätte, habe ich heute beschlossen, dich zu bitten, mir meine Freiheit wiederzugeben.» Mit einem Schlag löste sich auf, was unser Leben gewesen war. Alles, was ich ihr Tag für Tag wiederholt hatte, schien mir kindisch und ohne Menschlichkeit, wie eine Zurechtweisung, wenn sie uns ungerechtfertigt vorkommt. Nicht mehr mich selbst hielt ich für grausam, sondern Madeleine. Ich starrte sie auf eine Weise an, die ihr die Gewichtigkeit ihres Vorhabens zeigen sollte, das heißt mit einem flehenden, ungläubigen und gleichzeitig fragenden Ausdruck. «Das ist nicht möglich», stieß ich mühsam hervor. «Aber ja doch, mein armer Freund.» Kein Vorwurf kam über ihre Lippen, und sie entschuldigte ihren Entscheid auch nicht mit meiner vorherigen Haltung. Eine Minute zuvor hatte ich ihr noch erbarmungslos zugesetzt; sie erwähnte es mit keinem Wort. Ich hätte der liebevollste Ehemann sein können, sie hätte nicht anders mit mir gesprochen. Ich begriff, daß für sie das, was sie mir mitgeteilt hatte, außerhalb dessen lag, was zwischen uns vorging, und daß sie zu ehrlich war, um meine Bosheit als Vorwand zu benutzen. Weil sie für sich selbst einstand, sprach sie mit mir genau so, als hätte uns nie der geringste Streit getrennt. Sie bemitleidete mich, wenn sie mich ihren «armen Freund» nannte. Sie bemitleidete mich, und das zeigte mir, wie sehr alles, was ich gesagt haben mochte, an ihr abgeglitten war. Während ich litt, überfiel mich gleichzeitig eine Art Ekel bei der Erinnerung an alles, was ich getan hatte. Meine Heftigkeit war auf keinen Widerstand gestoßen. Es gibt etwas, auf das ich immer großen Wert gelegt habe, und das ist die Glaubwürdigkeit. Ich habe immer davon geträumt, Vertrauen einzuflößen. Ich habe immer von einem Leben geträumt, das so rechtschaffen wäre, daß meine Worte Gewicht hätten, wenn ich spräche, und daß dies auch für meine Taten gelte. Nun habe ich aber aufgrund meiner Dummheit, aufgrund wer weiß welcher Lücke in meinem Verstand, diese Glaubwürdigkeit immer wieder zunichte gemacht. Ich kann im vollsten Ernst sagen, was ich denke, man glaubt mir doch nicht; und mag ich auch schwören – es ist vorbei, das Vertrauen ist verwirkt. Und ich bleibe zurück mit meinem aufrichtigen Herzen, mit meinem Unvermögen, mich verständlich zu machen. Indem Madeleine mich ihren armen Freund nannte, zeigte sie mir plötzlich, wie groß meine Unfähigkeit war, sie zu halten. Meine Zärtlichkeit, meine Liebe selbst hatte ihre Glaubwürdigkeit verloren. Ich konnte mich ihr zu Füßen werfen, es nützte nichts; zu viele Dinge auf meinem Weg sprachen gegen mich. Ja, Madeleine bedauerte mich. Sie hatte Mitleid mit mir. Während ich sie quälte, während ich argumentierte, war sie anderswo und grollte mir nicht einmal wegen meiner Ungerechtigkeit und meiner Boshaftigkeit. Während Monaten hatte ich mich also an ein Wesen gerichtet, das mir nicht zuhörte. Meine Wutanfälle waren also lächerlich gewesen, da man sie nicht einmal ernst genommen hatte. Ich hatte getobt, während mein Gegenüber immer die Ruhe bewahrt hatte. Der Ekel, den ich vor mir selbst empfand, wurde noch größer. «Aber wen liebst du denn?» konnte ich nicht umhin zu fragen. «Jemanden, den du nicht kennst.» «Und dieser Jemand liebt dich?» Sie schaute mich an, ohne zu antworten. Da erriet ich an ihrem glühenden Blick, daß sie, um mir Freude zu bereiten, sogar nein gesagt hätte, so sicher war sie sich dieser Liebe. Einen Moment lang war ich versucht anzudeuten, dieser Mann könne nicht viel wert sein, wie es Madeleine mit Frauen tut, auch wenn sie diese nicht kennt. Aber eine Art Schamgefühl hielt mich davon ab. Nicht zu wissen, wer er war, noch wie er war, machte mich ihm gegenüber hilflos wie ein Kind. Ich verspürte ein schmerzliches Gefühl der Unterlegenheit. Ohne den Mann gesehen zu haben, stellte ich ihn mir aufrecht und ehrlich vor, und ich hatte den Eindruck, neben ihm eine Elendsgestalt zu sein. Mir schien auch, Madeleine sei in der Lage, mich besser zu beurteilen, sie habe Vergleichspunkte, und das Ergebnis fiele zu meinem Nachteil aus. Da dachte ich kläglicherweise nur noch daran, an jenes Gefühl zu appellieren, um das ich dunkel wußte, das Gefühl nämlich, daß Frauen aufgrund ihrer mütterlichen Seite sich gerade von denen angezogen fühlen, die schwach sind und leiden; und dabei dachte ich keine Sekunde lang, daß vielleicht mein Rivale des Schutzes viel würdiger sein könnte als ich. Ich flehte sie mit Blicken an und versuchte, ihr zu zeigen, wie tief meine Verzweiflung, wie kläglich mein Los und um wie viel würdiger ich des Mitleids sei als jener starke Mann, der meinen Platz einnahm. «Aber Madeleine, du kannst mir doch nicht verbergen, wer jener Mann ist.» «Er steht außerhalb», antwortete sie in einer Art Verzückung. Bei diesen Worten spürte ich, daß sie ihn gerade deshalb liebte und daß seine Größe darin bestand, nicht in unser erbärmliches Leben verstrickt zu sein. Dennoch konnte ich noch nicht glauben, daß all das wirklich wahr sein sollte. Daß Madeleine nicht mehr von mir abhängig war und dennoch glücklich sein konnte, brachte mich aus der Fassung. Da versuchte ich, ihr Wohl anzusprechen, so, als denke ich nicht an mich. «Aber bist du wenigstens sicher, daß er dich liebt?» Sie lächelte voller Selbstvertrauen, und ihr Lächeln drückte aus, wenn etwas auf dieser Welt sicher sei, dann dies. Auf meine Niedergeschlagenheit folgte jetzt Wut. «Dann hast du mich also betrogen?» Madeleine schaute mich verblüfft an. «Wie schlecht du mich doch kennst, so etwas zu denken!» sagte sie nur. «Ich habe dich nicht betrogen. Zwischen diesem Mann und mir ist nichts geschehen. Ich hätte es nicht getan, ohne dir vorher etwas zu sagen. Ich habe es mir reiflich überlegt. Mein Entschluß steht fest.» Mein Zorn verebbte. Daß sie mich bezichtigt hatte, sie schlecht zu kennen, hatte mir plötzlich gezeigt, daß sie das immer denken würde, was ich auch tun mochte. Sie war so fest überzeugt, ich verstehe sie nicht, daß ich hätte verrückt sein müssen zu versuchen, sie eines Besseren zu belehren. Ha! Ich, sie nicht kennen! Dabei gibt es keinen Gedanken, der durch ihren Kopf geht, den ich nicht erraten würde. Und sie wirft mir Mangel an Einfühlungsvermögen vor! «Mach, was du willst», sagte ich traurig. «Du wirst mit einem andern bestimmt glücklicher sein als mit mir. Aber eines Tages wirst du dich vielleicht an mich erinnern, und es wird dir leid tun. Dann wirst du verstehen, wie groß meine Liebe war, wie sehr sie über allem stand.» Ich hielt die Tränen zurück; meine Worte, die aus tiefstem Herzen kamen, richteten sich an das einzige Wesen, das ich je geliebt habe und das ich jetzt verlor. Ich hatte all meine Bosheit vergessen, all meine Ungerechtigkeit, alles, was nicht mein innerstes Ich war, um die reinen Regungen meiner Seele aus diesem wüsten Gewirr freizulegen. Und Madeleine antwortete mir: «Ich verstehe, daß es dir Kummer bereitet, aber ich flehe dich an, sprich nicht von Liebe.» Da fühlte ich, wie weit ich im täglichen Leben von ihr entfernt gewesen war. Sie war mir nie gefolgt. Und heute, wo ich mein Leben hingegeben hätte, um sie zu halten, glaubte sie immer noch, ich liebe sie nicht. «Wie alt ist er denn?» fragte ich weiter. «Warum interessiert dich das? Du hast mir noch nie so viele Fragen gestellt.» Trotz meines Schmerzes blieb ich ruhig. Ein geheimnisvoller Meister verbot mir, in Zorn zu geraten. Dennoch schoß mir eine Sekunde lang der Gedanke durch den Kopf, sie gewaltsam zurückzuhalten. Doch er verschwand sogleich wieder. Ich kam mir vor wie der Rohling, der die Seinen quält und der, als ihm überlegene Leute in seine Umgebung ziehen, aus Angst vor ihnen ganz sanft wird und nichts mehr zu tun wagt. Das demütigte mich. Ich fühlte mich als der Schwächere, und in mir ist etwas so Niedriges, daß ich, der ich sonst so heftig bin, unfähig war, wütend zu werden. Ich dachte nicht einmal daran, Madeleine zurückzuerobern, und wenn ich einige Hoffnung hegte, dann lag sie im Mitleid, das ich ihr einflößen konnte. «Schau mich an, Madeleine, du kannst mich nicht verlassen», sagte ich, während ich ihr lange in die Augen blickte. «Ich bitte dich», antwortete sie, «versuch wenigstens einmal, aufrichtig zu sein.»

2. Februar

Gestern abend blieb ich in meinem Arbeitszimmer. Nach ihrem Geständnis hat sich Madeleine völlig verändert, als sei es die natürlichste Sache der Welt. Zum ersten Mal, seit wir verheiratet sind, ist sie am Abend ausgegangen. Sie ist der Ansicht, daß man, wenn die Dinge erst einmal gesagt sind, sofort handeln könne, ohne aus Feingefühl einige Tage warten zu müssen, wie ich das immer getan habe. Ich blieb also alleine zurück. Eine grenzenlose Traurigkeit überfiel mich. Ich dachte an meine Vergangenheit, an mein Leben, und plötzlich fühlte ich mich von allen verlassen. Ich wurde von einer solchen Mutlosigkeit erfaßt, daß ich auf Ablenkung sann. Und ich dachte an die Art, wie mir Madeleine mitgeteilt hatte, daß sie einen andern Mann liebe. «Ich liebe jemanden», hatte sie gesagt. Ich weiß nicht warum, plötzlich weckten diese banalen Worte in mir tiefes Mitleid mit ihr; diese Art, mir eine so wichtige Neuigkeit anzukündigen, zeigte mir, wie schutzlos Madeleine war. Ich hatte die Vorahnung, daß sie beherrscht werden und noch mehr leiden würde, weil ich nicht mehr da wäre, um sie zu verstehen. Dieses letzte Wort enthüllte mir plötzlich eine Wahrheit, an die ich bisher noch nicht gedacht hatte. Das tiefste Verständnis, das Verständnis, das mir bis zum heutigen Tag die Grundlage einer jeden Liebe zu sein schien, ist unnütz. Es nützt nichts, seine Mitmenschen zu verstehen. Ein tiefes Verständnis adelt die Liebe nicht. Ja, die Mutlosigkeit, die auf mir lastet, ist schrecklich. Ich bin über vierzig Jahre alt, und da stehe ich nun, wie am Anfang meiner Existenz. Wenn ich mein Leben neu beginne, werde ich es vorsichtig angehen, aber werde ich es überhaupt tun? Vorsicht, Verständnis, alles ist nutzlos. Da ist nur diese Mutlosigkeit und nichts anderes. Was wird aus mir werden? Sie liebt «jemanden». Und ich stellte mir vor, ohne mich könne sie niemals glücklich sein, könne kein gesittetes Benehmen erlernen und nicht geliebt werden! Nun, es scheint, als habe ich mich getäuscht. Die edelsten Gefühle zählen nicht. Nichts zählt, weder Vorsicht noch Verständnis, noch Liebe. Was mehr noch wollte sie? Sie wollte eine ideale Liebe. Doch diese wird sie nicht lehren, daß es häßlich ist zu sagen, man liebe «jemanden». Niemand wird es ihr sagen. Und sollte sie trotzdem glücklich werden, kann ihr Glück nicht groß sein. Sie mag zwar jemanden lieben und wiedergeliebt werden, mich aber wird sie verloren haben. Sie wird eine andere Frau werden, und diese wird weniger schön sein als die Frau, die mein war. Keiner von all jenen, die einst mit ihr in Verbindung standen, wird sie wiedererkennen. Doch neue Freunde werden auf die alten folgen. Ihre Vorzüge und ihre Mängel werden sich gewandelt haben, und man wird sie für diese genauso lieben, wie ich es getan habe. Nicht einmal einen Gedanken wird sie mehr übrig haben für den Gefährten ihrer jungen Jahre; denn wie soll man von einer Frau, die vergessen wird, was sie einst war, verlangen, den Freund jener Tage nicht zu vergessen? Doch warum ihr auch böse sein. Die Zeit vergeht. Und wer wird einmal wissen, daß sie einst ihr Heim verließ, weil sie «jemanden» liebte? Niemand. Nur ich.